이즈미 교카 泉鏡花의 검은 고양이 黒猫

이즈미 교카 지음
엄인경 옮김

도서출판 문

소개의 글

　쓰시마 유코津島佑子, 요시모토 바나나吉本ばなな, 시마다 마사히코島田雅彦, 유미리柳美里, 야마다 에이미山田詠美, 교고쿠 나쓰히코京極夏彦, 마루야 사이이치丸谷才一, 기리노 나쓰오桐野夏生, 오가와 요코小川洋子. 이들의 공통점은 무엇일까?

　현재 한국 서점가를 점령하다시피 한 일본의 작가들이라는 것 외에 공통점은 한 가지 더 있다. 바로 이즈미 교카 문학상泉鏡花文学賞 수상 작가들이라는 점. 이 상의 선고 기준은 〈소설이나 희곡 등 단행본에 한하여 이즈미 교카의 문학 세계와 통하는 낭만roman의 향기가 높은〉 작품, 혹은 그런 작품을 쓴 작가를 대상으로 한다. 주로 환상적인 내용의 작품이 수상하게 되므로 일본의 여러 문학상 중에서도 상당히 이채롭다. 이즈미 교카 탄생 100주년을 기념하여 1973년부터 그의 고향인 이시카와 현石川県 가나자와 시金沢市에 있는 이즈미 교카 기념관에서 수여되고 있다.

　이즈미 교카라는 소설가를 기리는 상임은 짐작할 수 있지만, 그가 어떠한 작가였고 어떠한 작품들로 사랑을 받았는지 현재로서는 한국에 많이 알려져 있다고 할 수 없다. 백 년이 훨씬 넘도록 꾸준히 애독되고 있으며 여러 유력 일본 출판사들이 이즈미 교카 작품 전집을 계속 내놓고 있음을 감안한다면, 국내 소개가 매우 미흡한 작가임을 실감하게 된다.

하지만 상기上記의 내로라하는 일본 작가들이 〈이즈미 교카의 문학 세계와 통하는〉 작품들을 세상에 내놓았고 한국의 독자들이 그 낭만성, 환상성, 혹은 기괴성을 예상 외로 많이 소비하고 있다면 이즈미 교카의 무게는 결코 가볍지 않다. 또한 그의 세계가 궁금하기도 하다.

이즈미 교카는 스승이자 당시 최고의 인기 작가였던 오자키 고요尾崎紅葉를 작품성과 인기 면에서 능가한 청출어람의 천재작가였다. 또한 소설과 희곡 등 300여 작품을 썼고 풍속적인 환상문학, 괴이怪異문학을 창조해냈다.

환상문학이나 괴기, 괴이를 다룬 문학은 지금이야 전혀 새로울 것이 없으나, 일찍이 1890년대부터 독자적인 문학세계를 창출한 교카가 그 선구자 격이었음을 상기할 필요가 있다. 일본 문단 전체를 휩쓸던 자연주의의 파도 속에서 교카의 작품들은 단연 문학사 내에서 독특한 위치에 놓일 수밖에 없다. 당시 문사文士들과의 영향 관계와 다양한 측면으로 제공되는 논의의 제재를 고려한다면 교카의 위치는 문학사에서 재평가되어 마땅할 것이다.

스토리와 소재의 재미에도 불구하고 교카의 작품들이 우리에게 쉽사리 소개되지 못한 몇 가지 이유를 생각해 보자면 다음과 같다. 작품이 아름답지만 난해한 일본어로 쓰여 해석 곤란한 부분이 많다는 점, 일본의 토속적이고 고전적인 색채가 매우 짙다는 점, 독특한 한자 용법과 전통극의 수법을 구사하여 그 리듬과 느낌을 살리기가 쉽지 않았다는 점 등을 우선 들 수 있다.

역자도 바로 이러한 이유로 번역에 어려움을 겪었다는 것을 토로하지 않을 수 없다. 또한 현대의 한국 독자들이 읽을 수 있는 문장 호흡으로 바꾸면서 유려하고 고혹적인 원문이 많이 훼손될까 노심초사했음도 고백한다. 그러나 쿄카가 구사하는 유미적이고 풍요로우며 옛스러운 메이지明治의 일본어를 번역하는 과정에서 고전문학을 전공한 일종의 보람을 맛볼 수 있었고, 쿄카 청년기의 의욕적 작품들이 발산하는 에너지와 상상으로 확대되는 회화적 이미지에서 문학 읽기의 즐거움을 얻게 되었다.

일본의 전통적 괴이와 환상, 관념의 큰 맥을 형성하는 쿄카의 초기작과 접하는 기회를 이렇게 선사할 수 있음을 기쁘고 고맙게 생각한다.

2010년 3월
엄인경

목 차

소개의 글 … 005

살아 있는 인형 活人形 … 009

야행순사 夜行巡査 … 113

검은 고양이 黑猫 … 137

해설 - 교카가 빚어낸 정념情念의 세계 … 235

이즈미 교카泉鏡花 연보 … 245

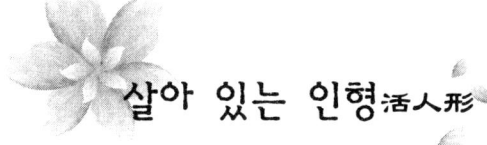

1 급병急病

구름에 가린 산봉우리는 희미하고 먼 산자락에는 연무가 부옇다. 보이는 온갖 들과 산, 바다까지 붉은 석양빛으로 물들고 이 숲 저 숲의 우듬지와 나란히 보이는 수많은 사원寺院의 용마루들은 눈부시게 빛났다.

여기는 소슈相州[1] 지방 가마쿠라鎌倉[2] 동쪽의 유키노시타雪の下 마을. XX번지에 위치한 이 집은 옛날 아무개라는 다이묘大名[3] 저택이 있던 자리였는데, 지금은 아카기 도쿠조赤城得三가 살고 있다.

"음. 여기로군."

문패를 보며 문 앞에 서 있는 사람은 구라세 다이스케倉瀬泰助. 그

---

1) 지금의 가나가와 현(神奈川県) 일대를 일컫는 옛말. 사가미(相模)라 부르기도 했음.
2) 가나가와 현 동남부의 도시. 남쪽은 사가미 만(相模湾)에 면해 있고 나머지 삼면은 구릉과 계곡이 많다. 사적과 문화재가 많은 유명지.
3) 19세기까지 넓은 영지와 강력한 권력을 가졌던 유력 영주.

는 당시의 손꼽히는 탐정이다.

흰 피부에 눈빛이 시원스러운데 왼쪽 뺨에 초승달 모양의 오래된 상처가 있다. 이 상처는 작년 봄 악명을 떨치던 범인을 잡으면서 날카로운 나이프에 베인 자국이다. 탐정이라는 신분으로서는 훈장이라 할 만한 명예로운 상흔이지만, 남들이 금방 알아보는 일종의 표지標識가 되어 직무상 불편을 느끼는 경우가 적지 않았다. 그래서 불만을 토로해 보기도 하지만 어쨌든 늘 교묘한 화장으로 덮어 숨기고 다녔다.

구라세는 예리한 눈초리로 이 집을 한바탕 둘러보았다.

"흠. 꽤 오래된 건물이로군. 마치 소마相馬의 옛 궁궐4)을 그림으로 그려놓은 것 같아. 역시 뭔가 이상한 일이라도 생길 것 같은 분위기로군. 흥, 두고 봐라. 내가 그 정체를 드러낼 줄 테니."

뭔가 까닭이 있는 듯한 말투로 이렇게 중얼거렸다.

다이스케가 도쿄東京에서 이곳 가마쿠라로 온 것은 다음과 같은 사정이 있어서였다.

오늘 아침 도쿄의 혼고本郷 병원에 숨이 간당간당한 상태로 뛰어들어와서 현관에 도착하자마자 그대로 쓰러지며 숨이 끊어진 남자가 있었다. 나이는 스물두셋 정도로 보였는데, 옷차림은 형편없었고 얼굴은 아주 초췌했다.

---

4) 10세기 전반 다이라노 마사카도(平将門)가 스스로를 왕이라 칭하여 사시마(猿島)라는 곳에 세웠던 궁궐.

검시하는 의사가 살펴보고 이 사람은 병 때문에 죽은 것이 아니라 무언지 모를 극한 독에 중독된 것임을 알았다. 그냥 내버려둘 수 없는 일이어서 경찰이 가장 먼저 불러들인 탐정이 바로 이 다이스케였다.

다이스케는 우선 죽은 남자의 몸을 검사하여 소맷자락 안에서 한 장의 사진을 찾아냈다. 손에 들고 보니 나이가 스무 살 정도 되어 보이는 아름다운 여인의 반신상이었다. 사진이긴 하지만 그 사랑스러워 보이는 입매는 마치 말을 꺼내기라도 할 것 같았다.

다이스케는 빙긋 웃으며 끄덕였다.

"범죄의 원인과 탐정의 비밀은 여자에게 있다는 격언이 있지요. 어려울 것 없습니다. 조만간 반드시 범인을 데려오지요."

대수롭지 않다는 얼굴로 말했다.

경찰이 "이봐. 복어라도 먹고 죽은 것인지도 모르잖아. 독살되었다는 증거라도 있는가?" 하고 물었다.

다이스케는 시체의 얼굴을 가리키며 대답했다.

"보십시오. 사람 됨됨이는 괜찮아 보이는데 비쩍 마르고 걱정이 있어 보이는 얼굴입니다. 높은 신분의 사람이 영락한 것처럼 보이지 않습니까? 외관이 이런 남자들에게는 곧잘 기묘한 이력이 발견되는 법이지요."라며 손에 든 사진을 이리저리 자꾸만 보고 있다.

아까부터 시체의 가슴에 손을 대고 열심히 용태를 살피던 의사는 사람들을 돌아보며 말했다.

"어떻게 된 일인지 미약하게 맥이 뛰는 것 같습니다. 다시 이 세상 사람이 될지도 모르겠습니다. 조용히 두어야 하니 모두들 저쪽 방으로 물러나 주세요."

경찰은 다른 순사를 데리고 조용히 방에서 나갔다.

다이스케는 혼자 남아서, 죽은 자가 숨을 되돌리는 그 순간에 뭔가 비밀을 내뱉을 수도 있을 거라 믿고 기다리고 있었다.

의사의 예측이 맞아 떨어졌다. 조금 있더니 시체는 조금씩 숨을 쉬기 시작했다. 이윽고 거슴츠레하게 눈을 뜨더니 실보다 더 가는 목소리로 말했다.

"아아, 이것이 마지막 이승의 광경인가."

이때다 싶어 의사는 일어서서 물약을 작은 그릇에 따라서 "자, 이 걸 드십시오." 하고는 환자의 입으로 가져갔다. 그러나 환자는 얼굴을 돌리고 먹지 않으려 했다. 손으로 힘없이 뿌리치며 "이놈, 독약이구 나!" 하고 노엽게 쳐다본다.

이 말을 들은 다이스케는 '그래. 이거군.' 하고 내심 생각했다.

의사는 부드러운 목소리로 말했다.

"독이 아닙니다. 나는 의사요. 빨리 드시지요."

환자는 그 얼굴을 물끄러미 보고 또 주위를 둘러보다 다이스케에 게 시선을 고정했다.

"저 사람은 누구요?"

다이스케가 가까이 다가왔다. "저는 탐정입니다."

"뭐라고요?"

환자는 힘을 되찾은 모습이었다.

"그럼 성함이 어떻게 되십니까?"

"저는 구라세 다이스케입니다."

이 말을 듣고 환자는 기쁜 듯 구라세의 손을 잡았다.

"당신이, 당신이 바로 그 유명한 …… 구라세 탐정이군요. 아, 다행입니다. 저의 소원이 이루어졌어요. 당신을 만났으니 이제 죽어도 괜찮습니다."

이렇게 말하며 잡은 손에 힘을 꽉 주었다.

무언가 사정이 있어 보였기에 다이스케는 상냥하게 물었다.

"이게 어떻게 된 일입니까?"

"예, 제 이야기를 좀 들어주십시오."라며 환자가 말을 시작하려는데 의사가 말린다.

"말을 하거나 신경을 쓰면 몸에 좋지 않아요."

의사의 타이름에도 불구하고 환자는 머리를 좌우로 흔들며 말했다.

"나쁜 녀석, -하치조八蔵라는 놈이 나에게 독을 먹였기 때문에 이제 나는 도저히 살 수가 없습니다."

"뭐라고요? 하치조라는 자가 독을?"……바짝 다가와 묻는 다이스케의 소매를 잡아끌며 의사는 화난 표정을 지었다.

"이봐요, 말을 시키면 안 좋다니까요."

"제 직업은 탐정입니다. 물어봐야만 합니다."

"나에게도 의사로서의 의무가 있으니 말려야겠소."

이렇게 말다툼을 하는데 환자는 "의사 선생님의 친절한 마음은 고맙습니다. 하지만 저는 도저히 살 수가 없으니 부디 제가 알고 있는 것을 말하게 해 주십시오. 내일까지 살면서 말도 못하고 죽느니 차라리 지금 이야기를 하고 이 자리에서 죽는 편이 낫겠습니다."라며 결연한 태도로 요지부동이었다.

탐정은 의사를 보며 말했다.

"어쩔 수 없잖소. 저렇게 말하니 환자의 뜻에 맡깁시다."

환자가 "그리고 다른 사람은 내용을 듣지 않았으면 합니다. 죄송하지만 선생님은 저쪽으로 피해 주십시오. 부탁입니다."……이렇게 말하니 의사도 어쩔 수 없다는 듯 병실 밖으로 나갔다.

2 계도系圖

환자는 고통을 참으며 이야기했다.

"저는 오다와라小田原[5] 출신으로 혼마 지사부로本間次三郎라는 사람입니다. 어릴 적 부모를 여의고 가마쿠라의 아카기 가문에 시집가신 숙모님 슬하에서 자랐지요. 숙부님이신 아카기 가문의 주인양반은 술을 너무 많이 드신 탓에 몸이 망가졌고, 이후에 병을 얻어 돌아가셨답니다. 그래서 아카기 일가 중에 도쿠조라는 자가 온갖 집안일을 다 참견하게 되었지요.

숙모님께는 시즈에下枝와 오후지お藤라는 예쁜 두 딸이 있습니다.

---

5) 가나가와 현(神奈川県) 남서부의 도시. 교통의 요지로 상공업이 발달했다.

저와는 사촌 남매지간인데 둘 다 저보다 어리지요. 많은 하녀들의 시중을 받으며 거친 바람 한 번 쐬지 않은 화초처럼 자란 숙녀들입니다. 저는 식객 신세였지만 숙모님의 후원 덕에 모자란 것 없이 생활하고 있었지요.

그런데 숙모님이 언제부턴가 갑자기 병에 걸리시더니, 어느 날 객혈을 하시고 바로 그 날 저녁에 허망하게 돌아가신 것입니다. 지금 생각하니 도쿠조가 독살한 게 틀림없는 것 같습니다. 그런 나쁜 놈인 줄 그 때는 전혀 몰랐지요.

숙모님은 엄청난 재산을 모두 딸 소유로 해 놓고 큰 딸 시즈에를 저에게 시집보내어 나중에 가문을 이으라고 몇 번이고 유언하셨답니다. 허나 우리 나이가 아직 어린 탓에 여전히 도쿠조가 일가를 지배했고 모든 것을 자기 뜻대로 휘둘렀지요.

숙모님이 돌아가시고 사십구재도 안 되고, 아직 장례 기일도 다 끝나지 않은 때였습니다. 도쿠조가 충성스러운 집사의 가면을 벗어던지더니 마침내 늑대 같은 탐욕스런 본성을 드러내고 말더군요. 불필요한 잡일꾼을 없애겠다더니 하치조라는 못된 하인을 하나 앉혀 두고 그 나머지 노복들은 모조리 해고해 버렸습니다. 그리고 출신도 알 수 없는 한 노파를 밥 짓는 사람으로 고용했답니다. 그게 다 차츰차츰 벌여 나갈 나쁜 계략을 누가 알게 될까봐 미리 그렇게 손을 써 둔 거였지요.

영화로웠던 날들은 다 끝났습니다. 두 딸은 하루 종일 불행을 한탄했고 나도 심하게 혹사를 당했지요. 그래도 고생을 감내하며 먼 장래

살아 있는 인형 活人形

를 기약하면서 가끔씩 시즈에와 몰래 만나 서로 위로하곤 했답니다. 하지만 도쿠조는 끝내 우리 둘 사이를 갈라놓으려고 서로 얼굴 보는 것조차 허락하지 않았지요.

감옥 같은 방에 틀어박혀 지내야 하는 시즈에의 울음소리가 들릴 때마다 저는 애간장이 저미는 것 같았습니다.

헤아려보니 벌써 삼년 전 어느 날이군요. 해질녘의 어둠을 틈타 몰래 시즈에를 만나서 상황을 물었지요.

도쿠조는 마흔이 넘은 나이에 부끄러운 줄도 모르고 시즈에를 아내로 삼으려 한다는 것이었습니다. 자기 말을 들으라고 협박을 해도 시즈에가 듣지 않자 화가 나서 매일 매일 거친 폭력을 휘둘렀습니다. 무참하게도 시즈에의 온몸은 살갗이 찢기고 피가 배며 퍼렇게 부어오른 자국투성이였습니다.

시즈에는 저에게 매달려 참을 수 없는 고통을 호소하며 살려달라고 애원을 했지요. 저는 '이럴 거면 재산도 무슨 소용이고 집도 무슨 소용이 있느냐. 다 도쿠조에게 던져 주고 이런 악마의 지옥 같은 집에서 도망쳐 벽촌 어디라도 좋으니 마음 편하게 살자. 같이 도망가자.' 이렇게 말했지요.

하지만 시즈에는 '선조 때부터 내려온 집과 재산은 저에게는 나라이자 성城이라고 할 수 있어요. 아무리 당신과 함께 하고 싶어도 남의 손에 그냥 넘길 수는 없답니다. 지금 도쿠조는 내 나라의 원수나 마찬가지입니다. 나의 성을 열 겹 스무 겹 에워싸고 쳐들어와 나를 죽이려 하겠지요. 하지만 나는 이 집에서 나가지 않고 끝까지 지켜내겠어요.'

라고 하더이다.

남자인 내가 부끄러울 만한 기개였습니다. 그래서 억지로 도망치자고 하지도 못했지요. 그렇다고 이대로 있다가는 도쿠조 손에 죽게 될 뿐이라 서로 끌어안고 그저 울고 있었답니다.

그런데 바로 그 장면을 도쿠조가 목격한 것입니다. 언어도단의 음란한 놈을 한 순간도 집에 둘 수 없다며 저를 쫓아내려 했지요. 그 때 시즈에가 유품으로 생각하라며 저에게 사진을 한 장 건네주었답니다.

저는 그 나쁜 하인 녀석에게 쫓겨 어쩔 수 없이 그날 밤 아카기 집에서 나왔습니다. 딱히 갈 곳도 없어 몇날며칠을 바람이 부는 대로, 버려진 작은 배가 정처 없이 나루터와 포구를 이리저리 떠돌 듯 돌아다녔습니다. 몸에 익힌 재주도 없어서 삼 년 넘게 유랑을 하다 결국 이런 거지꼴이 되었지요.

그래도 아카기 집안의 언니와 동생 둘 다 필시, 도쿠조에게 괴롭고 모진 꼴을 당하고 있으리라는 사실은 한시도 잊지 않고 있었습니다. 그래서 믿을 만한 사람만 만나면 구해낼 방도가 없겠느냐고 매번 물어보았지요. 하지만 어느 누구도 그게 사실일 거라고 믿어 주지를 않더군요.

생각다 못해 경찰에 신고를 하러 간 적도 있었습니다. 하지만 미친놈이 지껄이는 말이라며 들어주지도 않았지요. 힘도 없고 살아갈 기쁨도 없이 그저 잔물결 출렁이는 시가 현滋賀県[6]에서 그렇게 쓸쓸히

---

6) 긴키(近畿) 지방 북동부의 현으로 일본 최대의 호수 비와 호(琵琶湖)가 있다. 옛날에는 '志賀'라는 한자로 쓰기도 했다.

세월을 보내고 있었습니다.

그러다 소문을 통해 도쿄에 구라세라는 약한 자를 도와주는 탐정이 있다는 것을 알았답니다. 그 고명하신 이름을 하늘을 날아가는 기러기 편에 듣게 된 거지요.

얼른 도움을 청해서 시즈에를 구하자는 생각에 행장도 갖추는 둥 마는 둥 하고 여행길에 올라 그저께 도쿄에 도착했습니다. 그런데 너무 더운 날씨에 병을 얻어 어제는 하루 종일 여인숙에 누워 일어나지도 못했지요. 그래도 오늘 아침에는 좀 나아서 경찰을 찾아가 보려고 숙소를 나왔습니다. 그런데 뒤에서 따라오는 한 남자가 있는 것이었습니다.

제가 잊지도 않고 기억하는 그 놈은 도쿠조가 부리는 나쁜 하인 하치조였습니다. 나를 해치려는 것인 줄 알고 조심하고 또 조심하면서 이 병원 뒷문까지 왔는데, 결국은 저의 운이 다하고 말았지요.

갑자기 너무도 배가 아파 서 있을 수가 없었습니다. 땅바닥에 쓰러져 괴로워하는데 누군가 물을 들고 와 먹여주는 자가 있었습니다. 앞도 잘 안 보여서 얼떨결에 단숨에 다 마시고 조금 정신이 들기에 나에게 물을 준 사람을 쳐다보았지요.

그랬더니 그게 바로 그 나쁜 놈이었던 겁니다. 큰일 났구나 깨닫자마자 독이 퍼지기 시작했는지 심신이 갑자기 어지러워지며 뱃속이 꼬이는 고통이 느껴졌습니다. 그제야 제가 독을 먹은 줄 알게 되었지요.

탐정님을 만날 때까지 아주 잠깐이라도 목숨 줄을 붙들려고, 이제 끊어질까 저제 끊어질까 약해지는 마음을 다독였답니다. 다행히 여기

병원이 보이기에 죽을힘으로 달려 들어왔던 거지요. 그 다음은 기억이 나지 않습니다."

숨도 제대로 쉬지 못하며 이렇게 이야기하는 것이었다.

3 약간의 실마리―가手懸

다이스케는 눈을 깜박깜박했다.
"참으로 가여운 분이로군요. 걱정 마십시오. 제가 책임지고 반드시 구해드리겠습니다."

이렇게 진지하게 말하니 환자는 긴장했던 마음이 풀어졌는지 축 처졌다. 그러면서 계속 소맷자락을 가리키기에 다이스케는 환자에게 귀를 갖다댔다.
"뭐라고요? 네? 뭔가 있다는 겁니까?"
"시즈에의 사진이요."
"아, 이거 말씀하시는 건가요? 실은 제가 아까 꺼냈습니다."라며 그 사진을 환자의 눈앞에 보여주었다.

환자는 물끄러미 바라보고는 "시즈에도 저와 마찬가지로 지금은 틀림없이 아주 초췌해졌을 겁니다."라며 눈물을 그렁그렁 보인다.

"사진 속처럼 좋은 모습이 아닐 거예요. 시즈에의 죽은 얼굴이라도 보고 싶습니다. 한 번만 더 만나고 싶어요."

진심을 담은 환자의 말에 다이스케가 힘을 북돋우고자 이렇게 말했다.

"마음을 굳게 먹고 어서 회복하세요. 내일 아침까지는 절대로 눈을 감지 마시고 내가 시즈에 아가씨를 데려오는 걸 보십시오. 오늘 밤에 구해 내겠습니다. 그리고 재산도 남의 손에 넘어가지 않도록 할 테니 걱정하지 마십시오." 다이스케가 성심을 다한 말로 위로를 하니 환자는 마치 알았다는 듯 눈을 감았다.

그 때 밖에서 문을 두드리며 "이제 문을 열어도 괜찮겠습니까?"라고 의사가 물었다.

다이스케는 의사를 돌아보며 "다 됐습니다. 들어오세요." 하고 대답하니 문을 열고 의사가 본 적이 없는 한 남자와 같이 들어왔다.

그 남자는 옷차림이나 행색이 시골뜨기처럼 보였다. 마치 햇살에 눈이 부신 듯한 눈초리였는데, 그 눈을 치켜뜨고 두리번거리는 모습을 보아하니 질이 좋지 않은 패거리 같았.

다이스케가 정면으로 쏘아보며 "당신은 뭐 하러 온 사람이오?" 이렇게 물었다.

그 질문에 험상궂은 얼굴의 건장한 사내는 어울리지 않게 상냥한 목소리를 가장하며 "예, 예. 잠시 실례하겠습니다. 병문안 차 잠깐 들렀습니다."라고 답한다.

"이 사람과 아는 사람이오?"

"아닙니다. 그저 지나던 사람입니다만, 저 분이 아주 상태가 나빠 보여서 걱정이 되길래요. 예, 예. 일부러 이렇게 왔습니다."

이 말소리가 환자 귀에도 들렸던 모양이다. 그 남자를 보고 환자는 무언가 말을 하고 싶은 듯 입술을 달싹였지만 안타깝게도 말이 나오지 않았다. 그저 손가락으로 그쪽을 가리키며 매우 광분한 모습으로 무거운 머리를 들어 올리려 했지만 결국 쓰러지며 기절해 버렸다.

방금 환자가 손가락으로 가리킬 때 이 사내는 파랗게 질려 무서운 듯 벌벌 떨었다. 다이스케가 이것을 놓칠 리 없었다.

속으로 계산을 하고는 "어서 나가시오. 당신이 들어올 곳이 아니니." 이렇게 몰아붙였다.

사내는 갑자기 풀이 죽은 모습으로 "아아, 숨을 거두셨군요. 가여워라, 가여워. 옷깃만 스쳐도 인연이라고 했으니 당신을 위해 염불이라도 해야겠습니다."라며 짐짓 가슴이 아프다는 시늉으로 눈을 비벼 빨갛게 하고는 천천히 병원을 빠져나가는 것이었다.

다이스케는 의사를 보고 "나쁜 놈의 하수인이 시치미를 떼고 환자가 죽었는지 확인하러 온 것 같습니다. 일부러 속은 척하여 의심을 사지 않게 해 놓았으니, 거꾸로 이쪽에서 속인 셈이지요. 틀림없이 방심할 것입니다."

"너무도 수상한 인물이더군요. 저대로 그냥 보낼 생각입니까?"

"무슨 말씀을. 지금부터 저놈의 정체를 밝혀야지요. 선생님, 이 환자는 어렵더라도 각별히 잘 돌봐 주십시오. 정말 불쌍한 사람이니."

"뭔가 재미있는 이야기가 오갔나 보군요."

"전혀 유쾌한 이야기는 아니었습니다. 하지만 지금부터 재미있어질 겁니다. 나중에 이야기해 드리지요."라며 다이스케는 모자를 눈가까지 덮어쓰고 밖으로 나갔다. 하지만 아까 그 사내는 어디로 갔는지 그림자도 보이지 않는다.

놓쳤는가 싶어 조급한 마음에 혼고 거리로 달려 나갔다. 사방을 둘러보니 한 정町7) 정도 앞쪽에서 묘진자카明神坂8) 쪽을 향하여 길 한쪽 그늘로 발걸음 빠르게 가는 뒷모습이 바로 그 사내였다. 멀찍이 떨어져서 놓치지는 않게끔 주의하며 뒷골목 상가들이 늘어선 지름길을 빠져나가 사내의 뒤로 바짝 접근했다. 이 정도 따라붙었으면 됐다 싶어 땀을 닦고는 조용히 뒤를 밟으며 사내가 간다神田9) 고야나기초小柳町의 어느 여인숙으로 들어가는 것을 보았다.

다이스케도 따라 들어가 계산대에 앉아 있던 주인장에게 대뜸 "지금 들어간 손님은?" 하고 물었다. 주인장은 수상쩍다는 듯이 다이스케의 얼굴을 바라보았지만 뺨의 초승달 상처를 보고는 은근한 고갯짓으로 인사를 하는 것이었다. 그리고 위층을 가리키며 낮은 목소리로 "삼번 방."이라고 가르쳐 주었다.

다이스케는 사번 방으로 들어가 벽에 귀를 대고 옆방의 말소리를 들었다. 그랬더니 자기가 쫓아온 사내 외에 또 한 사람의 목소리가 들린다.

---

7) 한 정(町)은 약 109미터(m)의 길이를 말함.
8) 유시마자카(湯島坂), 혼고자카(本郷坂)로도 불리는 언덕길. 간다 신사(神田神社)과 유시마 성당(湯島聖堂) 사이를 지나는 언덕길로 동쪽으로 내리막길이 나 있음.
9) 도쿄 치요다 구(千代田区) 북동부를 차지하는 지역명. 옛날에는 도쿄 35구(区)의 하나였다.

"그래, 수고했다. 이제 집에 돌아가서 베개를 높이 베고 잘 수 있겠구나."

"나리, 이제 돌아가시렵니까?"

이 두 사람은 주종관계인 모양이다.

"그 자가 그렇게 되었으니 이제 도쿄에는 볼일이 없지. 오늘 마지막 기차로 돌아가자."

"그게 좋겠습니다. 그리고 약속하신 상금은."

"집에 돌아가서 주마."

"틀림없으시겠지요?"

"걱정 말거라."

"분명히 말씀하신 겁니다."

"허허, 그놈, 집요하구나."

"고맙습니다. 나리."

터무니없이 큰 목소리를 내자 주인이 야단을 친다. "바보 같은 놈. 누가 들을라."

그 다음부터 무슨 말을 하는지는 목소리가 작아 전혀 들리지 않았다. 잠시 후 한 사람이 그 방을 나서서 다이스케가 숨어 있는 사번 방 앞으로 지나갔다.

방문 틈으로 내다보니 위엄 있어 보이는 나이 마흔 여덟아홉, 혹은 쉰으로도 보이는 신사다. 낯빛은 거무스름하고 구레나룻이 무성한 게 어떤 나쁜 짓도 서슴없이 저지를 수 있어 보이는 인물이었다. 온통 비단옷으로 둘렀고 가슴팍에는 시계의 금줄이 번쩍번쩍했다.

'이 자가 아카기 도쿠조로군.' 다이스케는 계산대로 가서 숙박부를 보았다. 분명 아카기 도쿠조라고 이름이 쓰여 있다. '참으로 배짱 좋은 악당이로다.' 다이스케는 내심 이렇게 생각했다.

4 밤에 언뜻宵にちらり

세 시가 조금 넘은 시간이니 마지막 기차까지는 아직 여유가 있었다. 다이스케는 병원에 다시 들러 환자의 용태를 살펴보고 채비를 해서 다시 나와야겠다고 생각했다. 그래서 혼고의 병원으로 돌아갔더니 이미 경관 등은 다 물러간 상태였다. 다이스케는 의사를 만나 이후의 치료 등을 잘 부탁해 놓고 병실로 가 보았다.

이 불행한 환자는 숨이 곧 끊어져 죽을 듯 보였고 다이스케가 온 사실도 모르는 것 같았다. 이따금 "아카기 가문의 비밀⋯⋯ 원망스러운 도쿠조⋯⋯ 사랑하는 시즈에, 그리운 나의 연인, ⋯⋯보고 싶어, 만나고 싶구나."라며 같은 말만 몇 번이고 헛소리처럼 뇌까리는 것을 들으니 너무도 처절해 보였다.

'나를 믿고 불원천리不遠千里 왔으니 그 마음이 예사롭지 않구나. 에조蝦夷[10]나 마쓰마에松前[11]라면 몰라도 하코네箱根[12] 동쪽에 그런

---

10) 지금의 홋카이도(北海道)와 사할린 지역까지 널리 일컫던 말.
11) 홋카이도 남서단의 옛 지명.

괴물 같은 놈을 살도록 내버려 둔다면 탐정이라는 직업을 가진 나의 치욕이 되리라. 자, 여름 햇빛 아래의 낮잠에서 깨어나자. 내가 한번 애를 써 나쁜 놈의 독수毒手에서 시즈에 자매를 구출해 내자. 증거를 찾지 못하면 그놈들을 포박하기는 어려울 것이다. 일단 가마쿠라로 가봐야겠다.'

출발 시각이 얼마 남지 않았으므로 마지막 기차에 올라타고, 해가 뉘엿뉘엿 기울 무렵 소슈의 가마쿠라에 도착했다.

나메리 강滑川[13] 근처에 있는 야쓰하시로八橋樓라는 여관에 투숙을 하며, 짐짓 모르는 체 하고 아카기 저택에 관해 물으니 그 집을 "요괴가 사는 집", "이상한 집", 혹은 "유령집"이라는 터무니없는 별명으로 부르며 누구 한 사람 모르는 자가 없었다.

환자가 유키노시타에 있는 집에서 내쫓긴 것이 삼 년 전의 일이라고 했다.

'어쩌면 구원의 손길이 너무 늦어 시즈에와 오후지는 도쿠조의 손에 이미 죽은 게 아닐까? 멀지도 않은 도쿄에 살면서 이런 큰 일이 벌어지는 줄도 모르고 지금까지 방치해 두었다니. 이 얼마나 유감스러운 일인가! 만약 시즈에가 죽었다면 분통하게 여겨봤자 소용없는 일생일대의 나의 불찰이자, 초승달 상처 구라세의 불명예가 되리라.'

다이스케는 조금이라도 빨리 탐색하고 싶은 마음에 유키노시타로 향했다.

---

12) 가나가와 현(神奈川県) 남서부의 지명. 역참과 관문이 있던 요지.
13) 가마쿠라의 중심부를 흐르는 강.

그리고 아카기 집 문 앞에 서서 이렇게 중얼거린 것이 바로 이 이야기의 맨 첫 장면이었다.

이 때 아카기 도쿠조도 다이스케와 같은 막차로 하인과 함께 집으로 돌아온 상태였다. 이층에서 하인을 상대로 반주를 기울이고 있었다. 도쿠조는 아무 생각 없이 밖을 내다보았는데 문 앞에 서 있는 다이스케를 발견하고 매우 놀랐다.

"뭐야, 엉뚱한 놈이 끼어들었군." 얼큰하던 취기가 확 깨면서 얼굴이 창백해졌다.

하인 하치조는 무슨 일인가 싶어 밖을 내다보다가 다이스케를 발견하고는 마찬가지로 몸을 뒤로 젖히며 놀란다. "나리, 나리. 저건 아까 병원에 있던 남자입니다."

이 말에 도쿠조의 얼굴은 점점 창백해졌다. "뭐? 아니, 그럼. 너를 의심하는 것처럼 보였다는 사람이 바로 저자냐?"

"예 그렇습니다. 무서운 눈으로 저를 한참 보더군요."

"이것 참 일이 이상하게 꼬였군." 하고 아주 겁먹은 눈치다.

"뭐 그렇게 걱정하실 만큼 무서울 일은 아닐 겁니다. 병에 걸려 괴로워하던 사람을 잠깐 돌본 것뿐이라고 말하면 되지 않을까요?"

"하지만 네가 병원에 갔을 때, 그 풋내기 혼마의 숨이 아직 붙어있었다고 하지 않았느냐?"

"뭐 그냥 아주 약간 숨만 붙어있을 뿐이었습니다."

"그렇다면 그 풋내기가 직접 이 집의 비밀을 다 고해바친 게 틀림없어."

"설마 그런 말도 안 되는 일이 있을라고요?" 오히려 하치조는 침착하다.

도쿠조는 머리를 흔들며 "아니, 예사 인물이 아니지 않느냐! 저건 구라세 다이스케라는 유명한 탐정이란 말이다. 봐라. 저 뺨에 난 상처 자국. 초승달 모양이지 않느냐. 이 일대에서 조금이라도 뒤가 구린 사람치고 저 자를 모르는 사람은 없을 게다."

이렇게 말하니 하치조도 아는 척 하는 얼굴로 "저도 저 상처가 있는 낯짝에 대해서는 들은 적이 있습지요."

"좋아, 너는 지금부터 곧장 저 녀석 뒤를 밟아서 무슨 짓을 하는지 잘 지켜 보거라."

"잘 알겠습니다."

"정말 일이 어렵게 됐다. 조금이라도 방심하면 그걸로 끝이야. 우리 모두 목이 달아날 거라고."

이렇게 훈계하니 하치조는 오만한 표정으로 "기껏해야 허여멀겋고 마른 녀석인뎁쇼. 귀신도 아닌데요, 뭘. 단숨에 비틀어 뭉개버리지요."라며 자기 알통을 두드렸다.

도쿠조는 여러 번 고개를 가로저으며 "아니야, 너는 상대가 안 된다. 재빠르기가 여우 같아서 그렇게 쉽사리 잡을 수 있는 인물이 아니라고. 하지만 지켜 보다 틈이 생기면 곧장 해치워 버려라."

사실 다이스케 일생일대의 실수였다. 평소처럼 화장을 하여 뺨에 난 초승달 상처를 덮었어야 했다. 그러나 너무 더운 날씨였기에 화장

물감이 땀에 흘러내려 상처가 드러난 것도 모르는 바람에 큰일을 앞에 두고 운 나쁘게도 악한들의 눈에 띈 것이었다.

그런 줄도 모르고 다이스케는 이 집의 주요 부분을 파악한 다음 날이 저물면 몰래 들어가서 안을 살펴보려 생각하고 돌아서려 했다. 이층에서 이를 보던 하치조는 재빨리 채비를 갖추고 "제가 뒤를 따라가 보겠습니다." 하며 나섰다.

"절대로 방심하지 말아야 한다."

"알겠습니다."라며 하치조는 길이가 일 척 정도 되는 굵직한 철봉을 옆구리에 감추고 부엌으로 통하는 문으로 나갔다. 이 집은 어찌나 경계가 엄중한지 아주 가까운 곳에 나가면서도 자물쇠를 잠가야 하는 규칙이 있는 모양이었다.

서두르는 마음에 하치조는 허리에 차고 있던 열쇠를 빼서 부엌문 밖에서 자물쇠를 잠갔다. 그리고 서둘러 문밖으로 나가 나메리 강 쪽으로 가는 다이스케의 뒤를 발소리를 죽인 채 조용히 따라갔다. 해가 기울어 그림자도 생기지 않는 때였으니 다이스케는 미행을 전혀 눈치채지 못했다.

5 요괴사건 妖怪沙汰

다이스케는 여관으로 돌아와 저녁 식사 전에 온천에 들어갔다. 목욕탕에 걸린 거울에 문득 얼굴을 비춰보니, 뺨에 난 초승달 상처가 드러나 있는 게 아닌가! 다이스케는 내심 놀랐다.

 한바탕 씻고 방으로 돌아와 재빨리 여행 가방을 열었다. 작은 병에서 물감을 꺼내 얼굴에 잘 칠하고 손거울을 꺼내 보니 스스로가 봐도 교묘해서 감탄할 정도였다. 이렇게 감쪽같이 상처는 잘 덮었다.

 오늘 밤 안에 아카기 집으로 들어가 비밀을 다 벗겨 내리라. 우선은 그 집에 관해 좀 물어보자 싶어 손뼉을 쳐서 주인장을 부르니 약간 멍청하고 착해 보이는 남자가 허둥지둥 앞으로 대령한다.

 "주인장. 다른 게 아니라 저기 유키노시타의 아카기라는 집말이오." 끝까지 말을 마치지도 않았는데 주인장은 미리 알았다는 듯이 대꾸했다.

 "아, 예. 그 요괴가 사는 집 말씀이시군요."

 "요괴가 사는 집이라고 부르는 건 무슨 이유요?"

 "제 얘기를 좀 들어 보십시오. 그럼 잠깐 좀 실례하겠습니다." 하며 앞으로 나와 앉는다.

 "여러 가지 이상한 점이 많지만, 우선 저런 큰 집에 살고 있는 사람이 없다는 게 가장 이상하지요."

 "그럼 빈 집이란 말이오?"

 "아니요. 그게 이상하다는 겁니다. 엄연히 문패도 걸려 있지만 어떤 사람이 살고 있는지 그걸 알 수가 없거든요."

 "흠. 사람들이 별로 드나들지 않는다는 말이군."

 "가끔 그 근처에서 여태껏 본 적이 없는 할망구를 마주친 적이 있습니다. 아다치가하라安達原[14])의 외딴집 노파라고 불리는 할망구인데 엄청나게 오싹한 외모랍니다. 사실은 사람이 아니라 산 고양이가 둔갑한 할멈이라는 소문도 있고요."

"허허, 그럼 바람 부는 밤에는 실을 감는 소리가 들리겠구먼."

"그것까지야 모르지만 가끔 여자가 아악- 아악- 비명을 지르는 소리가 들리거나 남자들이 껄껄 웃는 소리가 들립니다. 햐, 그러니 정말 무서운 요괴의 집이라는 거지요."

이 말을 듣고 다이스케는 몸을 앞으로 내밀며 "진짜라면 정말 기괴한 이야기로구먼. 그럼 '차라도 한 잔…' 하는 외눈박이 도깨비 이야기는 안 나오오?" 자못 이야기에 빠져든 척 하며 흥미진진하게 물었다.

자기 괴담에 귀를 기울여주니 신이 나는지 주인장은 금세 분위기가 고조된다. "아니요. 세상이 이렇게 바뀌었는데 그렇게 어수룩하게야 둔갑하겠습니까? 일전에 도쿄의 어느 저택에서 일한다는 힘센 장사들이 요 앞 절에 우르르 피서를 즐기러 왔었지요. 그 집 소문을 듣더니만 요괴를 퇴치해 주겠다고 나서기에 보슬비가 내리는 날 밤에 그 중 두 사람을 데리고 갔습니다. 풀이 무성하게 난 그 집 마당으로 들어가 부스럭부스럭 소란을 피웠지요. 그랬더니 탕! 탕! 하고 어딘가에서 권총 소리가 났다는군요. 둘이 새파랗게 질려 도망쳐 돌아왔답니다. 동료들이 그건 아마도 덴구天狗[15])가 재채기를 하거나, 아니면

---

14) 외딴 집에 사는 여인이 사실은 사람을 마구 죽이는 귀신이었다는 전설이 내려오는 지역. 현재의 후쿠시마 현(福島県) 니혼마쓰 시(二本松市)에 해당한다.
15) 얼굴이 붉고 코가 긴 상상의 요괴. 깊은 산에 살며 하늘을 자유롭게 날고 신통력이

눈이 셋 달린 승려가 방귀 뀐 소리였을 거라고 했지요. 모두들 방귀를 먹고 굴복한 거냐며 웃어댔지만, 이제 더 이상은 가고 싶지 않다며 아무도 건드리지 않았습니다. 그게 진짜 권총이었다면 이와미 주타로 岩見重太郎16)나 미야모토 무사시宮本武蔵17)라도 당할 재간이 없지 않겠습니까?"라며 떫은 차를 한 잔 들이킨다.

그렇게 혀를 적신 다음 주인장은 이야기를 계속했다. "농담은 그만두고, 그 무엇보다 기분 나쁜 건 말입니다."라며 목소리를 낮추었다. "유령이 나온다는 거지요."

여기가 중요한 대목이라는 것을 알고 다이스케는 "이 사람아, 설마 유령이라니."라고 일부러 코웃음을 쳤다.

주인장은 아주 진지한 얼굴로 "아닙니다. 남에게 들은 이야기가 아니에요. 제가 분명히 봤거든요."

"저런."

"그걸 떠올리기만 해도 소름이 돋을 지경입니다." 기분 나쁜 듯이 뒤를 돌아본다. "방 바깥쪽이 바로 숲이라 바람은 잘 불어듭니다만 이런 때에는 좀 아무래도 꺼림칙해서…"라며 방 구석구석을 살펴본다.

있다고 함.
16) 16세기 후반에 활약한 전설적 검객. 도요토미 히데요시(豊臣秀吉)를 따랐으며 비비(狒狒)를 퇴치하고 산적을 물리친 일화 등으로 잘 알려진 인물.
17) 17세기 초반에 활약한 유명 화가이자 검객. 그는 검술을 연마하기 위해 두루 여행을 했고 여러 뛰어난 검객들과 겨룰 수 있었으며 쌍검을 사용하는 니토류(二刀流)라는 검도를 창안했다.

다이스케는 짐작 가는 바가 있었다. 이야기를 더 듣고자 주인장에게 "이야기를 들려주시게. 사실 내가 괴담을 좋아한다오." 했다.

"너무 으스스한 이야기를 하면 반드시 마가 낀다고 하던데요." 주인장은 망설인다.

"바보 같구려." 하고 다이스케는 웃었다.

"그럼 불이라도 켤까요? 벌써 어둑어둑한데."

"괴담은 어두운 데서 들어야 제 맛 아니오."

"그런가요? 그럼 할 수 없지요. 지난 달 중순경의 어느 저녁 때 있었던 일입니다."

이 때 방안은 조용했고 유이가하마由井が浜[18]의 바람만 음산하게 불어왔다. 장지문의 문살도 보이지 않을 만큼 어두웠다. 천정은 먹처럼 검었고 사방이 보이지 않아 을씨년스러웠다. 때는 사람 얼굴만이 희미하게 보이는 땅거미 질 무렵이다.

주인장은 점점 겁이 나는지 부채로 펄럭펄럭 허리 주위를 부치면서 기운을 내서 이야기한다. "마침 딱 이 정도 시간이었지요. 볼일이 있어서 유키노시타를 지나가고 있었습니다. 예전부터 워낙 악평이 자자해서 벌벌 떨며 그 앞을 걸어가고 있었는데, 날카로운 여자의 비명이 그 앞 세이쇼 산青照山에 메아리쳐 울리는 겁니다. 그리고 ……끼익-끼익."

"그건 또 무슨 기분 나쁜 소리오?"

---

18) 가나가와 현(神奈川県) 가마쿠라 시(鎌倉市) 남부 사가미 만(相模湾)에 면한 해안. 지금은 '由比ヶ浜'라고 표기한다.

"햐아, 저로서도 뭐라고 표현할 수 없는 이상한 소리였습니다."라며 다이스케와 얼굴을 마주보더니 주인장은 무릎이 붙을 만큼 바짝 다가온다. "그러니까 그게 제 목덜미로 얼음이 들어간 듯 쭈뼛한 느낌이어서 못이라도 박힌 듯 그 자리에 서서 봤지요. 사실은 허리가 후들거려서 걸을 수도 없었습니다. 그러자 손님, 아카기 저택 높은 방의 작은 창문에서 스윽 하고 뭔가 나왔는데, 그건 바로 여자의 얼굴이었습니다. 창백하고 뺨은 푹 꺼진 듯 바싹 마른 데다가 머리카락이 여기서부터 여기까지-라며 동작을 한다- 이렇게 길었고, 크게 뜬 눈에서 빛이 난 것인가 싶더니 혼이 나간 목소리로 '살려줘요- 살려줘요-' 하고 외쳤지요."

이야기를 들으며 다이스케는 속으로 생각했다. 아무래도 도쿠조에게 시달린 시즈에나 혹은 그 동생이리라. 살아 있기만 하다면 이제 곧 구해내 주마. 마음에 공연히 연민이 일었다.

도중에 잠깐 이야기가 끊기고 여관 주인은 담배를 한 대 피우겠다며 어둠 속에서 손을 더듬어 곰방대를 찾았다. "어. 이상한데. 여기 두었던 곰방대가 어디 간 거지? 이것 참. 마가 끼었나. 기분 나쁘게." 하며 여기저기를 둘러보다가 무엇을 보았는지 으악! 하고 소리를 질렀다. 다이스케도 놀라 그쪽을 쳐다보니 방 입구에 연기 같은 것이 몽롱하게 감돌고 있는 게 아닌가.

그 하얀 것은 무엇인지 알아볼 틈도 없이 번개처럼 휙 하고 어둠속으로 사라졌다. 곧 다이스케의 앞에 하얀 여인의 얼굴이 나타났다가 닦아낸 듯이 또 사라진다. 그러더니 장지문에 풀어 흐트러진 머리가 스치는 듯 사락사락 소리가 나는 것이었다.

6 흐트러진 머리乱れ髪

주인장이 지르는 소리에 무슨 일인가 싶어 여관 안주인이 황망히 달려왔다.

"어머, 여보. 무슨 일이에요?" 램프에 불을 켜며 도코노마床の間[19] 쪽을 보자마자 안주인도 "앗!" 하며 뒤로 넘어갔다. 안주인을 안아 받쳐주며 다이스케가 휙 돌아보니 주련柱聯[20]에 걸린 초상화처럼 도코노마 기둥에 기대어 서 있는 괴이한 여인이 있었다.

가만히 그 여인을 보니 나이는 스물두셋 정도 된 것 같다. 부들부들 힘없는 흰 천으로 만든 유카타浴衣[21]가 여기저기 찢어져 있고, 어깨와 허리 근처에는 보기에도 딱한 핏자국이 스며 있는 것을 아무렇게나 휘감고 있다. 앞섶은 열려 있고 허리띠도 매지 않은 상태였는데, 붉은 바느질이 박힌 끈을 가슴께에 질끈 묶고 종아리는 다 드러나는 등 옷매무새가 엉망이었다. 이슬이라도 떨어질 것 같은 검은 머리는

---

19) 일본 전통 가옥에서 다다미 방의 정면에 바닥을 한 층 높여 만들어 놓은 곳으로 족자를 걸거나 도자기 및 꽃병을 장식하는 공간.
20) 기둥이나 벽에 거는 글이나 그림 장식.
21) 옷고름이나 단추가 없고 허리띠를 둘러 입는 긴 무명 홑옷. 목욕 후 또는 여름철 평상복으로 입는다.

숱이 많아 어깨에 흘러넘쳤고 버드나무처럼 가는 허리에도 휘감겨 있다. 살결은 새하얗고 속이 비칠 정도로 깨끗한데 얼굴은 매우 새파래 보였다. 하지만 의연한 품위가 있었고 눈에는 섬광이 번뜩였으며 뺨에는 살이 없고 아래턱은 뾰족했다. 얇은 홑옷 위로 어깨 골격이 애처롭게 드러나 있는데 도저히 이승 사람처럼 보이지 않았다.

램프의 불빛이 갑자기 비치니 사라질 수 없겠다 싶었을까? 다이스케와 사람들을 보며 말없이 싱긋 흰 이를 드러내며 웃는 여인의 모습은 모골이 송연할 정도였다.

사람들이 말을 걸어도 대답도 않고 그저 실실 웃는 것을 보며 다이스케는 근처의 미친 여자일 것이라고 생각했다. 그런데 주인장에게 물어보니 주변에 그런 사람은 없다고 한다.

아직 다이스케의 품속에는 오늘 아침 환자의 몸에서 나온 그 사진이 있었다. 문득 그 얼굴을 떠올려보았다. 앞에 서 있는 여인이 너무도 초췌해서 그 얼굴이 남아있지 않지만 전체적인 느낌만큼은 닮은 구석이 있었다. 그렇다면 시즈에가 어떻게 탈출해서 나왔다는 말인가!

하루 종일 감금되어 있다고 했으니 모질게 시달려 지친 상태였을 것이다. 숨 쉬는 것마저 괴로워 보였다.

시즈에라면 이대로 돌려보낼 수는 없다고 생각하여 다이스케는 주인장에게 말했다.

"어디 조용한 곳에 뉘이고 음-, 마음을 가라앉히는 게 좋겠소. 이 집으로 들어온 것도 다 뭔가 인연이 있어서 아니겠소?"

이렇게 말하니 주인장도 마음씨 착한 남자여서 군소리 없이 따른다.

"건너편 끝에 있는 방은 창밖이 곧바로 묘지로 이어져서 손님이 없습니다. 유령이 아니라면 그리로 데려가서 돌보라고 하지요."라며 아내를 돌아보았다.

"여보. 여자 종업원들을 오라고 하구려."

남편 말에 따라 아내는 무서워하면서도 여인의 손을 잡아서 이끌었다. 이 수상한 여인은 거스르지 않고 순순히 부부를 따라가면서, 마치 그 인정에 감사하듯 어여쁜 눈으로 비스듬히 다이스케를 돌아보고 또 돌아보며 비틀비틀 방을 나갔다.

그 때 창밖에서 끈적거리는 거미줄을 손으로 걷어내며 툇마루 아래로부터 기어나오는 사람이 있었다. 구다이후九太夫[22]라고 하기에는 사람이 좀 모자란 아카기의 하인 하치조였다. 그는 아까부터 다이스케의 뒤를 쫓아 이 건물 툇마루 아래에 숨어서 각다귀들에게 실컷 물리면서 그 고통을 참고 있던 갸륵한 호걸이었다.

그러는 사이에 해가 지고 숲속도 어두워질 무렵 소복을 입은 한 여인이 나무 아래 그늘에 나타났다. 하치조는 그 여인이 천천히 걸음을 옮기며 덧문을 닫아 두지 않은 툇마루로 조용히 올라가는 것을 멍하니 보고 있었다. '참으로 닮은 여인도 다 있구나' 생각하며, 진짜 시즈에는 방에 갇혀 있으니 나왔을 리 없지 하고는 방에서 나는 소리에 계속 귀를 기울이고 있었다.

---

[22] 유명한 고전 연극 《가나데혼 주신구라(仮名手本忠臣蔵)》에 등장하는 배신자. 구다이후가 바닥 아래에 숨어 읽어서는 안 되는 밀서의 내용을 훔쳐 보는 장면으로 유명하다.

그런데 머리 위의 방에서 뭔가 사람들이 소란스러운 낌새가 나지 않는가. 유령이라며 웅성대다가 마침내 잠잠해지더니 여인을 저쪽으로 데려가 돌보겠다며 데리고 나오는 소리를 끝까지 다 들었다. 하치조는 툇마루 아래에서 스윽 나와 모기를 쫓아내며 우거지상을 짓는다. 저 여인이 시즈에라면 이거 큰일이다. 빨리 확인해야겠다는 생각에 몰래 여관 뒤쪽의 묘지로 갔다.

다이스케가 이 이상한 여인을 방에서 내보내고 시즈에의 사진을 꺼내어 램프에 비춰 보았다. 아까 그 여인과 비교해 보고 있는데 주인장이 방으로 다시 들어왔다.

"손님, 이부자리를 깔아 주니 쓰러지듯 눕더군요. 왠지 가여운 여인입니다."

"참 친절하게 잘 하셨소이다. 그리고 무슨 말인가 하던가요?"

"벙어리가 아닌가 싶던데요. 무슨 말을 해도 들리지 않는 것 같았습니다."

"어쨌든 큰 이야깃거리가 될 것 같아요."

"그게 무슨 말씀이신지."

"내가 지금 잠깐 다녀올 곳이 있소. 주인장에게 폐를 끼치지는 않을 테니 내가 돌아올 때까지 여인을 저렇게 잘 숨겨 두어 주겠소? 옷에 피가 묻어 있거나 부들부들 떠는 것을 보면 못된 시어머니에게 시달린 어느 집 며느리일지도 모르니."

"그렇군요."

"아니면 계모에게 시달리는 딸이거나."

"유괴를 당해서 창녀로 팔아넘겨진 것일지도 모르지요. 그런 일도 가끔 있거든요."

"음, 그럴 지도 모르겠군. 어쨌든 복잡한 사정임에는 틀림없는 것 같소. 주인장, 일단 의협심을 좀 발휘해서 잘 봐주시오."

"아, 그러고 말고요. 에헴." 하며 주인장은 협객이라도 된 모습이다.

'하하하하하하. 이러면 이제 뒷걱정은 없겠지. 주인장이 만약 주저하기라도 했으면 내가 탐정이라고 밝혀야 했겠지만, 알아서 여인을 잘 지켜줄 거라 호언했으니 더할 나위 없이 잘 됐어. 보통의 경우라면 이 여인을 돌봐 주어야 마땅하지만, 대악무도한 범죄자가 눈앞에 있는데 그걸 등한시 할 수는 없지.'

다이스케는 서둘러 채비를 갖추어 유키노시타로 갔다.

한편 아카기의 하인 하치조는 묘지 쪽으로 가서 그 끝의 방 앞에서 숨죽이고 있었다. 다른 사람은 다 물러가고 그 이상한 여인만이 남아 있는 것 같았다. 쓰러진 묘비를 밀어서 그 위에 올라가 발돋움을 하고는 창문을 약간 열고 안을 들여다보았다. 그 여인은 이쪽을 향해 베개를 베고 누워 있어서 얼굴과 모습이 잘 보였다.

"야아!" 하고 너무 놀란 하치조는 자기도 모르게 소리를 질렀다. 그 소리에 여인은 조금 머리를 들면서 창을 올려다보았다. 순간 하치조가 얼굴을 쑥 들이밀며 손으로 여인을 잡으려는 시늉을 하고는 "너! 가만 두지 않겠다."며 쏘아봤다. 마치 렌리비키(連理引き)[23]로 잡아당겨

---

23) 가부키(歌舞伎)의 연출 기법의 하나. 유령이나 원혼 등이 손을 뻗어 사람을 뒤에서 잡아다니는 시늉을 하면 사람이 목덜미를 잡힌 듯이 후퇴하면서 되돌아가는 동작.

진 것처럼 여자는 벌떡 일어나 벌벌 떨며 두 소매로 얼굴을 가리고 엎드리며 "으악!" 소리쳤다.

7 새장 속의 새籠の内

　구라세 다이스케는 여관을 나와 유키노시타로 가면서 수풀이 무성한 숲 속으로 들어섰다. 달이 청명하게 비추어 나뭇잎 뒷면까지 다 보일 정도로 밝았다. 문득 뺨의 초승달 상처가 떠올랐다. 혹시 또 드러나지는 않았나 싶어서 손거울을 꺼내어 보았는데, 번쩍 빛나는 조마경照魔鏡[24] 속에 사람 모습이 비치는 게 아닌가. 깜짝 놀라 거울을 떨어뜨렸다.
　그 순간 철봉이 허공에서 춤추며 다이스케의 머리를 향해 "에잇!" 소리와 함께 내려쳐졌다. "이얏!" 하고 몸을 되돌리니 철봉이 빗나갔고 그 기세에 길가의 바위가 두 동강 났다. 돌과 철이 부딪히며 불꽃이 튀었다.
　악당 하치조가 다이스케를 미행하다가 다이스케가 순간 방심하는 틈을 노려서 내려친 것이었다. 다행히 가까이 따라붙은 뒤쪽 수상한 자가 순간적으로 거울에 비쳤기에 망정이지 아니면 다이스케는 몸을

---

[24] 마귀의 본성을 비추어서 그의 참된 형상을 드러내 보인다는 신통한 거울.

건사할 수 없었을 것이다.

"아이쿠, 이런!" 소리를 치며 하치조가 철봉을 다시 잡는 것을 다이스케가 지켜보다가 "꼼짝 마라!" 하며 대갈일성했다. 순간 하치조가 주춤하는 틈을 타서 전광석화와 같은 주먹을 뻗어 날리자 하치조는 급소를 맞더니 휘청하며 발이 미끄러졌다. 대지가 쿵 하고 울린다.

"이런 달밤에 암살을 하려하다니. 바보 같은 놈." 다이스케는 웃으며 수상한 자의 얼굴을 보았다.

그리고는 "아니, 너는 병원에 왔던 그놈이 아니냐. 아카기의 수하임에 틀림없군. 음-, 벌써 내가 올 줄을 알고 있었던 게로군. 방심할 수 없겠는걸. 참으로 위험천만했어. 조금만 잘못 했으면 이 돌처럼 두 동강이 날 뻔했으니. 터무니없이 힘은 센 놈이군." 하고 혀를 내둘렀다.

"잠깐, 뭐든 실마리가 될 만한 걸 지니고 있을 지도 모르지." 다이스케는 하치조의 몸을 샅샅이 점검하다가 허리에 달린 열쇠를 빼앗았다.

'경우에 따라서는 천금보다 나은 물건이 될 수도 있을지 모른다. 이게 있으면 아카기 집으로 들어갈 수 있지 않을까?' 다행이라 생각하며 다이스케는 빙긋 웃고는 고개를 끄덕이며 옷소매에 열쇠를 넣었다. 그리고 뒤도 돌아보지 않고 히키가야쓰比企が谷[25)]의 숲을 지나 큰 마을을 지나고 작은 마을을 넘었다. 또한 자젠 강坐禪川을 건너고

---

25) 가마쿠라 동부의 계곡의 이름. 옛날 히키(比企) 씨 일족이 살던 지역이라는 의미에서 유래.

- 이렇게 서둘러 가다보니 어느덧 유키노시타에 도착했다.

(이야기는 잠시 앞으로 되돌아간다.)

아카기 도쿠조는 탐정의 동태를 살피라고 하치조를 내보낸 후 편치 않은 표정으로 초조하게 자리에서 일어나 방을 두 칸, 세 칸 지나쳐서 어떤 방 안으로 들어갔다.

그 방은 세 평 정도의 넓이로 한쪽 면에는 해를 가리는 장막이 쳐졌다. 나머지 삼면은 벽으로 발라져 있고 육 척 정도의 큰 미닫이문이 있었다. 도코노마에는 여섯 자 길이의 널빤지가 깔려 있는데 족자도 없고 꽃병도 없다.

그런데 그 공간 중앙에 다른 곳에서는 볼 수 없는 장식물이 있었다. 가마쿠라 시대[26]의 귀부인일까? 고우치기小桂[27]를 쫙 빼입고 부드러운 명주천을 푹 뒤집어쓴 사람만한 크기의 입상立像이 하나 있다.

흘러내리는 검은 머리가 고소데小袖[28]의 옷자락까지 닿을 정도로 긴, 표정도 있고 향기도 있는 인형이었다. 아무 말도 없고 꺾을 수도 없는 높은 산봉우리의 꽃 같다. 모습을 가리고 있는 구름을 거두고 나오는 달처럼 그 안에서 동그란 얼굴이 나온다면 필시 꽃처럼 사랑스러우리라.

---

26) 가마쿠라에 막부(幕府)가 있던 시기로 보통 1192년부터 1333년까지를 일컫는다.
27) 옛날 지체 높은 여인들의 웃옷. 정장에 준하며 보통 우치기(桂)보다는 약간 길이가 짧다.
28) 소맷부리가 좁은 형태의 옷. 소박한 통소매의 속옷이 점차 웃옷으로 발전됨.

도쿠조는 인형 앞으로 똑바로 다가가 "어디 보자."하며 귀부인 인형의 가리개 천을 들어올리고 촛불을 들어서 보았다. 그리고는 "음, 좋아. 좋아."라며 혼잣말을 한다. 다시 원래대로 가리개 천을 내렸다.

"나중에 다카타高田가 오면 이건 그쪽에 넘기고 돈을 받아야지. 시즈에를 내 마누라로 삼아 공채며 철도주식, 모든 재산을 내 명의로 바꿔야 할 텐데. 하지만 시즈에 저것이 또 저렇게 고집을 부리니 다루기 어렵구먼. 온갖 방법을 다 써가며 어르고 달랬다가 때리고 꼬집기도 해가며 설득해도 싫다고 하니. 그래도 도쿄에 가기 전에 대들보에 매달아 죽을 맛을 보게 했으니 조금은 말을 듣겠지. 게다가 혼마 녀석이 죽었다는 이야기까지 듣고 나면 십중팔구 내 사람이 될 거야. 그런데 아무래도 그 탐정이 개처럼 냄새를 맡은 모양이야. 오늘 밤에 모두 다 처리해 버리겠어. 그럼 난 내일부터 부자가 되겠지? 어디 보자. 숨겨 둔 첩실의 얼굴이라도 좀 보면서 위로를 삼아볼까?"

도쿠조는 오랫동안 시즈에를 가둬두었던 감옥 방으로 가려고 복도를 돌다가 난간에 잠깐 기대었다. 이곳은 아카기 집에서 가장 높은 곳이라 종횡으로 구부러진 길들이 유이가하마까지 다 내려다보이며 가마쿠라 땅의 반은 시야에 들어온다.

산자락에 달이 나오고 밀물이 들어오는 때였다. 히키가야쓰의 숲쪽을 특별히 본다고 할 것도 없이 그냥 바라보고 있는데 저 멀리 논두렁에 어렴풋하게 여인의 모습이 보인다. 달빛에 검은 머릿결이 밤바람에 너울너울 휘날리며 흰 옷을 입고 가는 것이 그림처럼 눈에 들어왔다. 남쪽을 향해 가고 있는 것 같았다.

도쿠조는 "엇!" 하고 놀랐다.

"저건 분명 시즈에다. ……아니, 아니야. 삼 년 전부터 지금까지 그 견고한 방 안에 처박혀 있었는데, 설마 마술을 부린 건 아닐 테고. 절대로 밖으로 나갈 수 없어. 이건 뭔가 내 마음이 일으키는 착각일 게야. 도망치게 하면 안 된다, 안 된다고 생각하다 보니 헛것이 보이는 걸 거야. 이 정도 일로 이렇게 신경을 쓰다니 참 나도 한심해졌군. 잘못 본 거야. 오십 줄에 들어서면 좀 나아지려나? 하지만 방심할 수는 없지. 빨리 가서 확인을 하고 안심하는 게 낫겠어. 뭐 당연히 방에 있을 텐데……에잇, 그래도 만약을 위해서 가보자."라며 서둘러 달려갔다.

북쪽 전망대라고 이름붙인 방의 그 괴상한 문 앞에 도착하여 비상 열쇠로 문을 열었다. 우레와 같은 소리와 함께 철문이 좌우로 열렸다. 방안에 감돌던 미지근한 바람이 훅 하고 얼굴에 닿아 불쾌하기 짝이 없었다.

램프를 비추어 방안을 둘러보았다. 그런데 땅으로 꺼졌는가? 아니면 하늘로 솟았는가? 설마 했더니 시즈에가 정말로 사라지고 없었다. 도쿠조는 기겁을 했고 그 눈에는 핏발이 섰다.

8 환영 幻影

아카기 도쿠조가 인형의 방을 나간 조금 뒤에 이상한 일이 일어났다. 바람도 없는데 인형의 얼굴가리개가 흔들려 떨어지더니 예쁜 인형 얼굴이 드러났다. 유리 같던 눈동자도 움직이더니 급기야 아름다운 여인이 조용조용 방 안을 그림자처럼 걸어 다녔다. 이 환영은 마치 달밤에 물위를 떠다니는 연기 같아서 손으로 잡을 수도 없는 풍경이었다.

그 때 다타미 위를 거칠게 쿵쾅거리며 오는 발소리가 저쪽에서 들렸다. 검은 머리와 흰 얼굴은 갑자기 사라지고 인형은 원래대로 얼굴가리개를 뒤집어썼다.

그 순간 덜커덕 하며 문이 열렸다. 도쿠조는 시뻘건 눈으로 달려 들어왔다.

"이쪽은 괜찮은 건가? 마치 무슨 날개가 돋아나서 날아가 버린 것도 아닐 테고. 이것 참 큰일 났군. 말도 안 되는 일이야. 한 번 더 확인해 봐야겠어." 하며 작은 램프의 심지를 돋우었다.

그리고 거칠게 인형의 얼굴가리개를 젖히며 꼼꼼히 들여다보고는 이전대로 다시 덮어 두었다.

"음, 이쪽은 별 일 없군. 조금은 마음이 놓여. 그런데 시즈에는 도대체 어떻게 사라진 거지? 할망구가 나를 배신한 게 아닐까? 으-음. 일단 한 번 물어봐야겠군."

손뼉을 크게 몇 번 치니 잠시 후 도쿠조의 코앞에 누군가 납작

엎드린다. 이 집에서 밥 짓는 일에 부려먹는 오로쿠お録라는 노파였다.

도쿠조는 날카로운 말투로 "오로쿠, 시즈에를 어디로 빼돌린 거야?" 하고 노파를 노려보았다.

노파는 놀란 얼굴을 들고 "예? 시즈에 아가씨가 어떻게 되셨다고요?" 하며 되물었다.

"시치미 떼지 마. 할멈이 도망가게 한 게 틀림없잖아."

"아닙니다. 정말 모릅니다."

"할멈, 말해."

"저는 아무것도 몰라요."

"좋아. 털어놓지 않으면 이렇게 해주지."라며 품속에서 총알이 장전된 권총을 꺼냈다. "죽여 버리겠어."라며 노파의 가슴 쪽을 겨누었다.

노파는 발밑에 엎드렸다. "제가 왜 그런 짓을 하겠습니까? 나리께서 도쿄에 가셔서 집에 안 계실 동안에도 제가 시즈에 아가씨를 잘 감시하고 있었습니다. 밧줄은 풀어드렸지만."

"그것 봐. 그런 돼먹지 않은 자비심이나 베풀다니. 내가 허락하지 않는 한 돌아올 때까지 절대로 풀어주면 안 된다고 그렇게 신신당부를 했잖아."

"그래도 하도 흑흑 울어대니 귀가 어두운 저조차도 잠을 못 잘 지경이었답니다. 게다가 나리. 이틀이나 그렇게 대들보에 매달아 두면 죽어버리지 않았겠습니까?"

"에잇! 그런 건 아무래도 상관없어. 어디로 도망치게 한 거야! 그걸 말하란 말이야."

살아 있는 인형 活人形

"방금 전에도 북쪽 전망대를 한 바퀴 돌아봤습니다요. 시즈에 아가씨는 평소처럼 그 방 안에 쓰러져 있었는데요. 갑자기 사라졌다니 그게 정말인가요? 나리."

이렇게 말하는 것을 보니 거짓말을 하는 것 같지는 않아서 도쿠조는 더욱 의문에 휩싸였다. 그렇다면 방금 논두렁을 달려가던 여자는 새장에서 벗어난 작은 새란 말인가?

시즈에가 일단 세상으로 나가게 되면 자기가 저지른 악행이 순식간에 다 퍼질 것이라는 생각에 제 발이 저려 도쿠조는 제 정신이 아니었다. 무참하게 죽인 뱀이 머리만 어디로 사라져 버린 것 같아서 안절부절 조바심이 났다.

차라리 뒤쫓기라도 해서 샅샅이 뒤져 찾아낸 다음 질질 끌고 돌아올 생각으로 오로쿠에게 뒷일을 맡기고 부엌문으로 나가려고 했다. 그런데 문이 밀어도 안 열리고 당겨도 안 열리는 것이었다.

"바보 같은 하치조 녀석! 밖에서 자물쇠를 채우고 가버리는 놈이 세상에 어딨어!"라며 괜한 화풀이로 성을 낸다.

때마침 누군가가 현관문을 두드리며 "계십니까? 문 좀 열어주십시오." 하고 찾아왔다. 귀에 익은 목소리라 오로쿠가 문을 열어주니 하인을 데리고 한 신사가 쓱 들어왔다.

이 사람은 다카타 다헤이高田駄平로 요코하마橫濱[29]에 사는 고리대금업자이다. 도쿠조와는 의기투합한 각별한 사이였는데, 의리도 인정

---

29) 가나가와 현(神奈川県) 동부의 항구도시. 1859년에 개항한 이후로 국제무역항으로 발전한 상공업 도시.

도 없기로 이름이 높아서 사람의 생피를 빨아 먹는 흡혈귀[30]라는 별명을 가진 남자다. 그가 데려온 하인은 긴페이銀平라고 하며 다카타가 마음에 들어 하는 극악무도한 사내다. 둘 다 승복僧服을 걸친 늑대나 다름 없는 인물이다.

다카타가 도쿠조를 보고 말한다. "아카기 씨, 안녕하셨소?"

도쿠조도 나아가 맞이하며 "이거 다카타 씨 아니십니까. 자. 이쪽으로 드시지요." 했다.

주인은 이 층 밀실로 손님을 안내하였고 세 사람이 자리를 잡고 앉았다. 다카타는 실실 웃는 얼굴로 궐련을 피우며 말했다.

"곧바로 본론으로 들어갑시다. 아가씨는 잘 있습니까?"

"예. 오후지 말씀이시지요?"

"그렇지요. 내 애인. 하하하하하하."

다카타의 녹아내릴 듯한 표정을 보고 긴페이가 따라서 "히히히히." 웃는다.

도쿠조는 쓴 웃음을 지으며 "오후지는 별 일 없지요. 약속한 대로 오늘 밤 다카타 씨께 드릴 것입니다. ……그런데 사실은 시즈에가."

"아, 예. 무슨."

"시즈에가… 참. 말도 안 되는 일이 벌어졌습니다."

"아하, 죽어버렸군요. 그러니 내가 말하지 않았소. 그런 무참한 짓은 하지 말라고. 결국 죽이고 말았구려. 에이, 너무 심한 짓을 하셨

---

30) 원문에서는 '吸瓢', 즉 '흡각(吸角)'이라는 단어를 사용하고 있다. 흡각은 국부적인 염증이나 농양 따위를 치료하는 데 쓰는 기구.

소이다.”

 “아니오. 죽었으면 차라리 낫지. 어떻게 된 일인지 몰라도 도망쳐 버렸습니다.”

 “뭐라! 도망을 치다니.”

 “그래서 지금 제가 찾으러 나가려던 참입니다.”

 “허어, 그거 참 큰일이군. 꾸물거리면 안 되겠네요. 그 여자가 입이라도 뻥긋 하면 이 모든 일이 발각될 테니. 이렇게 합시다. 우리 긴페이에게 맡기시지요. 이봐. 긴페이. 넌 그런 일을 많이 해봤으니 서둘러 찾아 드리거라.” 하고 명령을 내렸다.

 도쿠조도 집에 탐정이 기웃거리는 것을 알고 있었으므로 직접 밖으로 나가기가 꺼림칙하던 차에 잘 되었다 싶어서 긴페이에게 “그럼 수고스럽겠지만, 부탁하오. 다카타 씨와 나는 볼 일이 약간 남아 있으니.” 이렇게 말했다.

 원래 한통속인 패거리라 모든 내용을 다 알기에 긴페이는 고개를 끄덕였다.

 “예, 예. 알겠습니다. 시즈에 아가씨가 그런 차림으로 뛰쳐나갔다면 지금쯤 온 가마쿠라에 소문이 났을 것입니다. 누가 뭐라고 하든 미치광이 취급을 해서라도 끌고 오겠습니다. 피투성이인 그 모습이라면 누구도 미쳤다는 걸 의심하지 않을 것입니다. 나리, 지금 당장 다녀오겠습니다.”라며 일어선다.

 도쿠조는 잠깐 기다리라고 붙들고 “잘 알겠지만 그 초승달 흉터의 탐정이 이 근처에 와 있소. 그러니 방심은 하지 않도록 하시오.” 하고 확인을 해두었다.

"으-음, 그럼 쉽지 않겠군. 긴페이. 확실히 붙잡아 오거라."라며 다카타도 덧붙였다.

긴페이가 가슴을 탁 치며 "걱정하지 마십시오." 하고 발걸음도 가볍게 뛰어나가 앞문을 빠르게 통과했다.

그러다 저 앞쪽에서 이쪽을 향해 오던 젊고 잘생긴 남자와 마주쳤다. 서로 스치며 똑같이 돌아보며 밝은 달빛에 얼굴이 마주쳤지만, 본 적이 없는 얼굴이라 긴페이는 그냥 가던 발길을 재촉했다.

사실 이 남자는 구라세 다이스케였다. 나쁜 하인 하치조를 쓰러뜨리고 지금 막 이곳으로 오던 참이었다.

9 찢어진 차양破廂

다이스케는 낮에 미리 와서 중요한 지점을 파악해 두었으므로 곧장 아카기 집 뒤편으로 갔다. 울타리 나무가 벌어진 틈을 파헤치고 마당에 들어섰다.

끝이 보이지도 않는 넓은 마당은 황폐해질 대로 황폐해진 상태였다. 노송나무나 오래된 삼나무의 그늘이 짙고 꽃도 피지 않는 풀들이 마구 자라 있어 발 디딜 만한 길도 분간하기 어려울 지경이었다. 무너져 내린 흙더미도 있었고 물이 말라버린 샘도 있었다. 쓰러져가

는 사당에는 여우가 살고 있는 것 같았으며 귓가의 나뭇가지에서 엉-
엉- 올빼미가 계속 울어대는 소리는 너무도 섬뜩했다. 나뭇잎을 스치
는 바람 소리는 나지만 먼지를 쓸 빗자루는 없었으니, 거미줄만이
제 세상을 만난 듯 안개처럼 얼기설기 뿌옇게 쳐진 것도 보기 딱할
지경이었다.

　사람들이 요괴가 사는 집이라고 수군대는 것도 당연하다고 생각하
며 다이스케는 팔짱을 끼고 서 있다. 그런데 머리 위 무성한 소나무
사이로 무언가가 하늘에서 휙 떨어지더니 발밑에 툭 떨어지는 것이었
다. 무엇일까 싶어 주워보니 흰 옷 조각에 돌멩이가 하나 싸여 있었
다. 그 천조각을 펼쳐서 달빛에 비춰보니 선명한 피로 다음과 같은
글이 적혀 있었다.

　〈이제 곧 살해당하려는 여자가 씁니다. 제발 이 집에서 구해 주세요……〉

　삐뚤빼뚤 정신없이 휘갈겨 써서 글씨는 엉망이었고 붓으로 쓴 것
도 아니었다. 추측건대 손가락을 깨물어 그 피를 배어나게 하여 쓰다
가 마지막 부분에는 피가 철철 흐른 것 같았다. 이것을 보고 다이스케
는 저도 모르게 눈물을 툭 흘렸다.

　'이것을 던진 건 시즈에일까? 아니면 오후지일까? 차마 눈뜨고 볼
수가 없구나. 그래서 내가 왔다. 여기 다이스케가 있다. 오늘 밤 안에
지옥에서 구해 내 내일은 이 세상으로 데리고 나오리라. 그런데 이것
은 어디에서 던진 것이지?'

　집의 높은 쪽을 올려다보았지만 이거다 싶은 그림자도 보이지 않

고 솔숲에 휭휭 부는 바람은 살려달라는 양 슬픈 소리로 우짖는다. 마음을 굳게 다잡고 사람 키만큼이나 자란 여름풀을 젖은 소매로 헤치고 또 헤치며 안쪽 깊이 들어가서 몰래 잠입할 곳이 있을까 하고 여기저기를 돌아다녔다. 깜짝 놀랄 만큼 광대한 건물 안에 사는 사람이 있는지 없는지 등불 흔적조차 밖으로 새어 나오지 않았다.

찢어진 차양으로 비쳐드는 달이 무너져 내린 벽을 비추었고, 집안은 삭막하여 무덤 같았다. 잠시 후 다이스케는 바깥문 쪽으로 나와 현관 앞에 서서 문을 시험 삼아 밀어보았다. 그러나 안에서 단단히 잠겨 있어서 열리지 않는다. 부엌문 같아 보이는 곳으로 가서 혹시나 하고 당겨보아도 마찬가지였다.

어떻게 할까 고민하다 문득 자물쇠 쪽을 보니 밖에서 잠겨 있는 게 아닌가! 소매 안을 더듬어 아까 하치조에게서 빼앗은 열쇠를 넣어 보았다. 혹시나 했는데 하늘이 도왔는지 딸깍 하고 맞아든다. "잘 됐군." 문이 열려서 옮거니 하며 안으로 숨어들어갔다.

암흑 속에서 걷기에 익숙해지자 발끝으로 걸으며 발소리를 죽였다. 판자로 된 계단이 손에 잡혔다. "이제 큰일에 한 걸음 들어선 셈이군." 하며 귀를 기울였다. 아무도 알아차리지 못한 것 같아 안심하고 이층으로 올라갔다.

벽 틈으로 새어 들어오는 달빛으로 사방을 죽 살펴보니 긴 복도 양쪽에 방이 즐비하게 늘어서 있다. 대개 비가 새어 들어와 썩거나 기둥만이 들쭉날쭉 서 있었고 다타미는 찢어졌으며 천장도 벗겨졌다. 게다가 칸막이나 장지문도 없었지만 옛날에는 꽤나 대단한 저택이었던 모양이다. 보이는 방만 해도 하나, 둘, 셋, 일일이 셀 수 없을 정도로 많다.

멀리 저 끝에 문이 닫힌 방이 있었다. 등불이 희미하게 새어나오고 있어 중요한 곳처럼 보였다. 가까이 다가가 귀를 바짝 대고 소리를 들어보았다. 방안에서 인기척이 나지 않아서 몰래 문을 밀고 들어갔다. 이곳은 바로 인형이 놓여 있는 방이었다.

장막이 쳐져 있어서 몸을 숨기기에는 안성맞춤일 것이라 판단하고 다이스케는 덧문과 그 장막 사이에 재빨리 몸을 숨겼다. 숨은 상태로 방안을 살펴보니 정면의 판자가 깔린 마루에 아주 보기 드문 인형이 있었다. 그리고 인형 앞에는 열 일고여덟 쯤 되어 보이는 아름다운 아가씨가 앉아 있었다.

다이스케는 숨을 죽이고 그 모습을 지켜보았다. 아가씨는 무언가 깊은 생각에 잠긴 모습으로 고개를 숙이고 있었다. 옆으로 고개를 돌리지도 않았으며 지금 다이스케가 들어왔다는 사실도 전혀 알아채지 못한 것 같았다.

이마와 목덜미에서 기품을 느낄 수 있었고 피부가 희며 몸집도 적당했다. 탐스러운 머리를 묶은 모습이 아름답기 짝이 없었다. 아가씨는 정좌하고 있는 것이 힘들었는지 앉은 자세를 풀고는 쓰러져 울다 흐느끼며 이렇게 중얼거렸다.

"아아, 악한의 손아귀에 붙잡혀 도망도 못 가고 도와줄 사람도 없구나. 저 다카타의 더러운 손에 그냥 이대로 죽어버렸으면 좋겠다. 언니는 어찌 지내고 있는지. 아마도 나와 마찬가지 신세겠지?"라며 옆으로 쓰러져 그저 울고 또 운다.

그러다 힘없이 일어나 빨개진 눈을 소매로 훔치며 인형 앞에 마주 섰다.

"인형아, 잘 들어라. 너는 돌아가신 우리 어머니와 많이 닮았단다. 그래서 평소에 항상 언니와 나 둘이서 너를 참 좋아했지. 그런데 내가 지금 이런 신세가 된 것을 뻔히 보면서도 살려주지도 않으니 너무하는구나. 원망스럽다. 보렴. 이제 아무도 널 돌봐주지 못하니 이렇게 더운 여름에도 솜이 들어간 옷을 입고 있잖니? 나를 원래대로 만들어 준다면 맛있는 밥상도 차려주고 옷도 갈아입혀 주마. 언니와 둘이서 너에게 예쁜 옷을 만들어 내일 입히자며 들떠서 잠들던 날 밤부터 저 사악한 도쿠조에게 이런 꼴을 당하게 된 걸 너도 잘 알고 있지 않느냐? 오늘 밤 다카타가 나를 욕보일 것이다. 제발 어떻게든 해 다오. 응? 아, 이렇게까지 부탁을 하는데 너는 대답도 않는구나." 인형의 허리에 꼭 매달려 애걸하는 그 모습에 다이스케도 눈물이 고였다.

아가씨는 또 "아, 용서해 주세요. 어머니. 잠깐이나마 이렇게 원망해서 죄송해요. 허나 이제 하느님도 부처님도 나를 구해주지 않으실 테니, 어머니가 제발 살려 주세요. 그렇지 않으면 저를 죽여서 빨리 어머니 곁으로 데려가 주세요. 제발요. 네?" 몸을 떨면서 인형을 있는 힘껏 끌어안으니 인형도 같이 덜덜 떠는 것 같았다.

다이스케도 그냥 두고 볼 수가 없었다. '그럼 먼저 이 아가씨부터 구출해 내자. 집 구조는 잘 알고 있을 테니 업고 도망치는 데에 큰 어려움은 없을 것이다.' 이렇게 생각하고 장막을 걷으며 앞으로 휙 나섰다.

그 갑작스러움에 놀라 아가씨는 "어머!" 하고 소리를 지르며 다이스케가 말도 걸기 전에 몸을 돌렸다. 그리고 인형 가리개 안으로 파고드는가 싶더니 갑자기 아가씨는 사라져 버렸다.

너무도 이상한 일에 얼이 빠져 다이스케는 멍하니 눈만 깜박였다. "이상하군, 이상해." 하며 다이스케가 조용히 인형 가리개에 손을 대려던 바로 그 때였다. 방 밖에서 시끌시끌 발소리가 나며 두세 명이 다가오는 기척이 들렸다. 아뿔싸. 다이스케는 나는 듯 뒤로 돌아 다시 장막 안으로 숨어들었다.

10 부부싸움 夫婦喧嘩

다카타의 하인 긴페이는 시즈에를 찾아내겠다며 동분서주했다. 항간의 소문에 귀를 쫑긋 세우며 길에 다니는 사람들에게도 모르는 척 물어봤지만, 실마리는 잡히지 않았다. 도쿠조가 남쪽으로 달려가는 것을 봤다고 했으니 하세長谷31) 쪽으로 가보려고 막연히 생각했다.

그래서 히키가야쓰로부터 나메리 강으로 길을 가고 있는데 숲 속

---

31) 가마쿠라 남부의 유명한 하세데라(長谷寺) 부근.

을 지나다가 나무뿌리를 베개 삼아 덤불 속에 쓰러져 누워 있는 자를 보았다.

혹시 나쁜 전염병이라도 걸린 사람이라면 가까이 갔다가는 큰일나겠다 싶어 자비심 없는 긴페이는 멀찍이 그냥 지나쳐 버리려 했다.

그러다 '잠깐, 내가 사람을 찾아다니는 입장이니 사람 모습을 한 거면 무엇에든 신경을 써야지.' 하며 생각을 바꾸어 가까이 다가갔다.

쓰러진 자의 면상을 달빛에 의지해 잘 들여다보니 예전부터 잘 알고 지내던 하치조가 아닌가! 입에 재갈이 물린 채 숨이 끊어져 있는 것 같았다. 긴페이는 이게 어찌 된 일인가 싶어 깜짝 놀라며 맥을 짚어보았다. 약하게나마 벌레 숨소리처럼 숨이 들락거리고 있기에 살려야겠다 싶었다.

큰 목소리로 "하치조, 이봐, 하치조. 어떻게 된 거야? 어떻게 된 일이냐고. 응? 하치조." 하며 있는 힘껏 두세 번 주먹질을 했다. 그게 생사의 갈림길에서 효과가 있었던 모양이다. 하치조가 "으음" 하며 신음을 했다.

그 모습에 힘을 얻어 "이봐, 정신차려." 하고 흔드니 하치조는 조금씩 정신을 차리고 배를 움켜쥔 채 일어났다. "아, 아프다, 아파. ……아이고, 아파라, 아프다. 나쁜 놈, 나에게 이런 짓을 하다니."

찡그린 얼굴로 긴페이의 얼굴을 보았다. "아니, 긴페이. 너무 늦게 왔잖아."

"내가 하마터면 하치조 자네의 명복을 빌 뻔 했잖은가."

"에이, 재수 없는 말 그만 해. 아이고, 말을 할 때마다 배가 울려서 대답을 못 하겠구먼."

"이게 다 어떻게 된 일인가?"

하치조는 머리를 벅벅 긁으며 자초지종을 이야기했다. 긴페이는 놀라면서도 한편으로는 중요한 사실을 알았다.

"흠. 그렇다면 시즈에는 나메리 강 야쓰하시로에 있다는 거군."

"그래, 어떻게 된 건지는 몰라도 그리로 들어왔더라고. 내가 창문으로 들여다보고 확인했지. 어떻게든 수를 써서 빼내려던 차에 다이스케 그놈이 밖으로 나가길래 재빨리 뒤를 쫓았지. 딱 기다리고 있다가 패주려고 했는데 오히려 실컷 얻어맞고 말다니. 분통 터질 지경이네."

"그렇군. 자, 같이 가세나. 가서 시즈에를 데리고 돌아가자구."

"그래, 그러자고."

"가자니까."

"간다고, 가."

서로 말을 나누다보니 벌써 나메리 강에 도착했다.

야쓰하시로 여관의 주인장 도쿠에몬得右衛門은 해질녘의 어둠을 틈타 들어온 요상한 여인을 끝 방에 눕혀 두었다. 그리고 마음 푹 놓고 안정을 취하게 해 주려고 아무도 옆에 오지 못하게 했다.

'시간이 지나면 정체가 무엇인지, 살아온 내력이 어찌 되는지 물어봐야지. 내가 할 수 있는 게 있다면 힘이 되도록 도와주마.' 호기심어린 착한 천성에 이렇게 생각했다. 이리이리 하고 저리저리 해서 이리이리 되면… 중얼중얼 혼잣말을 하고 고개를 끄덕거렸다. 계산대에 앉아 싱글벙글 하면서 만약 이 여인을 엿보는 나쁜 놈이라도 들어올까 싶어 안팎으로 신경을 쓰고 있었다.

부엌일 하던 아내가 일을 다 끝내고 다스키欅32)를 푼 다음 앞치마에 손을 쓱쓱 닦고 도쿠에몬 앞으로 다가 앉았다.

"당신, 어쩔 셈이유?"

"어쩌다니 뭘 어째?" 모르는 척 물었다.

아내는 바짝 다가와 "뭐긴 뭐예요. 알 거 다 아는 나이에." 말하는 낯빛이 심상치 않다.

도쿠에몬이 웃으며 "당신도 나이께나 먹어서 질투하기는." 하고 말하니 아내는 얼굴이 벌게지며 욱했다.

"한가한 소리 하지도 마시우. 당신 같은 사람을 두고 설마 질투를 할까."

"아이구, 무서워라. 왜 그렇게 떽떽거리며 말해?"

"저런 여자를 집에 두었다가 어떤 일에 말려들 줄 알고 그래요?"

"그런 건 신경 쓰지 마. 내가 다 생각해 둔 바가 있어. 다 알고 있다고."

"그래도 저 여자가 무슨 도망치는 공주도 아닌데 괜히 성가신 일을 떠맡을 거 없잖아요."

"당신이야말로 성가시게 굴지 말라고."

"아녜요. 저렇게 그냥 놔두면 틀림없이 촌장님이 불러내서 사정없

---

32) 일을 할 때 옷소매를 걷어 올려 묶는 끈. 양쪽 어깨에서 겨드랑이에 걸쳐서 가위 모양으로 어긋나게 맨다.

이 다그칠 거예요. 그러다 정확히 새벽 네 시가 되면 '이제 저 목을 쳐라!' 할 거라고요."

"그럼 가짜 목을 내놓지."

"누굴 바보로 알아요?"

"그 여자는 여기 없다고 하고 당장에 당신을 대신 내보내는 거지."

"말도 안 돼요."

"이것 참 기분 좋을 일이구먼."

"뭐가 기분 좋다는 거예요?"

"저렇게 예쁜 여자 목을 대신하니 당신은 죽어도 성불하게 될 거야."

"어머, 분해라."

"분하기는 뭐가 분해? '시체를 확인하러 들어오시오' 하면 죽은 얼굴이 변했다고 하지, 뭐. 하하하하하."

"당신, 정말!"

"아이쿠, 이게 무슨 짓이야. 숨 막혀, 숨 막힌다고."

"닭이 울어도 내가 이 손을 놓아주지 않겠어요. 내가 하는 말을 귓등으로도 듣지 않다니. 빨리 저 여자 내쫓아 버리라니까요."

"에잇, 물을 확 뿌려버릴까 보다."

"물어뜯을 거예요."

"아, 앗. 아파! 정말 물어뜯다니. 이 마누라가 미쳤나."

아내를 휙 뿌리치고 또 덤벼드는 것을 냅다 밀친다. 쨍그랑 쾅하는 소리가 나며 접시와 그릇이 날아다니는 소동으로 번졌다.

밖에서 듣고 있던 하치조와 긴페이는 '마침 잘 됐군.' 하며 스윽 들어왔다.

"여기, 실례 좀 하겠소."

11 미루메, 가구하나ゑめ、かぐはな[33]

"예, 예. 어서 오십시오. 어떤 일로 오셨습니까?"

도쿠에몬이 자세를 바르게 하고 앉아 인사를 하니 아내도 헝클어진 머리를 빗어 올리며 조용히 물러나 앉았다.

긴페이는 하치조에게 찡긋 눈짓을 하고 자기가 먼저 턱턱 들어간다.

"자, 당신이 손님 안내해 드려." 도쿠에몬이 말했다.

아내는 "이쪽으로 오시지요."라며 앞장서서 안쪽 빈 방으로 긴페이를 데리고 간다.

미리 손발을 맞춰 둔 대로 하치조는 긴페이와는 서로 모르는 사람인 체 하고 입구 쪽에 걸터앉아 사방을 두리번두리번 둘러보았다. 혹시나 그 여인을 찾으러 온 사람인가 싶어 도쿠에몬도 방심하지 않고 표정을 유지했다.

"손님께서는 숙박하시려는 게 아니십니까?"라고 물으니 대답도 하

---

33) 염마청(閻魔廳)에 있다고 전해지는 남녀의 머리가 달린 창. 남자는 응시(=見る眼, 미루메)하고 여자는 냄새 맡는(=嗅ぐ鼻, 가구하나) 모습으로 죽은 사람의 선악을 판단한다. 세상의 이목을 끌어 시끄러워지는 일의 비유로도 쓰이는 말.

지 않는다. 담배를 한 모금 빨고 뭔가 의미심장한 표정으로 탁탁 털더니 곰방대를 바닥에 짚었다.

"주인장, 나 좀 만나게 해 주지 않겠나?" 하고 묘하게 간죽거리며 말을 한다.

도쿠에몬은 낌새를 알아차리고 놀란 가슴을 진정시키며 차분하게 "만나게 해달라니 누구를 말씀하시는지요? 집주인이라면 저올시다. 이렇게 마주하고 있지 않습니까?"

도쿠에몬도 지지 않고 담배를 뻑뻑 피워댄다. 하치조는 어깨를 흔들어대며 낄낄 웃었다.

"우리 집 여자가 여기 왔을 텐데. 좀 만나야 해서 이렇게 왔지."

"흠, 그런데 어떤 여자를 말씀하시는지."

"약간 미쳐서 표정은 좀 이상하고 흐트러진 모습이기는 해. 하지만 날씬하고 알맞은 몸집에 키도 중키, 깜짝 놀랄 만큼 예쁘게 생겼지." 라며 딴전 부리듯 부숭부숭한 정강이에 앉은 모기를 탁 하고 때려잡는데 그 얼굴이 너무 밉살스럽다.

이렇게 되니 더더욱 그 여인의 신상이 걱정되어 도쿠에몬은 정신을 바짝 차렸다.

"그럼 집을 잘못 찾아왔소. 내가 여기 주인이 된 이래로 복신福神은 들어왔어도 미치광이는 문 앞에 얼씬도 한 적이 없다오." 뜻밖에 기골이 있는 말투다.

하치조는 본심을 드러냈다. "이봐, 그만 까부시지. 내가 모를 거라고 생각하나 본데 아까부터 다 지켜봤어. 이쪽으로 들어가서 오른쪽

막다른 방에 숨겨 두었잖아." 똑바로 쳐다보며 이렇게 잘라 말했다.

도쿠에몬은 깜짝 놀라기는 했지만 또 받아치면서 "여자가 있으면 또 어쩔 셈인데 그러시오?"

"허허, 어이없게도 침착한 척을 다 하는구나. 남편이 허락하지도 않았는데 유부녀를 감춰두었으면 그건 간통이야. 혼나기 전에 다 털어놓고 사죄를 해라."라며 꼿꼿이 앉은 자세로 다그쳤다.

"그것 참 웃기는군. 나라에 세금도 잘 바치는 떳떳한 여관이거늘 남의 마누라든 첩이든 여기 두면 안 된다는 법도가 어디 있다는 게요? 아니면 당신 마누라만 여기 묵게 하지 말라는 법칙이라도 있나? 어디 한 번 대답해 보시지." 이렇게 나오니 하치조가 오히려 뒤로 움찔 물러난다.

"으음." 하고 대답이 궁했다. 볼멘소리로 "그야 여관이 그런 장사니 여기에 사람을 들인 거 자체를 잘못했다고 하는 게 아니야. 볼일이 있으니 남편인 내가 데리고 돌아가겠다는데 그걸 반대하는 건 아니겠지?" 하고 묻는다.

이렇게 나오니 도쿠에몬은 싫다고 대답할 수도 없는 노릇이라 가만히 있었다.

하치조는 옳거니 싶어서 연거푸 이렇게 말했다. "그러니 나에게 넘기라고. 싫다면 끝장 날 줄 알아."라며 철퍼덕 주저앉아 책상다리를 한다.

도쿠에몬은 과감하게 "그런 여자가 있다면야 넘겨 드리겠지만, 정말로 없으니 단념하시지요."

살아 있는 인형 活人形

이 말이 끝나기도 전에 하치조는 눈을 부라리며 "아직도 그런 말을 지껄이다니 성가신 놈이군. 들어가서 내가 데려가겠다."며 벌떡 일어섰다.

주인장은 두 손을 벌리고 "어딜 들어가겠다고. 누구든 덤벼봐."라며 버티고 섰다.

"뭐야?" 하치조는 품속에 숨겨 둔 철봉을 꺼내 들고 다가왔다.

힘없는 도쿠에몬은 기절할 듯 놀라며 새파랗게 질려 서있기는 했지만 허리는 후들후들 마음은 조마조마. 궁지에 몰려 있던 그 때 여관 안주인을 앞장세우고 긴페이가 방에서 달려 나오는 것이었다.

긴페이는 무슨 생각에서였는지, 주인장에게 기세등등 덤비는 하치조를 잡아서 밀어젖히고는 그 자리에 서서 이렇게 말했다.

"이런 극악무도한 유괴범, 너를 체포하겠다."

이 말을 듣고는 하치조도 또한 미리 짜놓은 대로 "에엣?" 하고 깜짝 놀라며 몸을 돌려 밖으로 도망쳐 나가더니 곧 종적도 없이 사라졌다. 놓치지 않을 기세로 달려 나가던 긴페이는 문 앞까지 나서더니 먼 곳을 바라보며 혼잣말처럼 중얼거린다.

"정말 빠른 놈이군. 아, 놓쳐버리다니. 이것 참 유감이야." 하고 돌아섰다.

도쿠에몬은 흥이 깬 얼굴로 "아까 정신이 없어서 인사도 제대로 드리지 못했습니다. 방금 들어가신 손님이셨군요. 그럼 이런 쪽 일을 하시는 분이십니까?" 하며 공손히 물었다.

긴페이는 거만한 얼굴로 끄덕이며 "그렇소. 나는 요코스카橫須賀[34]

의 탐정이오."

하치조는 도망치는 척하다 멀리까지 달려가지는 않은 채 되돌아와 여관 뒷편의 묘지 있는 곳으로 갔다. 그리고 시즈에가 누워있는 방 앞에서 몰래 안쪽을 들여다보았다.

요코스카의 탐정으로 변장한 긴페이는 주인장을 향해 낮은 목소리로 "사실 요코스가의 한 해군사관의 따님이 에노시마(江ノ島35))로 참배를 하러 나간다고 하고는 그 이후로 돌아오지 않았답니다." 입에서 나오는 대로 거짓말을 지껄였다.

하지만 다 사실이라 생각한 도쿠에몬은 전혀 의심하지 않았다. 긴페이의 말을 곧이곧대로 믿으며 "아, 그랬군요. 하." 하며 속아 넘어가는 모습이다. 긴페이는 생각대로 되어가자 우쭐했다.

"그래서 이건 분명 유괴된 것이라고 판단했지요. 나는 탐정의 사명을 띠고 그 아가씨를 여기 저기 찾고 있던 참이오."

"아, 그러셨군요."

"아까부터 듣다 보니 여기에 어떤 여인을 숨기고 있다고 하던데. 그걸 저 나쁜 놈이 냄새 맡고 데려가려고 했군."…… 이렇게 말하며 주인장의 얼굴을 슬쩍 보았다.

---

34) 가나가와 현(神奈川県) 남동부 미우라 반도(三浦半島)의 한 지명. 가마쿠라의 동남쪽에 위치.
35) 가마쿠라 서쪽 후지사와 시(藤沢市)의 강 하구에 육지와 연결된 섬. 에노시마 신사(江島神社)가 있다.

긴페이를 탐정이라고 믿어 의심치 않는 도쿠에몬은 곧이곧대로 "그렇습니다. 바로 보셨습니다. 사실은 이러이러한 일이 있어서……"라며 저녁때부터 있었던 일을 빠짐없이 이야기했다.

긴페이는 걸려들었구나 싶어 속으로 웃음을 삼키며 겉으로는 점점 더 그럴듯하게 가장하여 "허허, 참으로 기특한 일이구려. 주인장 말을 들어보니 나이도 그렇고 외모도 내가 찾는 그 아가씨가 틀림없는 것 같소. 이제 주인장에게는 큰 상이 내려질 것이오. 내가 윗분에게다 잘 말씀드리지요. 확인 삼아 내가 한 번 보았으면 하는데." 하고 말했다.

주인장은 싱글벙글 기뻐하며 훌륭히 선행을 했다는 뜻으로 옆에서 듣고 있던 아내에게 곁눈질을 했다. '이 몸께서 얼마나 큰 공을 세웠는지 봤지?' 하는 식이었다.

그리고는 아아, 긴페이의 나쁜 지략에 속아 램프를 들고 부랴부랴 앞장서서 여인을 눕혀 둔 방으로 데려가는 것이었다.

앞에서는 하치조가 소리만 나면 뛰어들 태세로 대기하고 있고, 뒤에는 긴페이가 가볍게 도쿠에몬에게 한 방 먹인 후 여자를 데리고 나갈 요량이다.

겨우 호랑이 굴을 빠져나와 인정 많은 사람의 품으로 잘 숨어들었는데 다시 독사의 꼬리에 감긴 형국이니, 시즈에의 불운함을 그저 가련히 여길 뿐이다.

12 억지강요 無理強迫

아카기 집에서는 다이스케가 장막에 숨자 인형 방의 문을 열고 도쿠조, 다카타, 오로쿠 할멈 이렇게 셋이 들어왔다. 적당한 곳에 자리를 잡고 오로쿠가 가지고 온 술과 안주를 늘어놓은 다음 큰 램프로 바꿔 불을 켜니 방 안이 환해져 한낮 같았다.

그리고 도쿠조는 다카타를 향해 무릎을 꿇고 앉아서 "다카타 씨, 자, 약속하신 대로 증서를 파기해 주십시오." 한다.

다카타는 품안에서 증서를 꺼내어 금 일천 엔金壱千円이라고 쓰인 글자를 보여주며 "그렇게 해야 하는 줄 잘 알지만 아직은 안 되지요. 다 끝나면 아주 깨끗이 돌려드리겠습니다. 그 때까지는 제가." 하고는 다시 품속에 넣고 아래턱을 쓰다듬는다.

"오로쿠, 이봐, 이봐." 하고 도쿠조가 재촉했다.

노파는 재촉의 의미를 알아듣고 웃으며 다카타를 향해 "축하드립니다. 지금 신부를 데려 오겠습니다." …… 라며 일어서서 인형의 얼굴가리개를 들어올리고 그 안으로 들어갔다.

"그렇게 바둥거리지 말고 나오세요."라는 말소리가 들린다. 노파는 방금 전 그리로 사라진 아가씨의 팔을 매몰차게 잡아끌고는 벗어나려고 몸부림치는 것을 가차 없이 끌고 나왔다. 아가씨는 두 손으로 얼굴을 가리고 몸을 움츠리며 벌벌 떨고 있었다.

도쿠조는 "오후지, 예전에 말한 대로 오늘 밤 너를 새신랑과 맺어주겠다. 필시 너도 기다렸을 게야, 안 그래?" 하며 모르는 척 웃으니 아가씨는 와락 엎드려 운다.

다카타는 오후지를 힐끔 보고 "그래도 천 엔은 너무 큰 액수인데." 한다.

"생각해 보십시오. 이 정도 물건이면 싸게 팔아도 삼 년 기한으로 사오백 엔 정도는 받습니다. 그런데 다카타 씨는 숫처녀를 데려 간다 뿐이겠습니까? 평생의 노리개로 삼을 수 있지 않습니까. 제가 눈 딱 감고 싸게 파는 겁니다. 천 엔은 아주 싼 거지요."

"음, 그 말도 맞구먼. 어디, 먼저 술 한 잔 할까요? 약소하지만 그래도 결혼 의식이니까."라며 호색한은 혼자 좋아하는 표정이다.

노파는 잇몸을 드러내며 "당장 병풍을 둘러치겠습니다." 하고 도쿠조도 "그게 좋겠군." 하며 끄덕였다. 호랑이와 늑대, 올빼미에게 둘러싸인 희생양. 이런 무자비하기 짝이 없는 이야기를 그대로 듣고 있는 아가씨의 심정이 어떠할까. 살아 있다는 느낌도 아니리라.

숨이라도 넘어갈 것처럼 보이는 아가씨를 향해 도쿠조는 야단치듯 "이봐, 오후지. 다카타 씨가 술잔을 내리시지 않느냐. 받거라. 이봐. 사람이 말을 하는데 대답도 하지 않느냐?"라며 거친 목소리로 말했다.

마치 붙잡아 으스러뜨리기라도 할 기세에 오후지는 다 죽어가는 벌레 같은 목소리로 "아, 용서해 주세요." 했다.

"네가 사죄할 일 따위는 없어. 그저 기분 좋게 술 한 잔 받으라는 거야. 에잇. 화딱지 나는군. 훌쩍훌쩍 울기만 하고 있으니. 이봐, 오로쿠. 할멈이 중매쟁이 역할을 해줘야겠어. 좀 알아듣게 말을 전해 봐."

노파는 목소리를 가다듬으며 "아가씨, 왜 그러세요. 이런 경사스러운 혼례에 울고 계시면 안 됩니다. 자, 눈물을 닦고 새신랑을 보십시오. 얼마나 부드러운 얼굴입니까? 당연히 아가씨를 어여삐 여기실 겁니다. 그렇지요, 나리?"하며 억지웃음을 짓는다.

도쿠조는 "암, 그렇고말고."맞장구친다.

노파가 "정말 친절하신 분이지 않습니까? 이런데도 불만이 있다면 여자로서 과분한 행복을 발로 차버리는 거예요, 아가씨. 아니면 부끄러우신 건가요?"라며 달래듯 이리저리 쓰다듬었지만 오후지는 굳은 몸동작으로 머리만 흔들 뿐 대답도 않는다.

다카타는 짐짓 화를 내며 "홍, 이게 무슨 꼴이야. 싫다면 나도 신부로 맞지 않겠어. 세상에 여자가 없는 것도 아니고. 이렇게 애를 먹일 거라면 파혼하겠어."라며 불쾌한 모습을 보인다.

도쿠조는 초조해져서 "너, 정말 고집이 센 계집이구나." 하고 말을 내뱉자마자 오후지의 팔을 잡았다.

"아앗!"

도쿠조는 "까탈을 부리다니."라며 하얀 목덜미를 움켜쥐고 "이 계집, 건방지게 사람을 가리다니. 너, 정말 말을 듣지 않겠느냐." 하고 노려보았다.

오후지는 목소리를 덜덜 떨면서 "그것만은 제발 용서해 주세요."두 손을 모아 비는 그 가여운 모습.

"흐음. 말을 듣지 않겠다는 말이지? 좋아. 듣지 않겠다면 억지로 듣게 하는 수밖에. 자, 보여줄 것이 있다."라는 말에 평소처럼 혼나는

살아 있는 인형 活人形

것인가 싶어 오후지는 손발을 움츠린다.

도쿠조는 팔을 걷어붙이고 노파를 돌아보며 "오로쿠, 일단 혼부터 내주지 않으면 도저히 안 되겠어. 손님 앞에서 발버둥이라도 치면 보기 흉할 테니, 좀 붙들어."라고 한다.

노파는 쯧쯧 혀를 차고는 "참으로 고집이 센 아가씨군요." 하며 둘이 일어섰다.

다카타는 수수방관하며 "허, 참. 그렇다고 사람을 엉망으로 만들면 안 되오."

"그래도 팔아야 하는 물건인데. 얼굴에는 상처를 내지 않겠습니다."

다이스케는 장막 안에서 이를 보고 뛰어나가려고 생각했다. 하지만 적은 여럿이고 자기는 단신이니 혈기만 앞세워 서두르다가는 일을 망칠 것이다. 지금 말하는 것을 들으니 설령 아가씨를 때리더라도 죽일 염려는 없어 보였다.

'체포를 해서 이들의 죄를 물으려면 지금은 어쩔 수 없이 이 여인이 맞고 있는 것을 지켜봐야 하는가? 아무리 그래도 너무 애처롭지 않은가!'

다이스케는 나갈 수도 없고 가만히 있을 수도 없어서 갈팡질팡하며 분노가 차올라 주먹만 꼭 쥐었다.

도쿠조는 미리 이렇게 될 줄 알고 준비해 둔 부러진 활을 쳐들었다. 노파는 오후지의 팔을 꼭 붙든다. 철썩! 하는 소리에 오후지는 비명을 질렀다.

"아아, 용서해 주세요. 용서해 주세요."라며 몸을 뒤로 젖혔다 앞으로 수그리며 괴로움에 몸부림친다.

펄럭이는 붉은 치마 사이로 보이는 흰 종아리에 음란한 마음이라도 동한 걸까? 다카타 다헤이는 거나한 표정으로 술을 들이켰다.

13 주마등走馬燈

무참하게도 오후지는 숨이 끊어질 듯 홍안이 새파랗게 변한 채 매질의 고통을 참고 있었다.

"흐흑, 죽여주세요. 차라리 죽여주세요." 죽기를 결심한 것 같다. 설사 이대로 때려죽인다 한들 뜻을 따를 것처럼 보이지 않으니 도쿠조도 매우 난감해져서 팔을 문지르며 매질을 멈추었다.

노파는 오후지를 붙잡고 있던 손을 놓았다. 오후지는 몸을 지탱할 기운도 없이 털썩 쓰러진 채로 정신이 혼미해졌다.

도쿠조는 한숨을 내뱉으며 다카타에게 말한다. "보시는 바와 같이 저로서도 방법이 없습니다. 결혼식 관례에는 없는 일이지만, 오후지의 손발을 꽁꽁 묶어서 다카타 씨에게 드려야겠습니다. 이봐, 오로쿠. 그게 좋겠지?"

"그게 좋겠습니다. 그 다음에 살려두시든 죽이시든 다카타 나리 마음대로 하시면 되지요. 안 그렇습니까? 나리."

도쿠조도 오로쿠의 말을 받으며 "다카타 씨. 어떻습니까?" 하고 물었다.

다카타 다헤이는 입맛을 다신다. "욕심이고 이득이고 이제는 더 생각할 것도 없소. 그렇게 합시다."

"그럼 증서를."

"음, 알았소, 알았소."

이렇게 끔찍한 거래가 일단락되자 도쿠조는 주저 없이 오후지의 허리띠에 손을 가져갔다. 오후지는 분하고 수치스러웠다. "앗!" 하며 옷의 앞섶을 여미고 비틀비틀 도망치려고 안달을 했다. 그러자 노파가 그 치맛자락을 꽉 붙잡았다.

도쿠조는 오후지의 허리춤을 잡고 다카타에게 눈짓을 했다. 다카타는 부채를 펴고는 바짝 다가가 부채의 살 사이로 오후지를 들여다본다.

그리고 다시 무대가 바뀐다.

여관 주인장 도쿠에몬은 긴페이를 시즈에가 있는 방으로 데려갔다.

"여기에 눕혀 두었습니다." 하며 방문을 열고 들어가니 긴페이 뒤로 도쿠에몬의 아내도 따라 들어왔다. 그런데 이게 어찌된 일인가! 시즈에의 이부자리는 텅 비어 있는 것이 아닌가. 시즈에의 모습은 온데간데없었다.

"어?"

"앗!"

"이게 어떻게…"

세 사람 모두 너무 기가 막혀 말도 나오지 않았다.

긴페이는 놀란 와중에도 생각했다. '주인장은 끝까지 나를 탐정이라고 믿어 의심치 않았으니 시즈에를 다른 방에 숨겨 두고 나를 속였을 리 만무하다. 그럼 분명 하치조가 어떻게 방법을 강구해 먼저 데리고 나간 것이겠지. 그렇다면 나도 더 이상 이 집에 볼 일은 없군. 오래 있어 봤자 좋을 것 없겠다.'

태연히 "이것 참 이상하군요. 어쩌면 아까 도망친 나쁜 놈이 다시 살짝 돌아와서 데리고 나갔을 지도 모르겠습니다. 이러고 있을 때가 아니군. 내가 곧바로 찾으러 나가야겠소."라고 말했다.

주인장은 머쓱한 듯 말한다. "이것 참 일이 이상하게 되었습니다. 죄송합니다."

"당신이 잘못한 것이 아니오. 내가 직무 중에 방심을 했구려. 그럼 잘 있으시오."라며 긴페이는 허겁지겁 밖으로 나와 유키노시타 쪽으로 방향을 잡았다.

어느 작은 길 어두침침한 곳에 하치조가 숨어 있다가 긴페이가 나오는 걸 보고 손짓해서 부른다. "이봐, 여기야."

오후지는 도쿠조의 완력 앞에서 결국 허리띠마저 풀어헤쳐졌다. 슬픔에 반쯤은 미치광이가 되어 버린 듯 필사적으로 인형을 끌어안고 매달렸다.

"어머니!" 하고 피를 토하는 목소리. 죽은 어머니에게 도와달라며 매달리는 그 손을 도쿠조가 억지로 떼어 내서 비틀었다. 오로쿠는 흐트러져 떨어진 허리끈을 집어 올려 오후지를 묶었고 방 한가운데로 질질 머리채를 잡고 끌어내어 내동댕이쳤다.

그 때 아주 이상하게 생긴 큰 나방이 이 방으로 날아 들어왔다. 형형한 램프 주위를 날며 빙빙 돌다가 어지럽게 불 주위를 날더니, 퍼덕퍼덕 하는 소리를 내며 안으로 날아들었다. 그 날갯짓에 꺼지는 불과 함께 나방의 몸은 타서 사라졌다.

달빛에 비친 오후지의 얼굴을 창백했고 인형은 몽롱한 연기처럼 어렴풋하게 보였다. 료젠靈山36)의 절에서 치는 종소리가 새벽 세 시임을 알렸다. 천지는 조용해졌고 방 안은 음험했다.

바로 그 때. 어디선가 "잠깐!" 하는 외마디 외침소리가 들렸다.

생각지도 못한 목소리에 도쿠조 일행은 누구인가 싶어 돌아보았다. 그러나 방 안에는 자신들과 인형 외에는 달리 사람처럼 보이는 그림자는 하나도 없었다. 세 사람은 괴이쩍게 여겼다. 누가 만지지도 않았는데 인형의 가리개가 슬슬 벗겨져 떨어지며 인형의 얼굴이 드러났다. 세 사람은 "어이쿠!" 하며 서로 얼굴을 쳐다보았다.

더더욱 처연한 여인의 목소리가 들렸다. "나쁜 짓을 저질러대는 악당들아, 천벌도 두렵지 않더냐. 그런 혼인은 결단코 용납 못한다."

장막 안에 있던 다이스케조차 이 목소리를 의아히 여겼다.

앞에서 이야기한 것처럼 자매는 이 인형을 돌아가신 어머니처럼 여기며 소중히 다루었다. 그래서 온 천지의 귀신들이 감동하여 잠깐

---

36) 가마쿠라 남부 해안의 작은 곶이 있는 산 이름.

인형의 입을 빌어 이런 무시무시한 목소리를 낸 것이 아닐까? 이렇게 생각하니 다이스케는 자기도 모르게 온 몸에 소름이 돋았다.

도쿠조와 다카타는 놀라고 두려워하면서도 이상하다 싶어 한 명, 두 명 일어서서 인형 앞으로 서서히 다가와 물끄러미 인형을 쳐다보았다. 한 동안 세 사람은 망연자실했다.

이 때다 싶어 다이스케는 장막을 걷고 나타났다. 유명한 초승달 상처가 슬쩍 지나는가 싶더니 이미 오후지를 옆구리에 끼고 몸을 돌려 방을 나섰다. 정말 순식간에 번개처럼 움직여 한달음에 아래층으로 뛰어내려갔다. 그리고 아까 몰래 들어왔던 부엌문을 쭉 밀고 도망쳐나갔다. 미국산 큰 개 한 마리가 다이스케의 모습을 보고 굉장하게 짖어댔다.

아뿔싸. 그 순간 한 발의 굉음이 들렸다. 다이스케의 머리를 노리고 누군가 총을 쏜 것이다.

다행히 빗나가기는 했지만 다이스케는 약간 주춤하며 앞에서 문을 밀어 열려고 했다. 그런데 저벅저벅 발소리가 문 앞에서 들렸다. 문밖에서 안으로 들어오려는 사람들이 있는 게 아닌가.

다이스케는 아연실색하여 한 발 뒤로 물러섰다. 그 때 다시 굉음이 들리며 두 번째 총알이 날아왔다.

아주 가까스로 몸을 피하며 다이스케는 뒤로 돌아 아까 그 방을 올려다보았다. 도쿠조, 다카타가 나란히 창문으로부터 몸을 반쯤 내민 채 아래로 향해 총을 겨누었고, 그 총알이 잇따라 날아온다. 이 때 문을 열고 슥 들어오는 것은 긴페이와 하치조. 둘이 나란히 지금

막 들어오는 참이었다.

산전수전을 다 겪어본 다이스케였지만 당황할 수밖에 없는 순간이었다.

그 때 세 번째 총알이 "탕!" 하고 날아왔다.

14 피의 흔적 血の痕

가짜 탐정 긴페이가 나간 후 도쿠에몬은 그래도 미심쩍은 생각에 방 안을 둘러보았다. 그랬더니 다타미에 핏자국이 떨어져 있는 게 아닌가? 한 곳이 아니라 두세 군데. 여기저기에 뚝뚝 떨어져 있는 핏자국은 문지방을 넘어 툇마루, 마당의 징검돌로 이어지며 석등石燈 근처에서 끊어졌다가 다시 울타리 밖으로 이어졌다.

이거 이상하다 싶었다. 무서운 마음을 누르며 그 핏자국을 따라가니, 무덤을 지나고 대나무 덤불을 빠져나가 뒤쪽 밭두렁에서 남쪽을 향해 표지가 남아 있다.

일단 도와주려고 마음먹었던 여인이었으니 이대로 집에 들어가 잘 수는 없다. 이 핏자국을 따라가면 어디로 갔는지 알 수 있을 텐데 혼자 가려니 좀 불안했다. 그래서 집 쪽으로 돌아가 이웃 젊은이들 중 힘세고 튼튼한 남자 네 명에게 이야기를 했다.

모두 재미있겠다며 따라 나선다. 옛날 독본読本[37)]으로 읽었던 땅거미38)가 여자로 변신한 이야기같다며 떠들어댔다. 제각각 내가 쓰나綱39)네, 나는 긴토키金時네 하며 역할을 정했다. 도쿠에몬은 대장 요리미쓰賴光라고 가운데에 세우고 그 뒤를 각각 사다미쓰貞光, 스에타케季武가 따라 나섰다. 이렇게 다섯 명이 곤봉과 낫을 챙겨들고 머리띠를 꽉 매고 수선부리는 모습이 무슨 시골 촌극을 보고 있는 것 같다.

안주인 혼자 기분이 나빴다. 생판 연고도 없는 여자를 불러들여서 이불은 더러워지고 다타미도 못쓰게 되었다. 게다가 달걀이며 냉수도 먹여 줬는데 감사 인사도 한 마디 못 받았다.

배 타고 건너 온 서양개라도 뼈다귀 하나에 앞다리를 들어 올리는 재주 정도는 보여주는 법이거늘. 또 요코스카 탐정이라는 작자는 차와 과자를 공짜로 얻어먹고 가버렸다. 투덜투덜 중얼거리며 잠이나 자야겠다고 잠옷으로 갈아입고 남편 전송도 하지 않았다.

도쿠에몬을 비롯한 네 젊은이들은 술을 한 사발씩 들이키고 기운을 북돋워 거나한 상태로 집을 나섰다. 이렇게 컴컴하니 횃불이라도 밝혀

---

37) 에도(江戶) 시대 후기에 널리 읽힌 일종의 오락 소설.
38) 땅거미는 일본에서 오래 전부터 요괴 이야기의 소재가 되어 왔다. 많은 땅거미 전설이 전하는데 미나모토노 요리미쓰(源賴光, 948~1021년)의 땅거미 퇴치가 가장 유명하다.
39) 쓰나(綱)와 이하에 나오는 긴토키(金時), 사다미쓰(貞光), 스에타케(季武)는 〈요리미쓰(賴光)의 사천왕(四天王)〉으로 일컬어지는 인물들.

서 왔더라면 더 위세가 좋았을 텐데 아쉽다는 둥 이야기를 나누며 두렁길의 핏자국을 따라가다 보니 어느덧 유키노시타에 가까워졌다.

긴토키라는 사내가 가장 먼저 주저주저하더니 "도쿠에몬, 이제 돌아갑시다." 떨리는 목소리로 말한다. 더 이상 나아가지 못하고 멈춰 섰다.

"이봐, 자네. 왜 그러는 거야?" 하며 격려하려는 도쿠에몬.

쓰나라는 사내도 동료와 같은 생각인지 "대장, 미안하지만 그만 둡시다. 다른 데라면 몰라도 유키노시타는 좀… 어이, 안 그래?" 하며 돌아본다.

사다미쓰가 "아무렴, 그렇고말고. 벌써 열두 시는 됐을 거야."

그 뒤에 서 있던 스에타케도 "지금 막 자시子時를 알리는 영산의 종이 울렸어요. 이제부터는 요괴들 밤이자 세상이라고요." 모두 뒷걸음질 친다.

도쿠에몬은 "이런 겁쟁이들. 그래 봤자 유령이잖아. 유령은 허리 아래가 없다고. 그러니 만약 씨름으로 힘을 겨룬다 해도 인간이 다리가 두 개인 만큼 이길 수 있어." 말은 이렇게 했지만 스스로도 허리 아래가 후들거리는 것을 느꼈다.

긴토키는 머리를 가로저으며 "차라리 귀신이나 땅거미 요괴라면 하나도 무섭지 않겠어요."

"나도 그래요. 비비狒狒나 구렁이라면 한 손으로도 퇴치할 수 있겠어요."

"덴구의 한 쪽 날개를 잘라 떨어뜨리는 것 정도라면 오히려 식은

죽 먹기지요."

"늑대 백 마리 정도는 그 자리에서 두 쪽 내 버릴 장사라면 여기도 있습니다."라며 저마다 허풍을 떤다.

도쿠에몬은 어이가 없어 "대단하군, 대단해. 그 입들로 걸어가면 발로 가는 것보다 훨씬 빠르겠구먼. 자, 가자고."라고 말했다.

그때 맨 뒤에 있던 스에타케가 말한다. "하지만 유령은 싫다고요."

"벤케이弁慶40)도 여자는 싫어했대요."

"미야모토 무사시는 우레 소리를 무서워해서 벌벌 떨었다던데."

"도야마 기로쿠遠山喜六41)라는 선생은 개구리를 보면 그 자리에서 얼어붙었다더라고."

"그래서 나 긴토키도 유령이라면 딱 질색이오."

"여기 쓰나도 유령은 무섭소."

제각각 이렇게 말하니 도쿠에몬도 몹시 난처했다. 하지만 이대로 돌아간다면 너무도 한심하지 않은가? 어떻게든 데리고 가려고 좋은 궁리를 하나 생각해냈다.

"이건 어떤가? 나와 같이 가 준다면 내일, 아니 돌아가자마자 후지사와藤沢(여자들이 술시중을 들고 몸을 파는 곳)에서 내가 한 턱 내지."

이렇게 말하니 네 사람은 서로 얼굴을 보고 "그래, 기껏해야 유령이잖아."

"우리 중에 살인으로 원한을 산 사람도 없으니 아마 목숨 잃는

---

40) 12세기 말부터 활약한 영웅호걸로 힘이 센 사람의 대명사.
41) 전하는 바 미상.

살아 있는 인형 話人形

일은 없을 게야."

"음. 유령이 업어달라고 할까봐 좀 무섭기는 한데."

"에라 모르겠다. 가자."

"그래."

"좋아."

모두 여자를 품을 생각에 똘똘 뭉쳤다. 젊은이들은 요시코 가락[42]을 같이 부르며 아카기 집의 뒤쪽에 도착했고 여기에서 핏자국은 끊어졌다.

도쿠에몬이 멈추고 사방을 둘러보았다.

"모두들 잠깐만 기다려. 이 집이 아무래도 그 요괴가 사는 집 같은데 이상해. 가만 보니 아까 그 여자가 요괴였을지도 모르겠군. 우리 여관으로 들어온 것부터 이리로 다시 온 것까지 모조리 다 수상한 점들 투성이거든. 하지만 설령 유령이라고 해도 내가 크게 한 번 도와주었으니 헛수고한 것은 아니야. 왠지 그 여인이 진정으로 가엽고 불쌍해서 견딜 수가 없었거든. 이제 나와는 서로 아는 사이인 셈이니 유령이라도 무서워하지 말아야겠어. 이봐들, 내가 우선 앞쪽으로 돌아보고 올 테니까 같이 가자고." 하지만 아무도 응해 주지 않는다.

"그럼 기다리고 있어. 내가 유령을 만나고 오지."라며 도쿠에몬은 혼자 판자 울타리를 돌아서 사라졌다.

네 젊은이들은 뒤에 남아 서로 말도 나누지 않고 있었다. 이미

---

42) 에도(江戶) 시대 후기에 유행한 속요. 7·7·7·5구의 가사에 남녀 간의 애정에 관한 내용을 담은 노래.

밤은 깊어서 여름이라고는 하지만 서늘한 바람이 몸을 파고들어 으스스 한기가 느껴질 정도였다. 술기운은 진작에 다 깼고, 긴토키는 멍하니 망가진 울타리에 기대어 있었다. 그렇게 졸다가 몸의 무게에 눌리면서 대나무가 툭 부러졌다.

"으악! 나타났구나."

그 소리에 놀라 허둥대며 모두들 도쿠에몬은 기다리지도 않고 걸음아 날 살려라 도망쳐버렸다.

15 불에 뛰어드는 벌레火に入る虫

권총 총구에서 짙은 연기가 남과 동시에 다이스케의 깜짝 놀란 마지막 절규. 세 번째 총알은 명중했다.

다이스케는 그 자리에서 부들부들 떨다가 시뻘건 피가 줄줄 얼굴에 흘렀다. 안고 있던 오후지를 툭 내려놓는가 싶더니 병풍처럼 쓰러져버렸다.

이를 보고 달려드는 두 악당 도쿠조와 다카타. 오로쿠도 함께 안에서 허둥지둥 달려 나왔다.

다카타는 오후지를 안아 올렸다.

"하, 이것 참. 불쌍하게도 분명 엄청 놀랐겠구먼. 하마터면 나쁜 놈에게 유괴될 뻔하다니. 이제 됐어. 울지 마, 울지 마." 하고 오후지의 등을 쓸어내리며 달랜다.

도쿠조도 한 숨을 내뱉었다. "휴, 다행이다. 웬 놈인지 몰라도 대담하군. 인형이 소리를 내서 깜짝 놀란 순간 장막 뒤에서 뛰어나오다니. 정말 놀랐어. 오로쿠, 빨리 안으로 데리고 가."

노파는 "예, 알겠습니다."라며 다카타의 손에서 오후지를 받아 어깨로 부축하듯 데리고 들어간다.

"어쨌든 이제 안심이군. 음. 하치조, 돌아왔느냐? 그 시체 얼굴 좀 보이거라."

하치조는 그 뜻을 알아듣고 덤불 속에서 다이스케를 끌고 나왔다.

"아니, 이놈은 그 탐정 녀석! 감히 나에게 한 방 먹였겠다."

"뭐, 뭐라고? 죽이지는 못할망정 도리어 한 방 먹었다는 것이냐? 그러니 함부로 덤벼들지 말라고 했지 않느냐. 음, 긴페이. 자네도 돌아왔는가."

"네, 나리. 지금 왔습니다."

"그래, 수고했다. 시즈에는 어찌 되었느냐?"

"그건 그렇고 시즈에는 어디 있습니까?"

두 사람이 서로 똑같은 질문을 던졌다. 긴페이와 하치조는 번갈아서 야쓰하시로 여관에서 있었던 일을 이야기했다.

"그래서 이제 덮쳐야 할 때인 것 같아 방으로 들어갔습니다. 그랬더니 시즈에가 어디로 사라진 것인지 보이질 않는 겁니다. 저는 하치조가 먼저 손을 써서 데리고 간 줄 알았지요. 하치조, 내 말이 맞지?"

"맞습니다. 저도 묘지 쪽에서 긴페이가 신호를 하기만 기다리며 있었는데 아가씨가 나오는 모습은 보지 못했지요. 밤도 깊고 해서 기다리다 못해 나리께 어찌 해야 할지 여쭤 보려고 우선 돌아왔습니다."

이 말을 듣고 도쿠조는 머리를 갸우뚱하며 약간 생각에 잠겨 있었다. 그 때 떠오르는 것이 있었다.

"그럼 시즈에는 집으로 돌아와 있을지도 모르겠군. 아까 아무도 없는데 목소리가 들렸거든. 인형이 말을 할 리는 없지. 시즈에가 한 짓일지도 몰라. 잠깐 기다려. 일단 집 안을 한 번 둘러보고 올 테니. 그리고 그 시체는 잘 죽었는지 확인한 다음 잠동사니 넣어두는 방에 들여 놓도록 해. 다카타 씨, 귀찮으시겠지만 제가 시즈에 찾는 것을 도와주십시오. 탐정을 해치웠으니 이제 시즈에만 찾으면 차분히 오후 지 일도 처리하겠습니다."라며 다카타를 데리고 안으로 들어간다.

하치조는 다이스케에게 원한이 있었다. 머리는 깨졌고 머리카락에 검은 피도 엉겨 붙은 데다가 뺨에서 가슴까지 선혈이 줄줄. 게다가 눈은 붓고 이까지 부러져 차마 두 눈을 뜨고 볼 수 없는 몰골을 안겨주었다.

그래서 죽은 다이스케에게 아까의 분풀이를 할 기세였다. 두들겨 패서 엉망진창으로 만들어버리겠다며 들고 있던 철봉을 휘두르려고 하던 바로 그 때였다.

긴페이가 귀를 쫑긋 세우며 "잠깐! 누군가 문을 두드리는걸." 하고 말했다.

하치조는 들으려고도 하지 않았다. "해가 지면 이 근처에는 사람 하나도 얼씬하지 않아. 이런 시간에 오긴 누가 와?"

이렇게 말하는데 문을 똑, 똑, 똑. "계십니까?" 하는 목소리가 들린다.

하치조는 서둘러 철봉을 숨기며 "정말, 누가 왔군." 한다.

"탐정 동료라도 온 거 아닐까? 내가 보고 올 테니 시체를 빨리 치워."

"알았어."

긴페이는 다이스케의 시체를 옮겼다.

하치조는 문가로 가서 묻는다.

"누구냐?"

"예, 접니다."

"'예, 접니다.'라고 하면 누구인지 알 수 없지. 한밤중에 소란스럽게 무슨 일로 왔소?"

문밖에서 "예, 나메리 강에 사는 사람입니다. 댁에 여자가 하나 들어가지 않았습니까?"

하치조는 분명 들어본 적이 있는 도쿠에몬 목소리이기에 이상하다 생각했다.

"뭐? 어떤 여자?"

"날씬하고 알맞은 몸집에 키도 중키, 깜짝 놀랄 만큼 예쁘게 생긴 여자요."라고 도쿠에몬은 대답한다.

그 말을 듣고 하치조는 우스웠다. "그런 사람 오지 않았소. 이 집으로 누가 들어왔다는 증거라도 있는 거요?"

"우리 여관방에서부터 떨어진 핏자국이 계속 이어지다가 이 집 뒤에서 끝났더군요."

역시 시즈에는 도쿠조가 추측한 대로 다시 돌아왔음에 틀림없다.

그건 그렇다 치고, 잠시나마 시즈에를 숨겨 준 여관의 주인장이니 시즈에 입에서 무슨 말을 듣고 도쿠조 나리뿐 아니라 자기가 한 나쁜 짓까지 다 알고 있을 지도 모르는 일이었다. 도망치게 둘 수는 없다고 생각하여 느닷없이 문을 열고 도쿠에몬의 손을 확 잡아챘다.

"여자가 안에 있으니 만나게 해 주지. 자, 들어와."라고 잡아끌고 문을 쾅 닫아 버렸다.

도쿠에몬은 벌벌 떨다가 하치조를 보더니 깜짝 놀라 뒤로 벌렁 나자빠진다.

"아아, 당신은 아까 그…"

"그래. 볼일이 좀 있으니 이리 와봐." 하며 힘으로 잡아끌었다.

도쿠에몬은 도깨비에게 붙잡힌 심정으로 큰 소리로 살려 달라 외쳤다. 하지만 아까 동행했던 사천왕들은 모두 도망친 이후였으니 아무도 도우러 와줄 사람이 없었다.

아, 가엾게도 포로가 되어 버렸구나.

16 아아! 啊呀

이제 악마들의 무대가 되어 버렸다.

맑고 깨끗한 초승달은 아쉽게도 구름 사이에 숨어 버렸고[43], 인연이 있는 보라색 등꽃[44]은 재앙에서 벗어나지 못하고 다시 나락으로 떨어졌다. 밖에서 온 도쿠에몬도 도깨비 손아귀에 붙들렸구나. 그런데 시즈에는 어떻게 된 것일까?

그 때 도쿠조는 다카타와 함께 집 안으로 들어가 시즈에가 있는지 없는지, 어디 숨은 것은 아닌지 모든 방을 다 뒤졌다. 혹시나 하고 북쪽 전망대의 방을 열어 보았다. 램프 불을 들이대니 아래에 하얗게 움직이는 것이 있었다. 가까이 가서 보니 아니나 다를까, 시즈에가 여기 있는 것이다.

그 엄중하게 둘러싼 경계를 대체 어떻게 벗어났는지. 인형 뒤에서 목소리를 내어 무도無道하다며 혼인을 막은 것도 시즈에인지. 도쿠조는 시즈에를 추궁하여 의문을 풀려고 했지만, 다카타는 마음이 조급하여 빨리 오후지 쪽을 해결해 달라고 했다.

여름이지만 이미 밤이 깊었다. 이렇게 시간이 늦었으니 베개에 머리를 대자마자 닭이 울 것이다. 그 짧은 시간의 가치가 천금이라며 다카타는 혼인을 무턱대고 서둘렀다.

도쿠조는 시즈에를 일으켰다. "다리가 있으니 걸어 나갔겠지. 이렇게 해 두는 수밖에 없겠군. 나에게 걱정을 끼친 그 보답이 바로 이거다." 소리를 지르고는 시즈에의 가느다란 팔을 뒤로 비틀어 올려 묶으

---

43) 구름 속에 숨는다는 것은 죽었다는 우회적 표현이므로, 초승달 흉터의 다이스케는 죽어 버렸다는 의미.
44) 등(藤)꽃을 일본어로 읽으면 '후지'이므로 구출되지 못한 오후지의 신세를 비유한 표현.

려고 했다.

시즈에는 눈을 뜨고 실보다 가는 목소리로 원망스럽게 말했다.

"이제 어지간히 심하게 하는 게 좋을 거예요. 앉아 있지도 못할 만큼 내 몸이 기진맥진했으니 아무데도 못 갑니다."

이 말에 도쿠조는 코웃음을 치며 "더 이상 그 수에 놀아나지 않겠다. 또 나가서 사라지려는 수작이지? 흥, 그렇게 네 마음대로는 되지 않을 게다. 잠깐 참고 있어. 나중에 와서 내가 데리고 자 줄 테니. 왜? 어디 아프냐? 꼴좋구나."

그러더니 시즈에의 손을 보고 "아니, 오른쪽 새끼손가락이 어떻게 된 거야! 한 마디가 잘려 있지 않은가. 에잇, 어디에서 손가락을 자른 거냐."라고 따진다.

다카타가 말리며 "자, 자. 그런 건 나중에 물어봐도 되지 않겠소. 빨리 나부터."

"참, 조급하시기는. 알겠습니다. 지금 가지요."

도쿠조는 출혈이 멎지 않는 시즈에의 새끼손가락 피가 손바닥에 묻어 있는 것을 카악 침을 뱉어 시즈에의 옷자락에 닦았다. 그리고는 서둘러 다카타와 함께 인형의 방으로 향했다.

조금 후에 하치조가 들어와 여차저차 일이 있었다고 한다. 야쓰하시로의 주인장을 잡아와 창고에 넣어 두었다고 해서 도쿠조는 끄덕이며 잘했다며 칭찬했다.

"나중에 어떻게 할지 생각해 둔 게 있다. 그냥 내버려 두고 긴페이와 부엌에서 술이라도 마시며 쉬고 있어라."

살아 있는 인형 活人形

이렇게 말하고 하치조를 내보냈다. 그리고 손바닥을 쳐서 "오로쿠, 오로쿠." 하고 불렀다. 그런데 할멈이 대답을 하지 않는 것이다.

다카타가 "그러고 보니 할멈이 아까부터 보이지 않는군. 에잇, 지쳐서 어디서 자고 있나? 늙은이란 정말! 뭐 되는 일이 없구먼." 하고 중얼댔다.

도쿠조는 "어차피 할멈이 축사를 한들 신통치 않았을 거요. 중매쟁이고 뭐고 아무것도 필요 없소. 자, 오후지를 드리지요."라며 인형 얼굴가리개를 젖혔다.

이 인형은 왼손으로 옷자락을 잡고 오른손을 위로 뻗어 가리개를 지탱하고 있었다. 올린 손 때문에 펄럭이는 능라 소매 아래, 겨드랑이와 허리 사이로 사람이 어깨를 움츠리면 들어갈 수 있을 만한 틈이 있었다.

여기에 쪼그리고 앉아 벽을 밀면 세로 삼 척, 가로 사 척 정도의 공간이 열리게끔 장치가 되어 있다. 모든 기계 장치는 인형 안에 교묘히 숨겨져 있었고, 벽의 이음새도 육안으로는 분간하기가 어려웠다.

도쿠조는 램프를 비쳐 장치를 보여주었다. "평소에는 자물쇠를 잠그고 오후지를 가둬 둡니다. 하지만 오늘 밤 다카타 씨께 드릴 거라서 열어 두었습니다. 이쪽으로 들어오시지요."라며 먼저 들어가니 다카타도 따라 들어간다.

들어가면서 보니 벽 안쪽에 방이 하나 있다. 다타미를 세 장 정도 깐 방이었다.

"아주 딱 좋은 방이군." 다카타가 말하니 도쿠조도 껄껄 웃었다.

"도쿄의 유흥업소에도 이 정도의 밀실은 없을 겁니다."라며 주위를 둘러보았다.

좀 전에 오로쿠에게, 다이스케의 손에서 다시 빼앗은 오후지를 이리 데려오라고 말해 두었다. 그런데 오후지의 모습이 또 다시 사라져 보이지 않는다.

"아니!" 도쿠조의 안색이 변했다.

다카타도 몹시 화가 났다.

"오후지는 어떻게 된 거요? 응? 오후지는 어떻게 된 거냐고."

다카타가 다그치자 도쿠조는 당혹스러워 이마를 문질렀다.

"거 참, 이런 말도 안 되는… 오후지가 사라지다니."

다카타가 낯빛을 바꾸었다. "뭐라고? 오후지가 사라졌다고?"

"보시다시피 이 방 말고는 따로 넣어 둘 곳이 없습니다. 정말로 이상하군요."

천하의 도쿠조도 너무 어이가 없어서 맥이 풀렸다.

다카타는 화가 뻗쳐올라 "그런 일이 생길 수 없잖소! 아하, 갑자기 그 계집을 주기가 아까워져서 그런 거구먼."

"말도 안 됩니다."

"아냐, 그게 틀림없어. 숨겨 두고는 나를 속이는 거지."

"그렇게 생각하시는 것도 무리는 아닙니다. 너무 희한한 일에 나도 스스로를 의심할 지경이지요. 아까부터 보이지 않던 할망구가 혹시 빼낸 것은 아닌가 싶군요. 그 외에 달리 판단할 방법이 없어요. 빨리 찾아내겠소. 오늘 밤 찾을 때까지 제발 조금만 참아주시오."

허리를 구부리고 손이 발이 되게 빌며 부탁해도 다카타는 도무지 들어주지를 않는다.

"이리저리 번드르르하게 둘러대지만, 할망구와 한통속이 되어 꾸미는 일인 줄 다 알아. 내가 누구인 줄 알고 이래? 홍. 어이가 없구먼. 요코하마의 흡혈귀라고 이름난 다카타 다헤이란 말이야. 그런 수에 놀아날 것 같아?"

"아이고, 그렇게 말씀하시지 말고 그간의 각별한 사이를 봐서라도 제발."

"각별이고 나발이고 필요 없어. 좋아. 나도 억지로 오후지를 달라는 말은 않겠다. 그 대신 빌린 돈 천 엔은 원금에 이자를 얹어 지금 받아내고 말겠어."라며 증서를 눈앞에 들이밀었다.

아무리 고집 세기로 유명한 도쿠조였지만 할 말이 궁해 꼼짝할 수 없었다.

17 패거리끼리의 싸움 局士訌

다카타는 더더욱 바짝 몰아세운다. "이런 요괴가 사는 집에 더 이상 머물러 봤자 득 될 게 없지. 난 지금 당장 돌아갈 테니 빨리 내놔."

"그게… 빌린 돈의 담보물인 오후지가 없어졌으니 당연히 갚아드리기는 해야겠지요. 하지만 아직 집 재산이 제 소유가 된 게 아닙니다. 게다가 천 엔이라는 거금이 지금 당장 어디서 나오겠습니까? 제발 잠깐만 참고 기다려주십시오."

"흥, 안 된다니까. 나 다헤이가 한 번 말을 꺼낸 이상은 피를 짜내서라도 받아내고 말지. 빨리빨리 이리 내놓으라니까." 하고 다그친다.

도쿠조도 화가 확 치밀어 올랐다. "이런, 답답한 인간. 없는 걸 어쩌라는 거야."라며 발을 쭉 뻗었다.

"나를 밟겠다는 거야? 좋아. 밟을 테면 밟아 봐. 하, 그럼 내가 밖으로 나가 네 놈이 한 악행을 다 고발하고 볼 장 다 보게 해줄 테니 각오해."

도쿠조는 흠칫하며 "누가 밟다니, 그런 뻔뻔한 방법을 누가 쓰겠대?"라며 당황한다.

다카타는 더욱 몰아친다. "그럼 돈을 갚으란 말이야. 어서."

"지금은 아무 것도 없다니까."

"그럼 고발해서 목을 졸라줄까?"

"그건 너무 억지잖아."

"에잇! 더 이상 말하기 귀찮다."라며 다카타는 나가려고 했다.

"아, 잠깐 기다려." 하며 도쿠조가 옷자락을 잡는 것을 다카타는 "이 거지같은 놈. 잡지 마라!"며 뿌리쳤다.

그 순간 도쿠조의 안색이 싹 바뀌었다. 다카타의 허리춤을 확 붙잡아 뒤로 질질 잡아끌었다. 그리고 인형 뒤에 있는 방문을 탁 하고 안에서 닫아버렸다.

무슨 짓을 한 것일까? 벽은 두터워 안에서 나는 소리가 밖으로 새어나오지는 않았다.

　잠시 후 문을 열고 나오는 도쿠조. 눈빛은 가라앉은 채 입술을 떨면서 사방을 휘 둘러보고 "하치조, 하치조." 하고 부른다. 하치조가 들어왔다.

　도쿠조는 목소리를 깔았다. "하치조. 잠깐 이리로 오너라."

　"예, 무, 무슨 일이십니까?"라며 인형의 소매 밑을 빠져나가 밀실 문 입구에 섰다.

　도쿠조가 뒤로 돌아서며 뒤쪽을 손가락질한다.

　"이걸 봐."…… 하치조가 들여다보고는 화들짝 놀라며 "헉, 다카타 씨가 자살을 하시다니." 하고 소리를 질렀다.

　"쉿! 목소리가 크다."며 입을 막고는 한 동안 말없이 서로를 쳐다 보았다.

　이 때 첫 닭이 우는 소리가 들렸다.

　도쿠조는 한쪽 얼굴로 소름끼치는 웃음을 지어보이며 "하치조" 하고 또 부른다.

　하치조는 그 얼굴을 아래에서 올려다보며 "예." 한다.

　"너에게도 그렇게 보이느냐?"

　"뭐, 뭐, 뭐가요?"

　"그러니까 다카타의 시체가 자살한 것처럼 보이냐는 말이다."

　"예, 스스로 단도자루를 들고 자기 목을 찌르고 있으니 누구 눈에도 자살로 보이지요."

　"음. 분명 그렇게 보이겠지. 허나 실은 내가 죽인 것이다."

"에엣? 죽이셨다고요?"

"하치조. 갑자기 오후지가 사라졌다. 그리고 아까부터 오로쿠가 안 보이는구나."

"예, 그 할멈이 어디로 갔는지 안 보이네요."

"그렇지? 그 할멈도 보통이 아니군. 오후지를 데려간 게 틀림없어. 그 계집은 아직 어려. 아무것도 모르니 괜찮을 거야. 할망구도 오랫동안 나와 함께 나쁜 짓을 했으니 남에게 내 악행을 떠벌리지는 못할 거야. 분할 것도 없고 걱정할 것도 없지. 그런데 다카타 이 고집불통이 너무 화를 내잖아. 오후지가 없으면 당장에 돈 천 엔을 갚으라고, 갚지 않으면 고발해 버리겠다고 자꾸 협박을 하는 게야. 이 흡혈귀 같은 놈이 무슨 말을 해도 듣지를 않더라고. 급기야 뛰쳐나가려고 하더군. '에잇, 독을 삼킬 바에야 접시까지 먹어버리자'45)는 생각으로 내가 죽여 버렸다."

"그거 잘 하셨습니다."

"그랬더니 저 놈이 괴로웠는지 손으로 이렇게 단도자루를 꽉 잡더군."

"보기에 아주 그럴듯한 자살입니다."

"그렇지? 그래서 내가 좋은 수를 하나 생각해냈지. 나는 이제 곧 시즈에를 죽일 거야."

"시즈에 아가씨를요?"

---

45) 관용 표현으로 이왕 나쁜 일에 손을 대었으니 끝까지 밀고 나간다는 의미.

"지금껏 삼 년이나 참으며 오래도록 내 말을 듣기를 기다렸다. 하지만 저렇게 고집을 부리니 방법이 없지. 이제는 증오가 백배가 됐어. 실컷 괴롭히다 죽여서 화풀이를 한 다음 시즈에 옆에 다카타의 시체를 엎어 놓을 거야. 그럼 누가 보더라도 다카타가 시즈에를 죽이고 자살한 것처럼 보이지 않겠어? 정말 좋은 생각 아니야?"

정말이지 끝을 알 수 없는 악당이었다.

하치조는 손뼉을 치며 "대단합니다." 하고 맞장구쳤다.

"그리고 거짓말로 세상을 잘만 속이면, 달리 친척도 없는 아카기 가문의 재산은 고스란히 내 손으로 굴러들어오겠지. 하치조. 그렇게 되는 날 너에게 일 할을 떼어 주마."

"아이고, 고맙습니다. 꿈만 같습니다. 꿈만 같아요."

"이제 더 이상 수고스러운 일은 시키지 않으마. 그러니 마지막으로 한 번만 더 부탁을 들어 다오."

"예, 뭐든지 말씀만 하십시오."

"긴페이는 어떻게 하고 있느냐?"

"계속 술을 마시고 있습니다."

"그 놈도 이참에 해치워 버렸으면 싶구나. 집에서 죽이면 여러 가지로 귀찮으니 다른 데 가서 술을 마시자면서 데리고 나가거라."

"예, 예. 그러면 되겠군요."

"어디 가서 술을 마시게 한 다음 그 독약을 먹이면 수월할 것이다. 취해서 잠들 듯이 죽을 테니. 다음 날 아침이면 이 세상과는 작별일 것이다."

"알겠습니다. 하지만 지금 술집이 문을 열었을까요?"

"후지사와라는 술집은 머니 하세 부근의 매음賣淫 주막에 가면 언제든 문을 열어 줄게다. 그 김에 너도 여자랑 회포를 풀고 와도 좋을 테고."

"예. 그럼 지금 가겠습니다."

"수고 하거라."

"뭘요, 나리." 하고 나서려는데 "기다려, 기다려 봐." 하며 도쿠조가 다시 부른다.

"예."

"여관 주인장은 어떻게 하고 있느냐?"

"손발을 묶고 재갈을 물려 가재도구 넣어두는 창고에 처넣었습니다."

"음, 잘했다. 일이 끝나면 조사해 보고 별 것 없으면 그냥 보내주도록 해라."

"예, 그럼 다녀오겠습니다." 하치조는 부엌으로 갔다.

"하치조, 이 사람. 나를 내버려 두고 어디를 간 거야?"

하치조는 벌써 혀가 꼬인 상태로 떡이 되게 취해 있는 긴페이를 더 마시자며 데리고 나간다.

18 학살虐殺

도쿠조는 한 자루의 단도를 꺼내 허리에 차고 시즈에를 죽이려 마음먹고 북쪽 전망대 방으로 갔다. 손을 비틀어 등 뒤에 묶고 기둥에 매단 상태 그대로 시즈에는 무릎에 얼굴을 묻고 꼼짝 않고 있었다.

"약속대로 너와 자려고 왔다."

시즈에 어깨에 손을 얹고 일으키니 꽃 같던 얼굴색이 완전히 변해 있다.

그 괴로워하는 모습을 보며 "어떠냐? 괴로우냐? 오랜 세월 잘도 참았지. 내가 생각해도 대단해. 감탄스러운 계집이다. 너의 그 근성에 반할 지경이야. 순순히 내 품에 안겨 잘 생각은 없느냐?"고 물었다.

도쿠조의 조롱에 이를 꽉 물고 시즈에는 "에잇, 더러운 인간. 듣고 싶지 않다."며 머리를 흔들었다.

도쿠조는 비웃으며 "듣고 싶지 않아도 들어야지. 한 번 더 혹시나 해서 묻겠다. 그냥 한 번 그러겠다고 말할 생각은 없느냐?"라고 다시 물었다.

"싫다."

"그래? 단호하구먼. 그럼 이리로 와봐. 좋은 걸 보여주지. 일어서. 이봐, 일어서라고."

"으악!" 시즈에는 억지로 일으켜 세워졌다.

살기등등한 도쿠조의 얼굴을 보니 이제 죽을 것이 틀림없구나 싶어 도살장에 끌려가는 양처럼 한 발 한 발 복도를 따라 걸어갔다.

'죽을 곳이 가까워지니 슬프구나. 하루살이 같은 목숨, 아침 이슬 같은 운명이 덧없다고 말할 수 있을까? 아무려면 내 신세에 비하겠느냐.'

염라대왕 사신에게 쫓겨 죽으러 걸어가는 신세이다 보니 기나긴 복도도 아주 짧아 보였다.

인형이 있는 방으로 끌려 들어가 어머니가 살아계시던 날들을 떠올리며 시즈에는 눈물을 흘렸다. '그래, 고통스러운 이 세상을 떠나 천당에 계시는 어머니 곁으로 간다고 생각하니, 비록 저놈의 손에 죽지만 목숨이 하나도 아깝지 않구나.' 하며 시즈에는 전혀 떨지도 않았다.

이 때 도쿠조는 다카타 옆에 시즈에를 눌러 앉히며 그 흉측한 시체를 손가락으로 가리켰다.

"시즈에, 봐라. 이 낯짝을. 이렇게 죽는 건 그리 큰 고통도 아니지. 이렇게 단번에 죽으면 차라니 나은 편이거든. 하지만 너를 죽일 때는 지금까지의 내 모든 분풀이로 예전부터 말해왔듯 아주 오랫동안 괴롭히다 죽일 테다. 알겠느냐? 그래도 좋으냐? 이봐."

어깨를 마구 흔드니 시즈에는 벌벌 떨기만 할 뿐 대답도 않는다.

"그리고 아직 더 있다. 이 사내와 네가 정사情死한 것처럼 꾸며 죽어서도 부끄럽게 만들어주마. 어떠냐? 어떠냐고."

시즈에는 원망스러운 눈으로 "도쿠조. 너무하는구나."

"너도 너무 고집을 부렸어. 그게 싫다면 모든 재산을 나에게 넘겨라. 그리고 '도쿠조 씨, 당신이 사랑스러워요.'라고 한 번 말해봐. 못하겠어? 역시 차라리 칼에 베이고 찔리기를 바란다는 거야? 아니면 뭐야!"

한 마디 한 마디 들을 때마다 선뜩선뜩 식은땀이 비 오듯 흐르며 칼로 베이는 것보다 괴로워 보인다.

맹수 같은 도쿠조는 먹잇감을 잡아 금방 죽이지는 않고 한동안 가지고 놀다가 그것도 이제 지겨워졌나보다. 시즈에에게 퍽하고 발길질을 한다. 시즈에는 "악!" 하며 뒤로 넘어가 쓰러지며 숨이 끊어질 듯 신음을 한다.

"야, 이 계집아. 저승길 선물 삼아 이야기를 하나 들려주지. 네 어미 말이다. 얼굴도 성격도 너와 똑같아서 역시나 내가 하는 말을 듣지 않더군. 그래서 나 도쿠조가 독을 먹여 죽여버렸지."

시즈에는 놀라움과 분노로 기력을 되찾아 부르르 떨며 힘없는 무릎을 다시 세우고 일어나 앉았다.

"돌아가신 게 뭔가 이상하다 했더니, 그렇다면 도쿠조 네 놈이."

"그래, 나다. 놀랐느냐?"

"아아, 가증스러운 네 놈의 목을 물어뜯고 싶을 지경이로구나."

"헤헤, 입술을 물어뜯으려 입을 맞춰 준다면 그건 바라던 바야. 하지만 목이라니 그건 딱 질색인 걸. 그럼 이제 직접 요리를 해 볼까?"

일어서 다가온다.

시즈에는 "이 놈, 이 살인자."라며 치맛자락을 나부끼며 도망치려고 발버둥을 치다가 몸을 묶은 밧줄 끝을 밟고는 뒤로 넘어졌다.

"누구 없어요? 살려주세요. 살려주세요."

울어서 쉰 목소리로 절규하니 도쿠조는 웃는다.

"그래, 자주 있는 일이지. 죽여달라는 둥 죽고 싶다는 둥. 입으로는 그렇게 말하다가 정작 죽을 때가 되니 살려달라고 하는구나. 정말 미련한 계집이야."

"아냐. 죽고 싶지 않아, 죽고 싶지 않다고. 부모를 죽인 원수라는 걸 알았으니 나까지 네놈 손에 죽는 것은 억울해." 시즈에는 엎어졌다 넘어졌다 몸부림친다.

도쿠조는 도코노마 기둥을 보고 때가 왔다는 듯 끄덕이며 갑자기 시즈에를 끌어안았다.

"버둥거리지 마. 가만히 있어."

그 인형과 시즈에를 나란히 세워서 기둥에 손과 발을 둘둘 감아 묶고는 한 걸음 뒤로 물러섰다. 시즈에는 분통하기 짝이 없어 몸을 비틀고 울며 슬퍼했다.

도쿠조는 그것을 느긋하게 지켜보더니 "이제는 네가 내 뜻을 따르겠다고 하고, 재산을 다 넘긴다고 지껄여도 용서하지 않을 생각이다."라고 말했다.

시즈에는 얼굴에 흘러넘치는 검은 머리사이로 충혈된 눈을 치켜뜨며 "도쿠조, 어떻게든 정말 죽일 것이냐?"라고 바싹 마른 목소리로 물었다.

"그래, 실컷 괴롭히다 죽일 거다."

"아아."

"아직도 벌벌 떠는 게냐. 죽기 전까지 꼴사나운 모습을 보이는군."

"이제 도저히 살 길이 없겠구나. 마지막으로 지사부로次三郎 오라버니를 뵈면 너의 악행을 다 말하고 원수를 갚아달라고 하고 싶거늘."

울부짖다 눈물도 다 말라 피를 짜내는 것만 같다.

"지사부로도 내 명령을 받아 하치조가 오늘 아침 독살해버렸다."

"뭐? 그 분까지 죽였다고! 아아, 그 분마저 돌아가셨다면 이제 더 이상 이 세상을 살 이유는 없구나."

시즈에는 낙담에 모든 기운이 쭉 빠졌다.

"이제 더 이상 듣고 싶지 않다. 말도 하기 싫다. 자, 죽여라." 하며 시즈에는 입으로 앞섶을 여미고 손은 묶인 채 합장을 하며 차분히 마음속으로 관세음보살을 외기 시작했다.

그 때 도쿠조는 소매를 걷고 눈보다 흰 시즈에의 앞섶을 풀어 가슴이 다 드러나게 헤쳤다. 맥박이 세차게 뛰고 심장도 마구 뛰며 뱃속은 마치 파도가 치는 것 같았다.

"도무지 마음에 들지 않는 너의 그 뱃속을 갈라 주마."

칼을 빼들어 시즈에에게 날을 향했다.

밤은 이미 삼경. 모든 소리를 내는 것들은 다 죽은 듯 고요해졌고 천지는 악마가 독차지했다.

(지사부로는 혼마를 말한다. 제1회부터 제3회까지 나왔던 독을 먹은 환자. 가마쿠라에서 도쿄까지 거슬러 가야하니 아무리 눈이 빠른 사람이라도 거기까지 찾지 못할까 싶어 덧붙여 둔다.)

19 이중벽二重の壁

　도쿠조가 이제 한 번만 손을 움직이면 모든 것이 끝나버린다. 시즈에의 목숨이 끝나면 이 이야기도 끝나야 한다.
　그러므로 이에 앞서 일단 나메리 강가의 여관까지 도망쳐 나온 시즈에가 어떻게 다시 집으로 돌아오고, 결국 이렇게 칼에 베여 죽을 지경에 이르렀는지 그 전말을 기록하려 한다.
　시즈에는 북쪽 전망대 방에 유폐되어 지냈다. 그로부터 봄과 가을이 몇 번 가고 다시 왔던가. 달빛도 들어오지 않고 꽃이 피는 것도 보지 못한 채 사방에 보이는 것은 끔찍한 철벽뿐이었다.
　나날이 새로워지는 것이라고는 오로지 고문 도구들. 그 고통은 말할 수 없을 정도였다. 하지만 가문에 전해져 내려오는 재산과 몸의 정조를 굳건히 지키며 날을 보내기 몇 해던가.
　오늘날까지 오랜 세월을 기다려 보았지만 도와줄 사람도 하나 없었다. 끝내 견디기 힘든 마음에 오늘밤 벽에 머리를 찧고 죽어버리리라 결심하고는 서쪽 벽 가운데로 쾅 하고 머리를 부딪쳤다. 그런데 이상한 일이 벌어졌다. 세로 오 척, 가로 삼 척 되는 벽이 마치 갈라지듯 탁 열렸는데 몸에는 상처 하나 입지 않은 것이었다.
　다이묘가 살던 저택이라 벽처럼 보이는 비밀 문이 만들어져 있었다. 그 비밀 문을 통해 건물 내부의 샛길로 드나들던 구멍이 옛날 건물에는 종종 있곤 했다. 인형 뒤의 작은 방도 마찬가지였다.
　시즈에는 이상하다 생각하며 열린 벽의 바깥을 살펴보았다. 어두워서 금방 분간하기는 어려웠지만 분명 판자 계단이 보였다. 조용히 밟고 내려가다 보니 드디어 지면에 발이 닿았다.

어둠이 점점 깊어졌지만 땅이 편평하여 걷는 데는 지장이 없었다. 서쪽, 서쪽을 향해서 발을 더듬어 가다 보니 박쥐가 얼굴에 날아들고 물이 뚝뚝 살갗을 뚫을 듯 떨어졌다. 무섭기 짝이 없었지만 이렇게 한 정町 정도 가다보니 멀리 올빼미 눈 같은 동굴 출구가 보였다.

이 동굴은 히키가야쓰 숲 속에 있었다. 그리 눈에 띨만한 곳이 아니어서 아무도 드나들지 않았다.

동굴을 기어 나오고서야 시즈에는 비로소 하늘을 마주하였다. 그 기쁨은 형언할 수 없을 지경이었다. 시즈에는 죽으려던 마음을 바꿔 먹었다. 누군가 자비심 있는 사람을 만나면 고통으로 가득한 신세를 하소연한 다음 도움을 요청하리라 마음먹었다.

때는 해질녘. 두렁길을 따라 북쪽, 즉 마을이 있는 쪽으로 걸어 갔다.

(도쿠조가 전망대 방에서 여자를 본 것이 바로 이 때였다.)

이렇게 시즈에는 나메리 강가 야쓰하시로 여관 뒤편을 통해 다이스케의 방으로 들어오게 되었다.

도저히 속세 사람 같지 않은 자기 모습을 보고 사람들이 제 정신인지 미친 사람인지 판단하지 못하고 선뜻 말을 걸지 못하니 잠자코 있었다. 그러다 다른 방으로 옮겨지고 홀로 남아 침상에 누워 살아온 길과 장래를 걱정하며 눈물을 쏟고 있었다. 바로 그 때 하치조에게 들킨 것이다.

그뿐 아니었다. 동생 오후지를 오늘 밤 다카타에게 시집보내겠다는 이야기를 이미 도쿠조에게 들어 알고 있었다. 이것도 걱정이 되어 집으로 돌아가서 어떻게든 오후지를 구해 낸 다음 다시 몰래 빠져나와야겠다고 생각했다.

끔찍한 아카기 집으로 돌아가면서 시즈에는 생각했다.

'가능한 한 여러 사람들에게 의심을 사서 아카기 집을 주목하게 만들면 뭔가 방법이 생기지 않을까?'

그래서 새끼손가락을 한 마디 물어뜯어 그 핏자국을 아카기 집 뒷문까지 남겼다. 다시 구멍으로 들어가 어두운 길을 걸어서 판자 계단을 밟고 오르기 시작했다.

그 때 주위가 살짝 밝아지기에 어디에서 새어나오는 빛인가 하고 살펴보았다. 벽은 이중으로 되어 있었고 외벽과 내벽 사이에 있는 이 계단이 구멍까지 이어진 것이었고, 그 틈새에서 달빛이 비쳐든 것이었다.

바로 아래를 내다보니 뒷마당 무성한 덤불 속에 누군가 사람이 하나 서 있는 것이었다(이것이 바로 다이스케였다). 옷자락을 찢어 새끼 손가락의 피로 글을 썼다. 그리고 혹시나 쓸모가 있을까 싶어 길에서 주운 돌멩이 하나를 싸서 탁 던진 바람에 다이스케가 보게 된 것이다. 그 사람이 천을 손에 들고 펼쳐보자 시즈에는 뛸 듯이 기뻤다.

그런데 오후지는 어떻게 해야 할 것인가.

판자 계단은 도중에 길이 두 갈래로 나뉘었다. 오른쪽으로 가면 북쪽 전망대의 감옥 방이 나오므로 시즈에는 왼쪽으로 갔다. 처음 보는 폭 좁은 복도가 아주 길게 나왔다. 어깨를 움츠리고 조금씩 걸어가니 양쪽이 벽이다.

산 넘어 산이라는 말이 있더니 이것은 집 안에 또 집이 아닌가. 십 수년을 살았어도 도쿠조 역시 이런 곳을 모르리라.

복도가 끝나는 곳에는 문이 있었다. 열고 들어가니 문은 저절로 소리도 없이 닫혔고 닫힌 다음에 보니 벽과 분간할 수가 없었다. 여기가 바로 인형의 방 안쪽에 있는 밀실이었다.

때마침 도쿠조가 오후지를 닦달하여 혼인을 재촉하고 있었다. 어떻게 구해내야 할까 발을 동동 구르고 있는 동안, 큰 나방 때문에 램프가 꺼지며 더할 나위 없는 기회가 찾아왔다.

시즈에는 이상한 목소리로 사람들을 놀라게 한 것이다. 마침 그 방에 또 다른 사람이 있어서 동생을 안고 도망친 것을 알았다. 아아, 기쁘게도 오후지를 살리게 되었다. 시즈에도 빨리 도망치려고 다시 복도를 따라갔다. 그런데 구멍으로 빠져나가지 못하고 그만 길을 잘못 드는 바람에 운도 없이 다시 그 감옥 방으로 되돌아가게 된 것이다.

몸은 지치고 새끼손가락 상처의 고통은 극심해졌다. 마음은 조급했지만 다리가 휘청거리는 바람에 몸을 가누지 못했다. 점점 멍해져 정신을 차리지 못하고 있는데 결국 도쿠조의 눈에 띄게 되었다. 그리고 이렇게 악마의 손에 들린 칼로 살해당할 순간에 처한 것이다.

20 아카기 님――도쿠조 님赤城様――得三様

　보문품普門品46) 대자대비한 서원誓願을 기도하며 시즈에의 숨은 곧 넘어가려 했다. 저세상으로 가기 직전 염피관음력도심단단괴念彼觀音力刀尋段段壞47)라는 경문 내용을 읊조릴 때였다. 도쿠조는 칼을 다시 잡았고 번득이는 칼날이 가슴을 파고 들어오려 했다.
　바로 이 순간. 방 밖에서 들리는 소리. "아카기 님, 도쿠조 님."
　순간 너무 놀란 도쿠조는 시즈에를 찌르려던 칼을 순간 멈추고 귀를 기울였다.
　"아카기 님, 도쿠조 님."
　도쿠조는 자기 귀를 의심이라도 하듯 귓전에 손을 대고 인상을 썼다. 귀를 기울이니 분명 사람 목소리다.
　"아카기 님-도쿠조 님."
　도쿠조는 소름이 끼쳐 주위를 둘러보았다. 그리고 인형 가리개를 걷어 시즈에에게 획 뒤집어 씌워 자기의 악행을 일단 가렸다. 칼날 위에 옷자락을 덮고 램프의 심을 어둡게 했다. 임기응변으로 재빨리 처리를 하고 "누구냐, 거기 누구냐."라고 불렀다.
　대답 대신 "아카기 님, 도쿠조 님."
　부아가 치밀어 "웬 놈이냐!"며 도쿠조가 획 하고 방문을 열었다.

---

46) 법화경(法華經)의 제25품을 말하며 관음보살이 중생의 온갖 재난을 구제하고 소원을 이루게 하며 널리 교화하는 일을 설파한 내용.
47) 법화경 보문품에 나오는 게(偈)로, 관음보살의 힘을 생각하면 적이 칼로 해치려고 하여도 그 칼이 갑자기 몇 동강으로 부러진다는 의미.

그 목소리는 조금 멀어지면서도 다시 "아카기 님, 도쿠조 님." 한다.

"야, 누구냐!"

저벅저벅 밖으로 나가니 복도에 탁탁탁 달리는 발소리만 나고 모습이 보이지 않는다.

"아카 도쿠, 아카 도쿠."

이번에는 뒷쪽에서 또 다른 사람의 목소리가 났다.

"아카기 님, 도쿠조 님."

"으앗!" 하며 뒤돌아보니 아까 들리던 목소리.

"아카 도쿠, 아카 도쿠."

마치 웃는 듯, 우는 듯, 원망하는 듯, 조롱하는 듯. 여러 가지로 목소리 느낌을 바꾸어 멀리서, 혹은 가까이서 쉴 틈 없이 불러댄다.

도쿠조의 얼굴은 붉으락푸르락했고, 발걸음은 이리 갔다 저리 갔다 비틀비틀했다.

이번에는 박자에 맞춘 소리로 "아카, 아카, 아카, 아카."

"누구냐, 웬 놈이냐! 나와라. 나오란 말이다." 도쿠조는 눈이 벌게져서 인형이 있는 방으로 뛰어 들어왔다.

들어와 보니 시즈에는 가리개를 뒤집어쓴 채로 조용히 소리도 내지 않고 있다.

"쳇, 이제 끝이다!" 하고 칼을 휘두르며 시즈에의 가슴을 겨냥하고 찔러 들어갔다. 마음이 조급해서였는지 손끝이 미끌하며 어깨쪽을 푹 찔렀다.

"으악!" 놀라는 시즈에의 목소리.

그 순간 또 문을 마구 두드리며 "아카 도쿠, 아카 도쿠." 하고 누군가 소리를 질렀다.

"이 들여우 같은 놈. 또 왔구나."

도쿠조가 방 밖으로 뛰쳐나가니 휙하고 도망가는 사람 모습이 보였다. 복도의 어둠 속에 모습을 감추더니 또 다시 ――도쿠조를 부르는 것이다.

분통이 터진 도쿠조가 발을 동동 구르고 종횡으로 칼날을 휘두르며 마구 덤벼들었다.

목소리는 점점 멀어지더니 북쪽 전망대에서 슬프게 "아카기 님, 도쿠조 님."

―그리고 사방이 고요해졌다.

방금 전 도쿠조가 인형의 방을 뛰어나와 목소리 나는 곳을 쫓아갈 때, 방 밖에서 도쿠조와 엇갈리며 새처럼 뛰어 들어온 사람이 있었다.

그는 시즈에 위에 덮은 천을 재빨리 젖히고는 다시 인형에게 뒤집어 씌웠다. 그리고 장막 안으로 숨었다.

이렇게 해서 도쿠조가 돌아와 천 위로 찌른 것은 시즈에가 아니고 인형이었던 것이다.

시즈에는 바로 그 오른쪽 기둥에 묶여 있었고 인형은 왼쪽 도코노마에 앉아 있었기 때문에 어깨가 스칠 듯 가까웠다. 그래서 칼날이 푹 하고 찔러 들어왔을 때 시즈에는 간담이 서늘해지고 앞도 보이지 않아 비명을 질렀다.

또 다시 자기 이름을 부르는 소리에 도쿠조가 방밖으로 뛰어나가자 장막에 숨어 있던 남자는 족제비처럼 가볍게 뛰쳐나왔다. 재빨리 시즈에를 묶은 밧줄을 풀고 안아서 내려놓으며 귀에 입을 대고 "걱정하지 말아요."라고 속삭였다.

복도가 쿵쿵 울리며 다시 도쿠조가 돌아오는 소리가 들렸다. 남자는 약간 당황하는 눈치였지만, 인형에 천을 씌우고 자리를 옆으로 옮겨 기둥에 기대어 놓았다. 그리고 얼굴과 모습이 다 드러난 시즈에를 대신 인형 자리에 세워놓았다.

"목소리를 내지 마시오."라고 작은 소리로 당부하더니, 정작 남자는 큰 목소리로 "아카기 님, 도쿠조 님."을 외치고 순식간에 모습을 감추었다.

장막 뒤로 뛰어 들어간 그 속도는 마치 사라지듯 빨랐다.

이 모든 일은 순간에 이루어졌다.

도쿠조는 눈알이 벌게지고 머리카락은 곤두선 상태로 뛰어 들어와 주저하는 기색도 없이 기둥에 기댄 채 얼굴가리개를 한 인형을 베고 찔러댔다.

그리고는 미친 듯이 "기분 좋다, 기분 좋아."라고 외쳐댔다.

그 순간 문으로 얼굴이 보이지 않은 채 나는 목소리. "아카기 님, 도쿠조 님."

"야! 네 이놈!" 하며 도쿠조는 미치광이처럼 돌아보았다.

"이리 오세요, 이리 오세요. 여기까지 와 보세요." 이렇게 말하며 손짓을 한다.

도쿠조는 허리에 차고 있던 권총을 쏘려고 하다가 그 조급함과 초조함에 총을 들고 던져버렸다. 상대가 휙 피하고 도망쳤다.

"그냥 둘 줄 아느냐."며 이번에는 램프를 손에 들고 쫓아갔다.

정신을 차리지 못하고 있는데 뭔가 발에 걸리기에 깜짝 놀라며 불에 비춰보았다.

그런데 이게 어찌 된 일인가! 오후지를 데리고 어디고 숨었으리라 생각한 오로쿠였다. 손발을 여러 차례 꽁꽁 묶이고 입에는 재갈이 물린 채 감자처럼 데굴데굴 구르고 있었다.

도쿠조는 뒷걸음질 치다가 쿵 주저앉았다.

"아니, 이게 어떻게 된 거야."

입에 물린 재갈을 빼주니 오로쿠는 캑캑 기침을 한다.

"아이고, 고맙습니다."

"이봐, 어떻게 된 거냐고."

"예, 예. 제 말을 들어 보십시오. 나리. 아까 오후지 아가씨를 인형 뒤에 숨기고 나서 저는 아래로 내려가 잡동사니가 있는 창고 앞을 지났습니다. 그런데 창고 안에서 부시럭 부시럭 소리가 나기에 쥐인가 싶어 들여다보았지요. 그랬더니 글쎄, 그 탐정 다이스케가 부스스 일어나는 겁니다."

"뭐라고!"

21 아침 햇살㎬

몇 번이고 물 길과 불 속을 드나들며 숱한 경험을 거친 능수능란한 탐정, 초승달 상처라는 별명을 지닌 구라세 다이스케였다. 어찌 도쿠조의 권총에 맥없이 쓰러질 수 있으랴!

사실은 전망대 쪽에서는 총을 겨누어 쏘고 있고, 밖에서는 하인 두 놈이 나란히 들어오고 있었으니 천하의 다이스케로서도 지금까지 경험한 적 없는 위기의 순간이었다. 순간 멈칫했지만 항상 가지고 다니던 물감으로 재빨리 피를 흘린 듯 꾸몄다. 그리고 세 번째 총알이 발사된 것을 피하면서 일부러 맞은 척하고 덤불에 쓰러졌던 것이다.

아니나 다를까, 나쁜 놈들은 거짓 죽음에 감쪽같이 속았다.

그리고 나서 하치조가 철봉으로 때리고 짓뭉개려고 난리를 부릴 때에는, 적이 두 놈이니 발로 차서 쫓아 버리고 일단은 도망칠까도 생각했다. 하지만 그렇게 되면 이 집으로 다시 숨어들 방도가 없어진다.

어찌해야 할지 애태우고 있을 때 바로 도쿠에몬이 이 집 문을 두드린 것이다.

그래서 다이스케는 긴페이에게 안겨 무사히 창고 같은 방으로 옮겨졌고, 도쿠에몬도 잡혀서 같은 창고에 들어오게 된 것이다.

사방이 조용해졌기에 살짝 움직이려 한 것을 노파 오로쿠가 보게 된 것이었다. 소리라도 지르면 큰일이다 싶어 달려들어 오로쿠의 목을 졸랐다.

노파는 숨이 끊어질까 두려워 손을 모아 빌었다. 다이스케는 "그럼 목숨만은 살려줄 테니 그 대신 오후지를 가두어 둔 곳으로 안내하라."며 앞장 세워서 그 인형의 방으로 가게 된 것이다.

그는 밀실 장치가 교묘한 것에 혀를 내두르며 감탄했다. 어쨌든 그 밀실에서 오후지를 구해내고 노파는 묶어서 다시 창고에 데려다 놓았다. 그 과정을 아는 사람은 아무도 없었다.

다이스케는 마당 빈 우물 속에 오후지를 숨겨 놓았다. 그리고 다시 창고로 돌아가 원래처럼 죽은 척 가장하고 꼼짝도 않았다. 하치조가 두세 번 둘러봤지만 죽은 게 틀림없다고 믿었고, 이렇게 될 줄은 꿈에도 생각지 못했다.

그러는 사이에 다카타는 살해당하고 하인 두 놈은 술을 마시러 나간 것이다. 마침 잘 됐다며 다이스케가 몰래 준비를 하는 사이에 이층에서는 시즈에의 비명 소리가 계속 들렸다.

큰일났구나 싶어 일어서서 가보니 도쿠조가 희생양을 손아귀에 넣고 살릴 듯 죽일 듯 괴롭히고 있던 참이었다.

그 모습에 다이스케도 충격을 받아 순간 어찌해야 할 지 몰랐다. 위기일발이었다.

도쿠조는 손에는 칼을 들고 허리에는 권총을 차고 있었다. 다이스케는 쇳조각 하나 들고 있지 않은 상태였으니 맞서 싸우다가는 그대로 당할 것이 틀림없었다. 그렇다고 경찰을 부르러 가려니 시즈에가 바람 앞의 등불처럼 서 있다. 인정사정없는 칼날 앞에 흔들리는 목숨은 반시간도 지나지 않아 끊어질 듯 보였다.

살아 있는 인형 活人形

만약 시즈에를 구해내지 못해도 살인을 한 죄인을 내 손으로 멋지게 체포한다면 탐정으로서의 의무는 완수하는 셈이다. 하지만 혼마가 죽음을 앞두고 한 부탁을 하늘에 맹세하고 받아들였다. 인정이 있는 한 결코 시즈에를 죽게 내버려 둘 수는 없다.

그렇다고 나서서 싸우려니 내 목숨은 나서는 그 순간 끝나 버릴 것이다. 그러면 이런 천하 악인의 죄상을 공개할 수가 없게 된다.

아아, 공무와 인정 사이에서 어떻게 해야 하는가. 인정과 공무를 둘 다 받들기는 어렵다. 만약 공무를 택한다면 인정을 버려야 하고, 인정을 따르면 공무를 버리게 된다.

인정을 버리고 공무를 택하여 눈앞에서 시즈에가 학살당하는 그 극심한 고통을 방관할 것인가? 고민 끝에 일단 그렇게 하기로 결정했다. 내 동료들에게 쇳조각 하나 없이 큰 공을 세웠음을 영예롭게 자랑할 수는 있으리라. 하지만 앞으로는 고집을 꺾고 호신을 위한 총은 꼭 지니고 다녀야겠다며 사나이로서의 눈물을 흘렸다.

그런데 시즈에가 죽음을 선고받고 원수의 손에 죽게 되어 몸부림치며 한탄하는 그 모습을 보고 갑자기 기발한 생각이 하나 떠오른 것이다.

달려가 다시 창고로 돌아갔다. 그리고 도쿠에몬 귀에 자기의 계략을 속삭여서 알려주었다. 약간만 도움을 달라고 청했더니 이 익살맞으면서도 호사가인 도쿠에몬은 손발을 마주치며 실로 절묘하고 기발한 생각이라 좋아한다. 발 벗고 나서며 머리띠를 질끈 동여매고 준비다 되었으니 해치우자며 나섰다.

둘이 함께 인형이 있는 방 앞에 도착했다. 시즈에는 형틀에 매달려 있고 칼날이 가슴께를 찔러 들어가던 바로 그 찰나. 다행히 천지는 악마의 독차지가 아니었다.

도쿠에몬은 이름을 불러서 도쿠조를 방 밖으로 불러냈고, 다이스케는 쉽사리 방 안으로 들어와 숨어 있을 수 있었다. 그런 다음 두 사람의 손발이 잘 맞아서 다이스케의 계략이 성공하게 된 것이다. 정말 도쿠에몬도 한 몫 잘 거들어 주었다.

가리개 천을 바꿔 덮어 인형을 찌르게 하고, 인형을 대신하여 시즈에를 가려서 두 번째 칼날을 피했다. 세 번째로 도쿠조가 도쿠에몬을 쫓아나가고 복도에서 노파를 만나 모든 자초지종을 듣는 틈을 노렸다. 다이스케가 시즈에를 안고 훌쩍 마당으로 나가니 도쿠에몬이 기다리고 있었다.

도쿠에몬은 오후지를 등에 업고 다이스케는 시즈에를 어깨에 걸친 채 나메리 강으로 일단 철수했다.

때는 바로 동녘에 동이 틀 무렵이었다.

구라세 다이스케는 암호를 보내 경찰들을 집합시켰고, 그들을 데리고 질풍처럼 달려 유키노시타에 도착했다.

노파 오로쿠는 도쿠조의 광기어린 손에 의해 피에 젖은 채 죽어 있었다.

이층으로 올라가 보니 도쿠조는 자살하여 인형 앞에 엎어져 있었다.

아침 햇살에 비친 인형의 영롱한 눈동자는 사람들을 내려다보고 있었다.

오른쪽 눈은 도쿠조의 시체를 보며 편안히 잠드는 듯했고, 왼쪽 눈은 다이스케를 향해 감사하는 것 같았다.

인형은 그 난도질에도 망가지지 않았다. 다만 왼쪽 어깨에 약간의 긁힌 자국만 남았을 뿐이었다.

1893년 5월

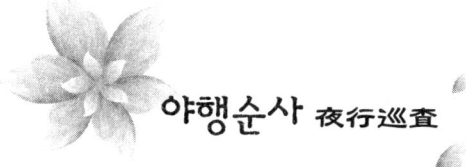

야행순사 夜行巡査

1

"이보시오. 영감님. 어디 있소?" 하고 직공 차림새의 젊은 남자가 그 옆 인력거꾼 노인을 향해 말했다.

인력거꾼 노인은 나이가 이미 쉰을 넘어 예순에 가까워 보인다. 먹지도 못했는지 약하디 약한 목소리에다가 추위에 떨며,

"제발 용서해 주십시오. 앞으로는 꼭 조심하겠습니다요. 예, 예." 하고, 노인은 허둥지둥 쩔쩔맨다.

"영감님. 그러지 말아요. 난 순사가 아니니. 나, 원 참. 가엽게도 어지간히 놀랐나 보구먼.

영감님, 너무 겁먹은 거 아니오? 뭐, 체포하겠다고 한 것도 아니니 그렇게 벌벌 떨지 않아도 돼요. 내가 저쪽에서 듣고 있다가 그만 부아가 치밀어 참을 수가 없던데.

저기, 영감님. 듣자하니 영감 차림새가 안 좋다고 뭐라 다그치는 것 같던데, 그런 것 치고는 말이 너무 심하더이다.

혹시 달리 영감님이 뭐 잘못한 거라도 있는 거요? 그런 거요, 영감님?"

질문을 받고 늙은 인력거꾼은 한숨을 내쉬었다.

"네에, 정말 깜짝 놀랐습니다. 순사님에게 혼이 난 건 생전 처음이었지요.

아, 이제 어찌 되려나 싶어서 제정신이 아니었습니다. 아니 본디 겁이 많아서요, 절대로 뒤가 구린 일 같은 건 한 적이 없어요. 방금 혼난 것도 따로 나쁜 짓을 해서가 절대로 아닙니다. 그저 바지가 찢어져 무릎 아래가 다 드러나서 보기 흉하다고 야단을 치신 겁니다.

예, 예. 규정을 모르는 바는 아니지만 미처 지키지 못했는데, 별안간 '이봐!' 하고 호통을 치시기에 놀라서, 아직도 심장이 쿵쾅거립니다."

젊은 남자는 계속 고개를 주억거렸다.

"음. 그렇겠지요. 소심한 옛날 사람들은 순사라면 무조건 겁을 먹곤 하니.

그래도 그렇지. 기껏해야 바지가 찢어진 건데. 그걸 가지고 이리 심하게 사람을 다그치다니 그건 말이 안 되잖아요. 자기 인력거도 아니면서 말이야. 쳇, 별별 쓸데없는 참견을 다하는 거지. 안 그래요? 영감님.

굳이 그런 말 안 해도 이렇게 추운 날이면 누군들 당연히 멀쩡한 바지가 입고 싶지 않겠어. 차마 말할 수 없는 사정이 있어 못 입는 거지. 일부러 안 입는 게 아니잖아. 더구나 불빛이 없으면 보이지도 않는 깜깜한 밤 아닌가. 풍속이고 나발이고 무슨 상관이야.

　자기 일 때문에 나왔다가 추우니까 괜스레 다른 사람에게 화풀이 하는 거요. 안 그렇소? 떼까마귀1) 같은 인간. 저런 인간도 드물 거야. 사람 통행이 적은 곳이라면 낮에도 노상방뇨쯤은 원래 그냥 눈감아주는 법인데. 정말 화가 나는구먼.

　내가 뭐 특별히 남의 씨름판에 끼어들 형편은 아니지만, 영감이 젊은 사람이라면 또 몰라, 늙고 허약한 노인네잖소. 그런데 그렇게 화를 내다니. 정말 이런 차림으로 인력거를 끄는 게 어쩔 수 없는 일이라는 걸 모르나?

　바보 같은 순사 놈. 옆구리에 칼만 차지 않았으면 두들겨 패줬을 텐데. 잘난 척도 어지간히 하란 말이야. 훙! 해자垓字2) 이쪽은 우리들 구역이라고. 어느 안전인 줄 알아. 다음부터 거슬리면 번쩍 들어서 오리 다루듯 물에 던져버릴 테다."

　이미 사라져버린 순사를 입에서 나오는 대로 욕하며 뱃속 가득했던 분통을 터뜨리더니, 자기도 모르게 소매를 걷어붙인다. 요쓰야3) 조합四谷組合이라고 적힌 그을린 등롱 속에 양초를 보충하며 힘없이 끌채를 들어올리는 늙은 인력거꾼을 쳐다보았다.

　그 모습에 젊은 남자는 기운이 쭉 빠져나가는 연민을 느꼈다.

---

1) 당까마귀라고도 하는 까마귓과의 겨울새. 검은 제복을 입는 순사의 속칭.
2) 성곽을 둘러싸고 적의 침입을 막기 위해 파놓은 물길.
3) 요쓰야(四谷)는 도쿄(東京)의 신주쿠(新宿) 동부의 지명. 옛날 에도 성(江戶城)의 바깥 쪽 해자(=外堀)가 이곳을 지난다.

"그런데, 영감님. 돈벌이 할 사람은 영감님 밖에 없는 거요? 아들이나 손자는 없소?"

상냥하게 묻는 말에 늙은 인력거꾼은 눈물이 그렁그렁한다.

"예, 고맙습니다. 다행히 효성 지극한 아들놈이 하나 있는데 장가도 잘 들었답니다. 이렇게 추운 밤에는 화로를 끌어안고 잠들 수 있는 감사한 처지였지요.

그런데 그만 아들놈이 지난 가을에 병사로 징발되었답니다. 며느리와 두 손자가 다 저에게 잘해주지만 도저히 생계를 잇기 어려웠지요.

부전자전이라고 하나요? 원래 제 아버지 직업이 인력거꾼이어서 나이가 먹었어도 호흡이 몸에 익은 터라, 아들놈 인력거를 이렇게 끌고 있답니다.

허나 빠르고 깨끗하고 가격도 싸다는 삼박자를 두루 갖춘 다른 인력거꾼들과 경쟁을 해야 하니… 제가 끄는 이런 인력거에는 기껏해야 술꾼이나 아주 마음씨 좋은 손님이 아니면 여간해서는 타주지도 않지요.

열심히 땀 흘려 일하면 가난뱅이는 면한다지만 아무리 벌어도 그날그날을 넘기기 어려웠답니다. 당연히 옷차림 같은 건 신경 쓸 겨를도 없지요. 그러니 어쩔 수 없이 순사님께 이런 일로 수고를 끼치게 된 것이지요."

노인의 장황한 푸념을 답답한 기색도 없이 듣고 있던 젊은 남자는 자기 일처럼 가슴아파한다.

"영감님. 뭐라고 할 말이 없소. 음, 듣고 보니 그렇겠구려.

들자하니 외아들이 병사가 되었군요. 그럼 당연히 전쟁에라도 나갔을 거 아닙니까.

에이, 그럼 가만히 있지 말고 할 말은 하지 그랬소. 오히려 돈 벌 시간을 뺏은 대가로 순사에게 술값이라도 뜯어내면 좋았을 텐데."

"아이고, 당치도 않습니다. 허나 아까 다그치시는 통에 변명한답시고 사정을 다 말씀드리긴 했어요. 하지만 전혀 들어주시지를 않더군요."

젊은 남자는 더더욱 분노하며 영감을 가여워했다.

"뭐 그런 목석같은 인간이 다 있을까. 인정머리 없는 떼까마귀 같은 놈. 에잇, 이런 말 해 봤자 뾰족한 수도 없지만.

자, 영감님. 이제 더 귀찮게 하지는 않을 테니 나랑 저기까지 같이 걸어갑시다. 화로에 불이라도 쬐면서 한 잔 쭉 합시다. 사양하지 말아요. 물어볼 것도 좀 있고 하니. 괜찮지요? 영감님 인력거 끄는 일하고도 잘 맞을 거요.

바보 같은 순사 녀석. 이런 영감을 붙들고 서슬이 퍼래가지고, 도대체 무슨 생각을 한 거야. 영감님에게 손가락 하나라도 대 봐. 이제 내가 영감님 뒤를 봐줄 테니 가만있지 않겠어."

분노와 경멸, 원한에 찬 시선이 향한 그곳은 고지마치麴町[4] 일번지 영국공사관 토담 근처다. 버드나무 사이로 보였다 사라졌다 하는 각등角燈 하나가 남쪽을 향해 가고 있었다. 그 불빛은 어두운 밤에 빛나는 괴수의 안광과도 같았다.

---

4) 옛날 도쿄의 구(区) 이름. 지금의 지요다 구(千代田区) 서쪽 일대에 해당.

야행순사夜行巡査

2

공사관 근처를 걸어가는 그 괴수는 핫타 요시노부八田義延라는 순사다. 그는 메이지明治 27년(1894년) 12월 10일 자정에 모某 마을 파출소를 출발하여 한 시간에 걸치는 교대 순찰에 나선 참이었다.

그 발걸음을 보니 이 순사에게는 일정한 법칙이 있는 모양이다. 느리지도 않고 빠르지도 않게 척척 길을 걷는데, 몸은 똑바로 중심이 잡혀 좌우로 전혀 기우는 법이 없다. 결연하고 침착한 태도에는 일종의 범접할 수 없는 위엄이 갖추어져 있었다.

제모制帽의 차양 아래에 무섭게 도사리고 있는 안광은 기민함과 예리함, 그리고 냉혹함이 섞인 이상한 빛으로 번득였다.

그는 좌우를 살피고 위아래를 훑어볼 때 전혀 얼굴을 움직이거나 목을 돌리지 않는다. 그러면서도 눈동자를 자유자재로 회전시켜서 원하는 대로 자기 보아야 할 것을 다 볼 수 있었다.

그러니 길가의 모든 사물, 예를 들어 해자 옆 잔디밭에 흰 것만 슬쩍 보여도 몇 마리 뱀이 기어가듯 사람이 밟아놓은 흔적을 알아차린다. 또 영국공사관 이층 유리창에 검붉은 등불이 비치는 것, 그 문 앞에 가스등 두 개가 어제보다 약간 어두워진 것, 거리 한 가운데 벗어놓은 짚신 한 짝이 서리에 얼어붙어 굳어진 것, 길가에 죽 늘어선 마른 버드나무가 한바탕 부는 북풍에 휙 소리를 내며 일제히 남쪽으로 휘는 것, 아득한 저편에 우뚝 솟은 발전소 굴뚝에서 한 줄기 연기가 피어오르는 것 등등… 아무리 사소한 것이라도 어느 하나 이 순사의 시선 밖으로 벗어날 수가 없었다.

심지어 그는 파출소를 출발하여 길에서 한 늙은 인력거꾼을 질책하고, 그 후 이쪽으로 올 때까지 단 한 번도 뒤를 돌아보지 않았다.

그의 눈빛은 앞을 향해서만 예리하고 가늘며 엄했다. 그런 만큼 등 뒤로는 완전히 마음을 놓고 있는 듯 보였다. 일단 눈으로 훑어서 이상이 없다는 것을 확인한 후에는 죄인을 방면해주듯 뒤로 보내고 돌아보지 않았다.

흉악범이 칼을 휘두르며 뒤에서 공격하지나 않을까? 핫타 순사라면 자신의 호흡이 끊길 때까지 배후에 누군가가 있으리라는 의심은 해 보지도 않을 것이다. 그는 자기 시선이 한 차례 거친 곳은 설령 우사藕絲5)가 들어갈 만큼의 걱정거리도 남기지 않았음을 자신하기 때문이다.

그래서 그는 태연함과 위엄을 갖추고 잡념이나 염려 없이 유유히 그저 앞만을 향해 갈 수 있는 것이다.

서리가 내린 아주 깊은 밤, 그의 구둣발소리가 인기척 없는 거리를 울리며 멀리멀리 퍼져 나갔다. 일번지가 꺾어지는 모퉁이의 끝까지 거의 다 걸어갔을 때였다. 우측의 지붕 없는 문 아래에 웅크리고 있는 물체가 있었다. 그것이 자신의 발자국 소리를 듣고 꿈틀거리는 것을 순사는 예의 날카로운 눈으로 바라보았다.

핫타 순사가 일별하니 그것은 볼품없이 깡마른 여인이었다.

---

5) 연근 속에 있는 명주실 같은 섬유. 아주 가늘고 작은 것의 비유.

젖먹이 아이를 하나 안고 있었고, 밤이 깊어 보는 사람도 없으리라고 마음을 놓고 있었는지 허리띠를 풀어헤치고 그 아이를 피부로 끌어안고 있었다. 입고 있던 남루한 솜옷을 이불 삼아 조금이라도 아이를 따스하게 해주려 하고 있었다. 어미의 마음이란 이런 것이리라. 설마 그 모자에게 돈 한 푼의 은혜를 베풀지는 못할망정 누가 가엾게 여기지 않을 수 있겠는가.

그러나 순사는 두세 번 여인의 머리맡에 발을 탁탁 구르며 말한다.
"이봐, 일어나지 못할까. 일어나지 못하겠느냐 말이다."
착 가라앉았지만 힘을 넣은 목소리로 말했다.
여인은 황망히 일어나며 급히 옷매무새를 바로잡았다.
"예." 하고 대답하는 소리도 제대로 내지 못하고, 그대로 땅에 머리를 조아린다.
순사는 엄중한 말투로 꾸짖는다.
"'예'라니. 이런 곳에서 자면 안 된다는 걸 모르나. 빨리 가라. 이게 무슨 추태냐."
날카로운 말투다. 여인은 부끄러움에 숨소리마저 잦아들어,
"예, 너무도 송구합니다."
이렇게 사과할 때였다. 젖먹이가 갑자기 꿈에서 깨어났는지 자면서 잊고 있었던 굶주림과 추위를 느끼고는 울기 시작했다. 그것도 지친 탓인지 쉰 목소리였다. 여인은 보는 사람의 눈도 거리끼지 않고 황급히 아이에게 젖을 물렸다.
"나리. 밤중이니 제발 자비를 베풀어 주세요. 한 번만 봐주세요."

순사는 냉연하게 대꾸했다.

"규칙에 밤과 낮이 따로 있는 줄 아느냐. 길거리 처마 밑에서는 자면 안 되는 것이다."

때마침 한바탕 불어온 바람이 너무도 찼다. 칼바람은 손발이 다 드러난 여인의 살갗을 찢고 끊어내려 했다. 여인이 부르르 떨고는 몸을 공처럼 움츠렸다.

"도저히 못 견디겠어요. 나리. 제발, 제발 이렇게 빕니다. 잠시만 여기 있게 해주세요. 이 추위에 물가의 바람을 그대로 다 맞아야 하다니 우리 아기, 우리 아기가 너무 불쌍합니다. 이런저런 재난을 당해 갑작스럽게 거지 신세가 된 것이라 어찌 해야 할지도 모르겠고……"

말을 하다 여인의 목이 멘다.

이를 이 집 주인에게 청한다면 허락해줄지도 모를 일이었다. 그러나 순사는 들어주지 않았다.

"안 된다. 내가 한 번 안 된다고 하면 무슨 일이 있어도 안 돼. 설령 당신이 관음보살의 화신化身이라도 여기 누워서 자면 안 된다고. 이봐, 빨리 가라니까!"

3

"큰아버지, 위험해요."

한조몬半藏門⁶⁾ 쪽에서 막 해자 쪽으로 꺾어들 때, 젊고 예쁜 한 아가씨가 동행하던 노인이 술에 취해 걸음을 휘청이자 조심하라고 일러준다. 그녀는 실로 짠 장갑을 낀 채 왼손으로 등롱을 들고 있었다. 그리고 오른손으로는 노인을 부축한다.

큰아버지라고 불린 노인은 비척대는 다리를 내디디며 말했다.

"뭘 그러느냐. 괜찮다니까. 그 정도 술에 취할 줄 알고? 그런데 시간이 어떻게 된 거냐?"

밤은 깊었다. 하늘은 죽은 듯 고요하고 바람도 불지 않았다. 해자 근처의 거리는 모두 미야케자카三宅坂⁷⁾에서 일단 끝나고, 다시 그 일대 나무숲과 기와집들이 이어졌다. 도쿄의 일각에 해당하는 이 작은 천지는 적막했고 별만이 싸늘하게 흩뿌려 있었다. 아가씨는 누구 없을까 하는 심정으로 둘러보았다.

그런데 백 보 정도 떨어진 곳에 검은 그림자가 있는 게 아닌가. 그 그림자는 구두 소리를 울리며 서서히 다가오고 있었다.

"어머, 순사님이 와요."

큰아버지라는 사람은 뒤를 돌아보더니 각등 불빛을 알아보았다. 금세 불쾌한 어조로,

"순사가 오면 뭐가 대수냐? 홍, 너는 꽤나 반가운 얼굴이구나."

---

6) 에도 성 내곽문의 하나. 고지마치(麴町)의 문이라고도 하며 문밖에 에도 시대의 무장 핫토리 한조(服部半藏)의 저택이 있어서 한조몬이라 불렸다.
7) 내측 해자 거리의 사쿠라다몬(桜田門)에서 한조몬(半藏門)에 이르는 언덕. 그 일대의 총칭. 에도 시대에 미야케 가문의 택이 있어서 이렇게 부른다.

그러고는 아가씨 얼굴을 쳐다본다. 노인의 한쪽 눈은 멀었고 다른 한쪽 눈은 날카롭다.

아가씨는 움찔하는 모습이었다.

"사람이 없는 걸 보니 이제 한 시 전쯤 되었을까요?"

"음, 그럴 지도 모르지. 인력거가 하나도 안 보이니 말이야."

"괜찮아요. 이제 거의 다 온 걸요."

둘은 잠시 아무 말 않고 걸음을 옮겼다.

노인의 취한 다리는 제대로 걷지 못하고 있는데, 뒤에서 나는 구두 소리는 점점 다가온다.

노인은 목소리를 높여서 말했다.

"오코ぉ香, 오늘 밤 결혼식은 어땠더냐?" 약간 웃음을 머금고 물었다.

아가씨는 가볍게 말을 받는다.

"아주 좋았어요."

"아니지, 그냥 좋기만 하면 안 되지. 너는 그걸 보고 어떻게 생각했느냐는 말이다."

아가씨는 노인의 얼굴을 쳐다본다.

"무슨 말씀이세요?"

"틀림없이 부러웠겠지?" 놀리는 듯한 목소리였다.

아가씨는 대답하지 않았다. 그녀는 이 차가운 말투 때문에 상당히 고통을 느낀 것처럼 보였다.

노인은 그럴 줄 알았다는 눈치다.

"어때. 부러웠지? 오코, 오늘밤 그 집 결혼식 자리에 너를 데리고 간 뜻을 아느냐? 뭐? 예라니, 예라고 하면 안 되지. 그 뜻을 아느냐는 말이다."

아가씨는 침묵했다. 고개를 숙였다.

노인의 목소리는 점점 높아진다.

"모를 테지. 그야 당연히 모를 거야. 결혼식 의식을 보고 배우라고 데려간 것도 아니고, 특별히 맛있는 음식을 먹게 해주고 싶어서도 아니지. 그저 너에게 부러운 마음이 들게 만들고 싶었다. 너 스스로 한심하다고 여기게 만들고 싶었다고. 그리고 마음속으로 울어대는 네 얼굴을 보고 싶을 뿐이야. 하하하."

노인의 입에서 술냄새가 확 풍겨 얼굴을 똑바로 대할 수가 없었다. 아가씨는 풀이 죽은 모습으로 고개를 옆으로 돌린다. 노인은 그 어깨에 손을 걸치며 말했다.

"어떠냐? 오코. 오늘 그 신부는 예쁘더구나. 평생의 가장 큰 예식이니 당연하겠지. 하얗고 빨간 배색의 세 겹 예복을 입고 부끄러운 듯 앉아있는 모습이라니. 여자로서 두 번 다시 없을 아름답고 영광스러운 자리지.

허나 오늘 그 신부도 예쁘기는 했지만 너에게는 못 미칠 게다. 신랑도 괜찮은 사내였지만 그 순사보다는 한참 뒤떨어지더구나. 만일 그게 너와 그 순사였다고 생각해보려무나. 아마 모두들 눈이 휘둥그레질 게다.

오코. 언젠가 그 순사가 너를 달라고 청했을 때 나만 좋다고 허락했으면 어떻게 됐을까? 오히려 다른 사람들이 부러워했을 게야. 더구나 네가 목숨을 걸 만큼 좋아한 사내이지 않았느냐. 아주 큰 경사였겠지.

하지만 그렇게 뜻대로 되지 않는 것이 이 세상이란다. 원래 세상이란 그런 거야. 나라는 훼방꾼이 나타나 딱 잘라 거절을 했으니. 그 순사도 참 큰 욕을 본 게지. 처음부터 될 이야기인지, 안 될 이야기인지 짐작이라고 하고 왔으면 좋았을 텐데. 그 핫타라는 놈도 앞을 못 내다본 녀석이지. 어리석은 순사 놈."

"어머, 큰아버지."

떨리는 음성으로, 뒤쪽의 순사에게 그 말이 들리지나 않을까 싶어 신경을 쓰며 돌아보았다.

돌아본 아가씨의 얼굴 ……캄캄한 밤이지만 어찌 잘못 볼 수 있을까. "앗!" 자신도 모르게 외마디 비명이 새어 나오며 아연실색했다.

핫타 순사는 한바탕 전기에라도 감전된 것 같았다.

4

노인은 순식간에 벌어진 이 사태를 알아차리지 못한 것인지 전혀 신경도 쓰지 않는다.

"봐라, 오코. 너는 나를 틀림없이 무자비한 노인네라고 원망하겠지. 난 네가 나를 원망하기를 진정으로 바란단다. 얼마든지 원망하렴. 어차피 나도 이렇게 못된 늙은이니 좋게 죽지는 못하겠지. 그래도 다 각오한 바니 상관없어."

진지한 얼굴로 말하는 모습이 술에 취한 탓이라고는 여겨지지 않았다.

아가씨는 간신히 입을 열었다.

"큰아버지, 이런 길거리에서 무슨 말씀을 하시는 거예요? 빨리 집으로 돌아가요."

노인의 옷소매를 끌며 서둘러 순사를 피하려고 했다. 듣기에도 거북한 큰아버지의 이야기를 순사의 귀에 들리게 하고 싶지 않아서였다. 그러나 큰아버지는 전혀 괘념치 않고 아무렇지도 않은 듯, 아니 오히려 들으라는 듯이 말한다.

"그 놈은 자기가 순사라서 내가 허락하지 않았다고 생각했을까? 신분이 높은 관원이나 부자를 고르는 줄 알았겠지? 순사 월급이 고작 팔 엔뿐인 것에 분해서 치를 떨었을지도 모르지. 하지만 그런 천박한 이유 때문이 아니란다.

네가 싫어하는 부류, 그러니까 같이 살면 생피라도 빨아먹을 것 같은 인간들 말이다. 예를 들어 문둥이나 고리대금업자, 혹은 전과가 있는 도둑놈이었다면 내가 기꺼이 허락했을 거야. 거지라도 괜찮아. 차라리 거지라면 내가 재산을 다 물려주고 결혼을 시켰겠지. 그리고는 오코, 네가 괴로워하며 사는 것을 보고 즐겼을 거다.

하지만 그 순사는 네가 진심으로 좋아하던 사내지. 그 놈과 맺어지지 못한다면 살 이유도 없다고까지 집념을 보였던 사내였어. 내가 그 사실을 잘 알았기 때문에 아주 단호하게 딱 잘라 거절한 게야. 속물적인 욕심 때문에 거절한 것은 아니었다.

내가 일단 거절했으니 사람들은 너더러 포기해야 한다고 하겠지만 내가 바라는 건 그게 아니야. 오히려 '큰아버지가 안 된다고 말씀하셨으니 어쩔 수 없지요.'라며 네가 쉽사리 단념해 버리면, 오히려 내 뜻은 물거품이 되고 모든 게 다 헛된 일이 된단다.

사랑은 그렇게 가볍고 천박한 게 아니야.

원래 강단 있는 자가 험난한 일을 당하면 당할수록 더 강단이 있어지는 법이고, 사랑은 방해물이 끼어들면 더욱 더 애달파지는 법이지. 네가 도저히 단념할 수 없다는 걸 알기 때문에 나는 재미있단다. 어때. 단념할 수 있느냐? 말해봐라, 오코. 벌써 그 사내를 잊은 게냐?"

아가씨는 잠시 한동안 입을 다물고 있다가 "아…니…요."라며 띄엄띄엄 대답했다.

노인은 기분이 좋다는 듯 소리 높여 웃었다.

"음, 그러면 그렇지. 그렇게 쉽사리 포기하면 내가 고약하게 군 보람이 없었겠지. 오히려 내가 부탁하니 제발 포기하지 말아라. 아직도 멀었어. 그 순사 놈을 더더욱 그리워하란 말이다."

아가씨는 참지 못하고 얼굴을 들었다.

"큰아버지, 뭐가 마음에 들지 않아서 그렇게 박정한 말씀을 하시는 거예요? 저는……" 하고 울음을 삼킨다.

노인은 마치 딴전이라도 부리듯 대답했다.

"뭐? 뭐가 맘에 안 드냐고? 그런 말 말아라. 말도 안 되니까. 일단 너만큼 내 맘에 드는 사람은 아마도 없을 게다.

우선 용모가 곱고 마음씨가 좋지. 게다가 상냥하기까지 하니… 네가 하는 일이라면 뭐든, 하다못해 밥 먹는 모습까지도 맘에 든단다.

그러나 그렇다고 순사와 맺어지고 말고 할 수는 없는 거야. 설령 네가 어찌어찌 내 목숨을 구해 생명의 은인이 된다고 해도, 도저히 절대 순사에게는 줄 수 없어.

만일 네가 못난 여자애였다면 나도 아마 말리지 않았을 거야. 귀여우니까 그렇게 한 거지. 네가 내 마음에 안 들다니 말도 안 된다."

아가씨는 조금 굳은 표정으로 묻는다.

"그럼 큰아버지. 그분에게 무슨 나쁜 점이라도 있다는 거예요?"

이렇게 말하며 살짝 뒤를 돌아보았다. 순사는 이때 속삭이는 소리까지 들을 수 있는 거리에 다가와 있었다.

노인은 머리를 흔든다.

"아니, 아니야. 나는 그 놈도 아주 좋아한단다. 봉급 팔 엔을 소중히 여기며 이 세상에 순사만한 직업이 없다고 자부하는 면이 아주 좋아. 자기 직무를 중히 여기다 보니 가혹하다, 인정머리가 없다고 평판이 안 좋더군. 그런 것에도 개의치 않고 사소한 것 하나 놓치는 법이 없는 순사지. 그렇게 사악하고 비정한 면이 오히려 내 마음에 든단다.

팔 엔의 값어치는 하는 놈이야. 봉급 팔 엔이 비싸지는 않은 것 같더구나. 봉급 도둑이라고는 할 수는 없겠어. 썩 괜찮은 팔 엔짜리 순사야."

 아가씨는 참지 못하고 뒤를 돌아보며 허리를 굽히고 한 손을 들어 살짝 순사에게 인사했다. 오코가 자신의 이 행동을 큰아버지에게 들키지 않으려고 얼마나 애를 썼던가. 그리고는 곧바로 고개를 돌리는 바람에 핫타가 어떤 동작으로 자기에게 답했는가는 알 수 없었다.

5

 "그래, 팔 엔짜리 봉급 순사로는 부족하지 않아. 하지만 도저히 너를 줄 수는 없다.
 그 순사 녀석이 여자를 워낙 좋아해서 잠깐 너의 미색에 빠졌다고 치자. 내가 거절했을 때 '싫으면 관두시오. 다른 데 가서 알아보겠소.' 이런 식으로 나오는 경솔한 놈이었다면 내가 승낙했을지도 모르지.
 그런데 내가 좀 알아봤더니 요시노부(순사 이름) 그 놈은 그런 부류와는 전혀 다르더구나. 한 번 애정을 기울이면 도저히 잊지 못하는 성격이라더군. 너도 역시 마찬가지니 자살이라도 하고 싶은 심정이겠지.
 난 그게 재미있다는 거야, 하하하하하하."라며 웃는다.
 아가씨는 떨리는 목소리로 또 물었다.
 "큰아버지, 그럼 대체 어떻게 해야 한다는 말씀이세요." 절박한 듯 물었다.

큰아버지는 아무렇지도 않게 내뱉는다.

"아무래도 안 돼. 어떻게 해도 안 된다고. 도저히 안 된다. 아무 말 말아라. 설령 무슨 일을 벌여도 안 들여줄 테니. 오코, 그렇게 생각하고 있어라."

아가씨는 "와" 하고 울음을 터뜨렸다. 여기가 길거리라는 것도 잊은 모양이다.

큰아버지는 눈썹하나 까딱하지 않았다.

"그리고 평생 딱 한 번만 말하려고 여태 너나 다른 사람에게도 흘린 적이 없는 일이 있는데, 이왕 이렇게 된 바에 알려주마. 알겠느냐? 죽은 네 어머니와 관련된 일이다."

어머니라는 말을 듣자마자 아가씨는 갑자기 귀를 쫑긋 세운다.

"예? 어머니요?"

"그래, 죽은 네 어머니 말이지. 내가 말이다, 네 어머니를 대단히 연모했었단다."

"어머나, 큰아버지."

"그렇게 놀랄 것 없다. 그리고 의심할 것도 없어. 그 사람, 너희 어머니를 네 아비에게 빼앗긴 셈이지. 알겠느냐?

물론 네 어머니는 내가 좋아한 걸 모르지. 동생 역시도 몰랐어. 나 또한 입 밖에 낸 적은 없단다. 하지만 마음속으로, 마음속으로는 사실 내가 얼마나…

오코, 너는 내 마음을 알겠지? 순사를 좋아했으니 말이다.

너희 부모 결혼 때 그 예식자리에서도, 그리고 매일같이 그 둘이

다정하게 지내는 것을 보며 살았지. 아아, 오코. 너는 내가 어떤 기분이었을 거라고 생각하느냐?"

목소리가 탁해졌다. 곰보 자국이 많고 광대뼈가 툭 튀어나온 늙은 얼굴은 취기를 띠고 있었다.

그런데 실명된 한 눈이 아주 무섭게 변하더니 으스러뜨릴 듯 힘을 주어 오코의 어깨를 꽉 잡고 흔들었다.

"아직도 잊을 수가 없다. 도저히 그 미련을 떨칠 수가 없어. 그것 때문에 나는 모든 걸 다 버렸지. 명예도 버렸고 집도 버렸다. 결국 네 어머니가 내 평생의 행복과 희망을 모두 빼앗은 거야. 나는 이제 세상을 살아갈 희망이 사라진 거였지.

허나 어떻게든 그 복수만은 하고 싶었다. 그렇다고 뒤에서 칼을 갈 수도 없는 노릇이었지. 사랑에 실망한 자의 고통이 도대체 어느 정도였는지 알게 해주고 싶은 마음에 쓸데없이 너무 오래 살았어. 하지만 서로 사모하고 바라던 대로 결합한 너의 부모에게는 그런 고통의 맛을 알게 해줄 수단은 도저히 없었지.

그들이 조금만 더 오래 살았더라면 그 사이에 내가 방법을 생각해서 쓴맛을 보게 해줄 수 있었을지도 모르지. 허나 다행이라고 해야 할지, 불행이라고 해야 할지. 두 사람 모두 죽고 남은 건 너뿐이었다. 혈육이라고는 나밖에 없었으니 내가 당연히 데려왔지. 너를 이렇게 어엿한 규수로 키워놓은 것도 다 삼대에 거칠 집념 때문이었다. 부모 대신에 오코, 네게 그 고통을 맛보게 하려는 거야.

다행히 핫타라는 연인이 네 마음속에 생겼으니 내 바람도 이루어질 수 있었지. 어떠냐? 이런 사연이 있으니 설령 누가 나를 세상 최고의 갑부로 만들어준다며 설득해도 나는 듣지 않을 테다. 각오하려무나. 끝끝내 안 될 일이니 말이야.

아니, 너! 귀를 막다니."

눈에 눈물이 그렁그렁 맺힌 채 오코는 부들부들 떨었다. 마치 사형선고를 듣지 않으려고 애쓰는 죄인처럼 양 소매를 귀에 대고 있었다. 그러나 노인은 잔인하게도 그 손을 떼어 냈다.

"어머나!" 하며 외면하려는 오코의 귀에 입을 대고 말한다.

"어때. 이제 알았느냐? 조금이라도 더 너에게 실망의 고통을 맛보게 해줄 테다. 그러니 순사를 조금이라도 잊은 듯 지내면 오늘 밤처럼 또 남의 결혼식에 데려가고 속이 뒤집힐 만한 이야기를 해주고 온갖 수를 다 써서 너를 괴롭혀주마."

"아아, 큰아버지. 저는 이제… 제발 그러지 마세요. 제발 놓아주세요. 이걸 어째."

자기도 모르게 소리를 질러버렸다.

거리를 조금 두고 순행하던 핫타 순사는 문득 한 걸음 앞으로 나아갔다. 순사는 그곳을 지나치려고 했다. 하지만 앞서 지나칠 수가 없었다. 그는 그 자리에 멈추어 섰다가 주춤 뒤로 물러났다. 순사는 이 자리를 피하고 싶었다. 하지만 물러날 수도 없었다.

순간 핫타 순사는 목상木像처럼 그 자리에 우뚝 서버렸다. 그리고 냉엄하게 다시 일정한 보폭으로 걷기 시작했다.

아아, 사랑은 목숨이다. 간접적으로 자기 목숨을 빼앗으려는 노인의 사연은 이 순사에게 얼마나 원통한 이야기인가.

일단은 걸음을 서두를까. 그러면 핫타는 순식간에 이들을 지나쳐 갈 수도 있으리라. 아니면 조금 더 걸음을 늦출까. 그러면 눈앞에서 이들이 가는 것을 지켜볼 수 있으리라.

하지만 그는 순사로서의 직무를 다하기 위해 스스로 정해놓은 평소의 일정한 규칙이 있다. 파출소를 나와 몇 굽이굽이 길을 돌아 다시 주재소로 돌아갈 때까지 약 삼만 팔천구백육십두 걸음을 걷는다. 사사로운 정 때문에 길을 우회하거나 혹은 질주하거나 혹은 천천히 걷거나 멈춰서는 것. 이런 것은 직무를 다해야 하는 책임에 떳떳하지 못한 처사였다.

6

노인은 여전히 아가씨의 귀를 잡고 놓아주지 않았다. 오코에게 기대듯이 걸어가며 말한다.

"오코, 내가 말은 이렇게 해도 너를 미워하지는 않는단다. 사실 너는 죽은 네 어머니와 꼭 닮아서 귀여워 못 견딜 지경이지. 미운 계집애였다면 내가 복수할 가치도 전혀 없었을 거야. 그러니 먹는 것이며 입는 것, 뭐든지 네가 좋아하는 건 다 해줬어. 내가 좋은 옷을 못 입을지언정 너에게는 입혀주었다.

네 마음대로 실컷 다 누리게 해 주겠지만, 그 하나만큼은 어떤 일이 있어도 허락하지 않을 테니 그런 줄 알거라. 혹여 내가 나이를 많이 먹었으니 내가 죽은 다음에 결혼하려고 생각할는지도 모르지. 하지만 네 생각대로 되지는 않을 거야. 내가 죽을 때 너도 같이 죽는 거니까."

소름끼치는 목소리로 노인의 그 마지막 말을 듣자 오코는 더 이상 참을 수 없었다. 있는 힘을 다해 노인이 누르는 어깨를 떨쳐내고 탁탁탁 뛰어 나갔다. 아차 하고 바라보는 사이에 해자 둑 위로 훌쩍 뛰어 올랐다.

몸을 던지려는구나! 노인은 당황하여 잡으려고 달려갔다. 하지만 취한 눈에 거리감을 잃고 발을 잘못 디디는 바람에 몸이 기울어 서리가 내린 바닥에 미끄러지면서 그만 물속으로 풍덩 빠졌다.

이때 사람을 구하기 위해 쏜살같이 한걸음에 달려 온 핫타 순사. 그를 보자마자 오코는 "요시노부 씨!" 숨을 몰아쉬며 한 차례 부르고는 순사의 가슴에 얼굴을 묻었다. 그리고 모든 것을 잊은 양 꽉 매달렸다. 오코를 덩굴처럼 몸에 감은 고목 같은 모습의 핫타는 냉정히 대답도 하지 않았다.

제방 위에 똑바로 서서 각등을 한 손에 들고 휘두르며 물을 똑바로 내려다보았다. 추운 것이야 말할 나위도 없었고 보이는 건 온통 하얀 서리였다. 먹보다 검은 수면에 심하게 물거품이 일어난다. 거기가 노인이 빠진 곳인 듯 얇은 얼음이 깨져 있었다.

핫타 순사는 이것을 보고 일 초 정도 주저하더니 손에 든 각등을 내려놓았다. 그리고 보니 자기 가슴에 꽃비녀 하나가 휘장처럼 걸려 있는 것이 아닌가. 비녀가 흔들릴 정도로 가슴이 세차게 뛰었다. 오코의 가슴과 자기 가슴이 딱 붙어 있어 떼어내기 어려웠다. 하지만 결국 두 손을 조용히 떨쳐내며 말했다.

"비키시오."

"예? 어쩌시려고요?"

오코는 아래에서 순사의 얼굴을 올려다보았다.

"살려낼 것이오."

"큰아버지를요?"

"당신 큰아버지 말고 누가 떨어졌단 말이오?"

"하지만, 요시노부 씨."

순사는 엄숙히 말했다.

"순사가 해야 하는 일이오."

"그래도 요시노부 씨."

순사가 차갑게 말했다. "내 일이라니까."

오코는 급히 정신을 가다듬더니 다시 창백해졌다.

"아아, 그런데 당신, 당신은 전혀 수영할 줄 모르잖아요."

"내 직무야."

"하지만…"

"안 돼. 안 된다고. 나도 죽이고 싶을 정도로 미운 영감이지만, 살려야 하는 게 내 일이야. 비켜."

순사가 밀치는 손에 오코가 매달렸다.

"안 돼요. 안 돼요. 아, 누구든 좀 와주세요. 살려주세요, 살려주세요."

아무리 소리쳐도 토담과 석벽은 적막할 뿐, 앞뒤로 십 정町 이내에 행인이라고는 한 사람도 없었다.

핫타 순사는 목소리에 힘을 주었다.

"비키지 못할까!"

결연히 뿌리치니 오코의 힘이 모자라 손을 놓게 되었다.

순간 순사는 한걸음에 내버리듯 몸을 던졌다. 오코는 털썩 주저앉고 말았다.

아아, 핫타는 경관으로서 사회로부터 부여받은 책무를 저버릴 수 없었기 때문에 죽기를, 아니 오히려 죽이기를 몹시도 바라던 악마를 구하고자 했다. 영하의 추위에 물이 얼어붙은 한밤중에 수영도 못하는 몸으로 목숨과 함께 사랑을 버린 것이다.

후일 세상은 모두 핫타 순사를 인의롭다고 칭송했다. 아아, 그러나 과연 정말로 인의로웠던 것일까?

또한 용서해야 할 늙은 인력거꾼을 가혹하게 벌하고, 동정해야 할 모자를 잔인하게 다그친 그의 노력을 칭송하는 사람이 없는 것은 어찌 된 노릇인가.

1895년 4월

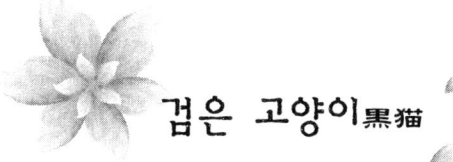
검은 고양이黒猫

1

 마흔 가량 되는 점잖은 마루마게丸髷¹⁾의 부인이 바느질하던 손을 멈추고, 그 옆에 있는 다카시마다高島田²⁾ 머리를 한 아가씨를 돌아본다.
 "오사요お小夜, 그게 뭐니. 너처럼 그렇게 고양이를 귀여워하는 사람은 또 없을 게다. 보렴. 저렇게 뻔뻔하게 누워만 있는 고양이를. 쥐 한 마리도 잡으려 않고, 하루 종일 네 무릎에만 있지 않느냐. 한대 쥐어박기라도 하렴. 정말 저러다 버릇되겠구나." 일부러 야단치듯 말한다.
 아름다운 아가씨는 양 소매로 고양이를 감싸며 "그렇지만 귀여운 걸요. 구로, 졸리지?" 하고 뺨을 대고 부비니, 그 검은 고양이는 가느

---
1) 기혼 여성의 머리 모양으로 정수리에 타원형의 편평하고 큰 상투인 마게(髷)를 묶은 것.
2) 미혼 여성, 혹은 새색시의 높게 틀어 올린 머리 모양.

다란 소리로 한 차례 그르렁댄다.

부인도 어쩔 수 없다는 듯 미소를 지으며 "야옹 소리도 한 번 못하다니. 덩치만 커가지고. 정말 보기 싫을 정도로 살이 쪘어. 어지간한 개보다 크니. 그래도 손바닥에 올려둘 만했을 때는 귀여웠는데 말이야. 어쨌든 오사요, 네가 그렇게 응석을 받아주니 게을러져서 잘 걷지도 뛰지도 않잖니. 어그적 어그적 소가 기어가는 꼴이라니. 그리고 아무 것도 안 하면서 네 무릎에만 들러붙어 있고. 가끔 어디로 나가는가 싶으면 뒷산으로 간다더구나. 왠지 으스스하지 않니? 무슨 요물이 달라붙은 건 아닌가 몰라." 오사요에게 약간 겁을 줄 생각으로 말했다.

아가씨는 전혀 상관없다는 듯 "아이 참, 어머니도. 구로가 산에 올라가는 게 뭐가 무서워요? 저는 혹시 뱀에게 쫓기지나 않았으면 좋겠는데. 그게 오히려 걱정되는 걸요." 순진한 눈으로 어머니를 바라보았다.

부인은 일부러 진지하게 말했다. "무슨 소리, 뱀에게 쫓기기는커녕 구로가 오히려 뱀을 잡아먹을 것 같구나."

아가씨는 고운 눈썹을 찌푸리며 "어머, 싫어라." 몸서리를 친다.

부인이 덧붙여 말하기를 "그러니까 적어도 네 입으로 물을 먹여주거나, 먹던 과자를 주거나 하는 짓만이라도 그만두렴. 정말 그러면 안 되는 거란다. 요전번에도 안방 할머니께서 그렇게 말씀하시더구나. 처음 고양이를 키울 때 '두 해만 집에 두마', 혹은 '세 해만 길러주마' 이런 말을 들려주어야 한다고 말이야. 이렇게까지 됐으니 하는 수 없이 죽을 때까지 키워야겠지만. 그래도 방법이 있으면 난 내보내고 싶구나. 그런데 너는 도가 지나치게 응석을 받아주니…" 뭔가 염려스럽다는 투다.

애당초 이 검은 고양이는 옛날 눈을 겨우 뜨던 새끼고양이 때부터 여기 우에스기上杉 가에서 길렀고, 벌써 구 년이나 되는 오랜 세월을 보낸 셈이었다.

우에스기 가문은 옛 번주藩主[3]를 모시며 쌀 천 석의 봉록을 받던 사족士族 집안이었다. 부친은 수년 전에 세상을 떠나 집에는 안주인과 그 딸인 오사요와 그 남동생인 히데마쓰秀松, 그리고 아이들의 조모인 안방 할머니, 이렇게 네 사람이 살았다. 하녀 한 명을 부리며 별 탈 없이 느긋하게 지내기에 충분한 부수입이 있어서 궁핍하지도 않았다.

저택은 아주 넓어서 뒷마당은 바로 산에 접하고 집 좌우로는 논밭이 펼쳐졌다. 이웃집과 멀리 떨어져 있다는 한 가지 흠이 있지만, 적선지가積善之家인지라 도둑 들 염려는 없었다. 저택의 초석은 단단하여 눈보라가 불어도 걱정 없었고, 유유자적하고 화기애애하게 네 명의 식구가 세상과 떨어져 외롭다는 느낌도 없이 단란하게 지냈다.

검은 고양이(가족들은 구로九郎[4]라고 불렀다) 예의 이 수고양이는 이런 가정에서 사랑받으며 자랐다. 고기는 물론이려니와 우유까지 원하는 대로 마시고 맛난 음식을 질리도록 먹었으며, 항상 아가씨와 따뜻한 잠자리에서 함께 잤다. 살이 점점 불어 뚱뚱해지고 털은 윤기가 반드

---

[3] 에도(江戸) 시대에 일정한 영토이자 통치기구인 번(藩)을 지배하던 영주.
[4] 검정을 일컫는 '구로(黒)'라는 발음과 통하며 '사내 랑(郎)' 자로 수컷임을 드러낸 명명.

르르했다. 특히 잡털 한 터럭도 섞이지 않은 순수한 검은 고양이라 온 몸은 마치 칠흑 같았다.

때로는 빗질을 해주고 때로는 목욕을 시켜주며 하루도 빠짐없이 아가씨가 단정히 가꿔주어, 향묵香墨을 뿌린 듯한 검은 털의 윤기는 밤눈에도 반짝일 정도였다.

오사요의 나이는 열일곱 살로 옥구슬같이 아름다운 얼굴에 눈처럼 흰 살갗의 보기 드문 미인이었다. 또한 동생 히데마쓰는 열두 살로 이 역시 홍안의 귀여운 사내아이였다.

고양이 구로는 마치 두 남매의 소꿉동무처럼 처음 네댓 해 동안은 셋이 같이 자애로운 어머니의 보살핌 속에서 함께 자랐다.

누이와 그 동생, 특히나 상냥하고 나긋나긋한 마음씨의 오사요는 구로를 여간 총애하는 것이 아니었다. 먹을 것도 나누어 먹고 한 요를 쓰다가 이불까지 함께 덮고 자기에 이르렀다. 그래서 어머니가 종종 짐승을 대하는 태도가 너무 도를 넘지 않느냐며 염려하는 것이 어제오늘의 일만은 아니었다.

2

특별히 내세울 만한 의견이랄 것도 아니기에, 어머니를 거역하려는 것은 아니었다. 하지만 아가씨는 어머니 말에 아랑곳하지 않고 "안 돼요, 어머니. 다른 곳에 보내는 건 싫어요."라며 고양이를 감싸며 엎드렸다.

어머니가 되물었다. "그래도 애야, 어차피 평생 헤어지지 않을 수는 없는 노릇이지 않니. 시집갈 때 데리고 갈 수 있는 것도 아니고."

"아뇨. 데리고 갈 거예요."

"저런 혹을 달고 있는 색시는 아무도 데려가려고 하지 않을 거야."

"좋아요. 고양이가 싫다는 집에는 저도 시집갈 생각이 없답니다." 하고, 오사요는 딱 잘라 말한다.

어머니는 짐짓 눈살을 찌푸리며 말했다. "그렇게 자기 고집만 부리는 사람도 집에 두기 싫구나."

"어머. 어머니, 너무하세요."

"뭐가 너무하니. 당연한 이야기를 하는 건데."라며 어머니는 가위를 집으려고 몸을 옆으로 돌렸다.

오사요는 살짝 어머니의 옷소매를 잡아끌며 "제발 그런 말씀은 말아주세요. 집에 그냥 있게 해 주세요. 네? 어머니."라며 속상하다는 어조로 애교를 부렸다.

오사요는 어머니에게는 이렇게 어리광을 부리지만 동생 히데마쓰에게는 항상 정 많은 누나였다. 어떤 때에는 착실하고 엄한 좋은 가정교사도 되어주는 고상한 아가씨다. 오사요는 고등교육도 받았지만, 어머니 눈에는 아직도 여전히 젖내 나는 어린아이 같고 그 행동과 말도 다 소꿉놀이 같아 보인다.

그러나 이렇게 어머니를 대하는 오사요의 천진난만한 태도만 보고, 일반적인 세상 사람들에 대해서도 마찬가지이리라고 생각하면 큰 오산이다. 오사요는 오사요 나름대로 자기 자신만의 생각과 견식을 갖추고 있었다. 하지만 고양이와 어머니 앞에서만은 완전히 일개 어린아이에 불과했던 것이다.

딱 부러지는 이유를 밝히기는 어렵지만 사람에게는 기묘한 호오好惡가 있는 법이다. 그래서 일가를 이룬 철인哲人이나 달인조차 예로부터 종종 우스운 미물을 두려워하여 이를 죽을 만큼 싫어하는 사람도 적지 않았다. "나에게 허락된 것"5)이라고 어느 가인歌人이 말했듯, 오사요도 고양이에게만큼은 어쩔 수 없는 애착을 가진 것이었다.

그렇지만 후세히메伏姬6)의 이야기를 알고 있는 나이 많은 부인의 생각에는, 일면 그 예쁜 딸을 위하는 마음에서 그러하려니와 이 늙은 고양이를 다소 꺼리는 점이 없지 않았다. 다른 일에 관한 한 어머니의 말을 거스르는 일이라고는 전혀 없는 오사요다. 그러나 고양이 이야기만 나오면 말을 전혀 듣지 않으니 걱정거리인 셈이었다.

종종 좋은 말로 타일러 보았지만 효과가 없다는 것을 알기에, 이 날은 이야기하는 김에 좀 따끔하게 타일러야겠다 싶어 어머니는 무슨 말인가 더 하려고 다시 정색하고 딸을 바라보았다.

---

5) 지엔(慈円, 1155~1225년)이라는 승려 가인(歌人)이 지은 노래 「모든 이에게 / 버릇 하나씩쯤은 / 있지 않던가 / 나에게 허락된 건 / 와카(和歌)를 읊는 버릇(みな人の 一つ癖は あるぞとよ 我には許せ 敷島の道)」 중 네 번째 구(句). 고양이에 대한 오사요의 특별한 애착을 이야기하고 있다. 가인이란 일본 전통 시가인 와카를 읊는 사람을 말한다.
6) 에도(江戸) 시대의 고소설 ≪난소사토미핫켄덴(南総里見八犬伝)≫에서 사랑하던 개와의 영적인 결합으로 인하여 구슬을 낳은 인물.

마침 그 때, 헐레벌떡 뛰어 들어온 하녀가 문지방 밖에 엉거주춤 앉아서 얼굴을 안쪽으로 들이미는데 그 표정이 이상하다. 볼멘 얼굴로 입을 일그러뜨리고, 나지막하게 말할 셈이었겠지만 커다란 음성으로 말했다.

"저기, 마님. 어찌할까요? 또 왔어요. 그 작자가."라며 눈을 감아 보이며 눈썹을 모았다.

이 정도의 몸짓이면 서로 통하는지 어머니는 즉시 알아차리고 묻는다.

"도미노이치富の市냐?"

하녀 오산お三은 "예." 하며 난처한 얼굴이다.

오사요도 난감한 표정을 지으며 말한다. "싫어요, 어머니."

"오산, 너도 참. 없다고 하면 될 텐데."

"그야 말씀하시지 않아도 제가 잘 알고 있어요. 가로막고 서서 아무도 안 계신다고 말했지요. 그랬더니 섭섭하게 그러지 말라고 하면서 여느 때처럼 히죽히죽 웃고는 성큼성큼 안으로 들어와 버렸어요. 어떻게 하면 좋아요."

이렇게 말하며 고개를 돌리니 등 뒤에 한 맹인이 마치 그림자처럼 가만히 서 있다.

오산은 "에구머니!" 하고 놀라 내뱉었다.

3

 모두가 싫어하는데도 이렇게 나타난 손님은 도미노이치라는 서른 두세 살 먹은 맹인이다. 맹인이라고 해도 위아래로 이백 문文[7]짜리 옷을 차려입고 돌아다니며 안마와 침 치료를 한다. 그러니 메밀가게나 먼 곳을 향하여 짖어대는 개와 함께 그려지는 소경의 구걸처럼, 한밤중의 흔한 풍경이라 할 수 있는 그런 가난한 장님은 아니었다.
 재산이 상당한 옛날 장사치의 맏아들이었기에, 아무 집과도 가깝게 지내며 허물없이 들락거릴 수 있는 지위와 자격을 가지고 있었다. 도미노이치는 천성적인 불구자가 아니었다. 열여섯 살 때였던가. 심한 천연두에 걸려 두 눈을 실명했다고 한다. 늦은 나이에 실명을 했음에도 불구하고 묘하게도 육감이 아주 예리해서, 길을 오갈 때 가끔 지팡이를 옆구리에 낀 채로 종종걸음 치며 가는 것을 보았다는 사람도 있다.
 오 척尺[8]도 안 되는 작은 키에 손발은 아주 비쩍 말랐고 눈썹도 흐릿하며 뺨은 쑥 들어갔다. 아래턱은 뾰족하고 코는 컸는데 눈은 다행히 가래처럼 탁하거나 흉측하지는 않았고 한일자로 꾹 감겨 있었다. 피부는 검푸른 빛을 띠고 얼굴에는 무수한 곰보자국이 있었다. 더구나 어깨는 축 처지고 풍채에는 활기가 없어서, 앉은 모습이나 혹은 걸어 다니는 뒷모습에는 항상 죽음의 신인지 유령인지 모를 무

---

7) 옛날 화폐의 단위.
8) 일 척(尺)은 약 30cm. 오 척이면 150cm 정도.

언가가 검은 그림자처럼 내내 들러붙어 있는 듯하여, 볼 때마다 오싹하는 기운에 소름이 돋기도 한다.

들어오는 도미노이치를 보자마자, 어머니는 그래도 세상살이에 익숙한 만큼 기분이 상하지 않도록 붙임성 있게 맞이했다.

"아이고, 도미노이치 씨구려. 자, 이리 들어오오."

"예, 예, 안녕하셨는지요. 날씨가 퍽 더워졌지요?" 힘없이 들어와 앉았다.

별다른 용건이 있어서 온 것도 아니었기에 괜스레 부채를 비틀었다가 보이지도 않는 눈동자를 굴리며 오사요 쪽으로 얼굴을 향한다.

"아, 아가씨도 같이 계셨군요."

아까부터 입을 다물고 있던 오사요는 이제야 비로소 입을 떼며 "오셨어요?" 하고 대꾸한다.

도미노이치는 대화의 실마리를 찾지 못하고 한 잔의 차를 열 모금 정도 홀짝이며 맛을 보고는 반을 남겼다. 간혹 소리를 내며 차를 들이키면서 계속 쑥스러워하는 모습을 보이더니 돌연 웃는 표정을 지으며 물었다.

"에. 엉뚱한 질문을 드리는 것 같아 좀 뭣하기는 합니다만, 아가씨께서는 무얼 하고 계셨나요?"

질문을 받자 어머니가 딸을 쳐다보고 대답했다. "아니, 그게 말이오, 오사요가 고양이를 너무도 귀여워하길래…"

"아, 아, 그렇군요. 하지만 고양이 정도야 괜찮지 않습니까?"

"무슨 말씀이오. 괜찮을 리가 있나. 우리 집에서 기르는 고양이니 나도 밉다고는 생각지 않지만, 그래도 정도라는 게 있어야 하지 않겠수. 오사요가 같은 잔으로 물을 마시게 하고, 게다가 안고 자기까지 하니-." 도미노이치에게는 눈길도 주지 않고 어머니는 아까 하다 말았던 이야기를 오사요에게 계속할 기세였다.

그 말이 끝나기도 전에 "안고 잔다고요!"라며 도미노이치는 앵무새처럼 그 말을 되풀이하며 끼어들었다. "햐아, 안고 자기까지…하신다고요?"라고 다시 말하더니 고개를 푹 떨구고 깊은 한숨을 내뱉는다. "아아, 그것 참 복도 많은 고양이로구나." 이렇게 중얼거리며 잠시 침묵하더니,

"마님, 그게 정말이란 말씀입니까?"

"그래서 내가 이렇게 말하고 있지 않겠수."

"거참, 만일 제가 다시 태어날 수 있다면 고양이가 되고 싶습니다 그려." 도미노이치는 고개를 숙이고 초연히 말했다.

모녀는 서로 얼굴을 마주보았다.

한참 시간이 지나도 도미노이치는 그렇게 앉아 아무 말도 않고 무릎머리에 두 손을 모은 채 무슨 이유인지 생각에 빠져 있었다. 어머니와 딸은 말을 걸 수도 없어 입을 다물고 있었다. 실내에는 적막이 흐르고 밖에서는 까마귀가 울었다.

어머니가 문득 떠올린 듯 말했다. "아이고, 벌써 저녁이구나. 오사요, 오산을 불러오너라."

오사요는 이 말을 듣고 기회다 싶어 "예." 하고는 일어섰다. 치맛자락을 살랑이며 포렴을 헤치고 나가니, 선선한 기운과 함께 옷에

밴 향내가 풍겨온다.

4

"오산, 저녁 준비는 다 되었어?" 오사요가 안에서 나오며 말했다.

부엌에서 일하던 오산은 일찌감치 저녁식사 준비는 물론이고, 내일 아침에 쓸 쌀까지 씻어놓고 물도 다 맞춰두었다. 가마에 뚜껑을 덮고 있던 차에 아가씨가 부르니 젖은 손을 앞치마에 문지르며 나온다.

"예, 다 됐습니다요. 시간이 한참 지났는데 아직도 그 장님은 안 갔습니까요?"

"응, 왜인지는 모르겠지만 아직 돌아갈 생각도 안 해."

"아이고 참, 어쩌면 좋아요. 사람들이 말하는 대로 나막신에 뜸도 뜨고, 빗자루를 세워 놓아 보기도 했는데 말이에요. 아가씨, 그래도 효험이 없나 봐요."

"어머나, 그런 무서운 짓을 정말 하면 어떡해."

"아가씨, 아니에요. 그런 짓이 효과가 있다면 차라리 낫지요. 이제는 이골이 나버린 건지 돌아간 뒤에 소금을 뿌려도 저렇게 또 오잖아요."

"오산, 너 그러다가 원한이라도 사면 어쩌려고."

하녀는 몸을 떠는 척 한다. "어머, 싫어요. 장님은 옛날부터 집념이

깊다고 하지요? 도미노이치만 봐도 그럴 것 같은 느낌이 들어요. 아가씨, 아까 제가 안 좋은 말을 할 때 뒤에 서 있었잖아요. 그 말을 듣고 저한테 원한을 품지는 않았을까요?"

"글쎄… 알 수 없지."라며 오사요가 살짝 웃었다.

"아가씨가 그렇게 말씀을 하시면…" 이러더니 하녀는 도미노이치와 비슷한 몸짓을 취하고 오사요의 얼굴을 물끄러미 바라보며 "고양이가 되고 싶습니다그려." 하고 그 목소리를 흉내 내어 말했다.

요사요는 "어머나." 하고 얼굴을 감싸며 "이제 됐어. 부탁이니까 그런 흉내는 제발 그만 둬." 한다. 필경 도미노이치의 아까 같은 행동과 말은 이 날에 한한 것은 아니었던 모양이다.

하녀는 나지막하게 웃다가 "어쨌든 시간이 너무 늦었으니 마님도 아마 난처하시겠지요?" 한다.

이 말을 듣고 오사요는 갑자기 떠오른 듯 "늦었다고? 그러고 보니 우리 히데마쓰가 아직 돌아오지 않았네. 틀림없이 또 은어 낚시를 하고 있겠지. 위험하니 그만두래도 말을 듣지 않으니. 어찌해야 좋을지." 하고 동생을 생각하며 염려한다.

하녀는 그 마음을 바로 헤아리고는 "같이 가신 분들이 모두 확실한 친구들이니 걱정하시지 않아도 될 거예요. 잠깐 나가 보고 올게요. 마침 특별히 할 일도 없거든요, 아가씨."

"그럼 그렇게 해줘. 수고가 많네."

"뭘요, 아가씨." 일하느라 묶어두었던 옷소매의 끈을 풀고 오산은 선뜻 나섰다.

조금 있다가 오사요도 대문 밖으로 나갔다.

지금 오사요가 서 있는 문 앞을 가로질러 한 줄기 개울이 흐르고 있다. 폭은 구 척 남짓. 오사요는 이 개울에 걸려 있는 다리를 건너가서 잠시 멈추어 섰다.

저녁바람에 논의 벼들이 살랑살랑 흔들린다. 저 멀리 산기슭에 이르기까지 해가 지는 기운이 번지는데, 서쪽에서 오려나 동쪽에서 오려나 아니면 남쪽에서 오려나.

어느 쪽에서 돌아올까 하고 이쪽저쪽 둘러보며 동생의 귀가를 몹시도 기다리는 오사요의 뒤로 갑자기 요란한 소리가 들렸다. 깜짝 놀라 뒤를 돌아보니 도미노이치가 뭔가에 부딪쳐 비틀거리며 지팡이를 개울물에 빠뜨린 것이었다. 지팡이는 벌써 두세 단(段)9) 정도 하류로 흘러가 버렸고 도미노이치의 몸이 옆으로 쓰러지려고 했다.

"어머, 위험해요!"라며 오사요는 자기도 모르게 도미노이치의 손을 잡아주었다. 그리고 "이제 돌아가시는 건가요?"라고 물었다.

그렇게 감이 좋은 도미노이치가 평소에 자주 다녀 익숙한 길에서 어찌 넘어진 것일까?

---

9) 옛날 거리(길이)의 한 단위. 한 단(段)은 여섯 간(間). 한 간은 약 1.8미터(m)이므로 대략 22~32미터의 길이.

검은 고양이黑猫

5

이제나 저제나 기다리며 동생 히데마쓰에게만 신경이 쏠려 무심하게 서 있던 오사요였다.

조금 전 도미노이치는 발소리도 조용히 문 밖으로 나와 다리가 걸려 있는 곳에 멈춰 서서 지팡이에 두 손을 겹쳐 올려놓고 잠시 고개를 기울였다. 사방에 사람이 없고 예쁜 아가씨만 홀로 개울 건너편에 있다는 것을 맹인의 예민한 신경으로 간파했다. 그리고는 그 손에 잡고 있던 지팡이를 슬쩍 개울에 버리고 일부러 다리 위에서 비틀거리다가 쉽사리 아가씨로 하여금 자기 손을 잡게 만든 것이었다. 그의 계략을 어떻게 오사요가 알 수 있었으랴!

아가씨에게 손을 잡힌 도미노이치는 기쁜 듯이 떨며 말했다.

"이것 참 손을 잡아주시다니. 지금 막 인사를 드리고 문을 나서던 차에 어딘가에 발이 걸렸지요. 그 바람에 지팡이를 놓쳐서 이렇게 걷기도 힘겹군요. 아가씨 덕분에 다치지 않아 아주 고맙게 생각합니다. 아, 그런데 송구스럽지만 저쪽에 지팡이가 떨어져 있을 테니 그것 좀 주워주시겠습니까?" 도미노이치 자기 손으로 흘려보낸 지팡이였다.

하지만 아가씨는 그러리라고는 짐작조차 못하고 그저 연민을 담아 말했다.

"곤란하게 됐네요. 지팡이는 저기 개울에 흘러가 버렸어요."

"아, 어떡하지…"라며 도미노이치는 당혹스러운 표정을 짓더니 마음을 바꾼 듯 씁쓸하게 웃었다.

"아니, 그럼 괜찮습니다. 대충 다니던 기억이 있으니 어찌어찌 집까지 걸어야 수야 있겠지요. 그런데 죄송하지만 저기 한 정町10)쯤 앞에 있는 모퉁이까지 손만 좀 잡아주십시오. 거기까지는 길이 아주 안 좋아서 약간 불안하거든요."

"그 정도야 바래다줄 수 있지만… 너무 불편하지 않겠어요? 그러고 보니 집에 할머님 지팡이가 있어요. 그걸 가져다드릴 테니 잠깐 기다려주세요."라며 집으로 들어가려는 오사요의 손을 꽉 잡는다.

"아가씨의 그 마음은 감사합니다만, 제 지팡이가 아니면 마치 남의 다리를 빌려서 걷는 느낌이라 어디가 어딘지 전혀 알 수 없게 된답니다. 차라리 없느니만 못합니다."

"아, 그것도 그렇겠네요. 그럼 모퉁이까지 바래다줄게요. 조심하세요."

오사요는 평소 싫어하고 꺼리던 맹인이었지만 이렇게 되자 불쌍히 여기는 마음이 평소의 감정을 앞섰다. 그래서 별 생각 없이 길을 이끌어주었다.

집에서 조금씩 멀어져가는 도중, 도미노이치는 오사요를 향해 "아가씨, 아가씨는 그 고양이 구로가 귀엽습니까?"라며 문득 떠올렸다는 듯이 물었다.

오사요는 아무 생각 없이 "그럼요, 귀엽지요."라고 대답했다.

---

10) 정(町)은 약 109m의 거리를 말함.

도미노이치는 아까처럼 또 고개를 떨구고 "아아, 아아, 축생도에 떨어지더라도 고양이가 되고 싶습니다그려."라고 말하며 걸음을 멈추었다.

오사요는 갑자기 소름이 쫙 돋으며 오싹해져 자기도 모르게 "어머!" 하고 소리를 질렀다. 그 손을 뿌리치고 도망가려 했지만 이미 늦었다. 도미노이치는 오사요의 손을 꽉 붙들고 놓아주지 않았다. 부숴버리기라도 할 것처럼 움켜잡은 손바닥의 진땀이 달팽이의 끈적끈적한 점액 같아 풀로 붙인 듯 떼어내려 해도 떨어지지 않았다.

게다가 땅거미가 지는 무렵이라 사람 얼굴도 잘 보이지 않는 나무 그늘 아래였다. 도미노이치의 연기처럼 창백한 얼굴을 보고 오사요는 너무도 무서워 비명을 지르려 했지만 소리도 나오지 않았다. 그리고 도망치려고 했지만 다리가 얼어붙어 말을 듣지 않았다. 입술은 마르고 숨도 가빠져, 마치 쌓아두었던 장작이 무너져 내리듯 털썩 땅바닥에 주저앉고 말았다.

6

뱀에게 걸려들어 혼이 나간 개구리처럼 꼼짝하지도 못하는 희생양을 쓰다듬으며 도미노이치는 이상한 웃음을 지었다.

"헤헤헤, 이제 이렇게 된 이상 더 참고 기다릴 수가 없군요. 분명히 싫으시겠지요. 하지만 나쁜 놈에게 걸려들었다 생각하고 포기하시지요. 오, 오, 아가씨. 떨고 계시는군요. 저도 떨립니다. 한 번만 저의 바람이 이루어진다면 이제 죽어도, 아니면 누가 저를 죽인다 해도 상관없습니다. 그러니 아가씨, 부디 용서해 주십시오."라며 덮쳐오는 도미노이치를 오사요는 죽을힘을 다해 떨쳐내려 했다.

 허우적거리는 오사요를 누르고 억지로 얼굴을 맞대려던 그 순간, 회초리 소리가 바람을 가르며 '탁' 하고 도미노이치의 어깨를 쳤다.

 "앗!" 하고 소리를 지르며 일어서는데 연거푸 또 한 대가 날아왔다. 순간 도미노이치가 주춤하는 틈을 노려 그를 밀쳐내고 대갈일성하는 목소리.

 "이놈, 누님에게 무슨 짓이냐!"

 "오오, 히데마쓰야." 하고 오사요가 외쳤다.

 얼이 빠진 맹인을 앞에 두고 벌벌 떠는 오사요를 자기 뒤로 감싼 채 한 소년이 서 있었다. 홑옷의 줄무늬와 머리에 쓴 모자도 아주 잘 어울린다. 잘생기고 활달해 보이는 홍안에 형언할 수 없는 분노를 머금고 있었고, 아주 귀엽고 시원해 보이는 눈동자에는 용맹함이 담겨 있다. 계속 도미노이치를 무섭게 노려보는 소년의 손에는 낚싯대가 들려 있다. 이 소년이 바로 동생 히데마쓰였다.

 원래 맹인은 작은 소리만으로도 금세 적이 왔음을 알아차린다. 하지만 도미노이치는 오사요를 붙잡고 발정 난 짐승처럼 미친 듯이 무아지경으로 덤벼들려던 순간이었다. 그래서 히데마쓰가 달려와 막아내기까지 전혀 모르고 있다가 불의의 일격에 넋이 나가 망연히 서 있었다. 머리의 통증이 상당히 심해서 손을 갖다 대고 문지르니 뭔가 선뜻하다. 깜짝 놀라는 도미노이치의 손바닥을 보고 오사요는 퍼뜩 피라는 것을 알아차렸다.

"어머나, 피가 나네."라며 창백해졌다.

히데마쓰는 거친 목소리로 "무례하구나. 내, 내 누이에게 감히!" 또 내려치려는 기세였다.

오사요는 동생을 온몸으로 막았다. "이제 그만, 히데마쓰. 됐다니까. 됐다고 치고 그만하려무나. 자, 누나가 하는 말을 들어."

"하지만, 누나. 저 놈이 감히. 저런 놈은 다시는 집에 오지 못하게 흠씬 두들겨줘야 해."라며 발을 동동 구른다.

오사요는 동생을 부둥켜안고 "저것 봐, 저렇게 피가 나잖니. 히데마쓰, 무슨 일이 있어도 상처를 입히면 안 되는 거야. 어머니에게 야단맞을 거야. 그만 해, 그만." 이렇게 달래니 히데마쓰는 마지못해 덤비들려는 자세를 풀었다.

오사요는 도미노이치에게 다가갔다. "아프겠지만, 당신도 해서는 안 될 짓을 했어요. 그리고 어린애가 한 일이니 참고 그만 돌아가세요."

(이하 6의 말미 부분 및 7 전체가 본문에 결락되었다. 결락부분의 내용은 대략 다음과 같다.)

도미노이치는 오사요를 향한 자기 욕망을 풀지 못한 채 남매와 헤어진다.

그리고 우연히 만난 오시마라는 여인에게 죽기 전에 오사요를 품에 안고 싶다는 소원을 말하게 된다.

　멍하니 얼이 빠져 돌아다니던 중, 어떤 여인이 머리를 감고 있던 물가 근처에서 도미노이치는 복면을 쓴 괴한을 만난다.

　괴한은 느닷없이 돈을 빌려달라고 을러대고, 그러지 않으면 칼로 죽이겠다고 도미노이치를 협박한다. (이 내용은 역자에 의한 보충)

8

　"이봐!" 하는 목소리와 함께 괴한은 그 자리에 도미노이치를 꿇어 앉히고 바로 단도를 빼들었다. 날이 위로 향하도록 쥐고 도미노이치의 얼굴에 들이밀었다.

　"이거 보라고, 이봐. 아무래도 목숨만이라도 건지는 편이 모조리 잃는 것보다 나을 텐데."

　도미노이치는 전혀 놀라지 않는다.

　"그렇군요. 품속에 돈이 약간 있기는 합니다. 이걸 빌려드리지 않으면 절 죽이시겠다는 겁니까?" 착 가라앉은 목소리로 물었다.

　괴한도 또한 주저하지 않고 "당연하고말고. 두말하면 잔소리지." 하고 답했다.

　도미노이치는 생기 없는 낯을 들고 물끄러미 괴한을 올려다보며 "예, 그렇다면 죽이시지요."라며 아무렇지 않다는 듯 씩 웃었다.

괴한은 "뭐라고!" 의외라는 표정을 지었다.

도미노이치는 더더욱 침착한 말투로 "돈은 하나도 아깝지 않습니다만, 사실 죽고 싶어서 그럽니다. 정말로 저를 죽여주셨으면 하는 마음에 이렇게 부탁합니다. 제발 저를 죽여주십시오." 상황을 보자니 이 맹인이 하는 말이 전혀 거짓말 같지 않다.

괴한은 의아하게 여기며 "그러니까 죽고 싶으니 죽여달라는 게냐?" 다소 얼이 빠져 주춤하는 기세다.

도미노이치는 목소리에 힘을 넣어 "예, 부탁입니다."라고 대답했다.

괴한은 더욱 놀라 "잠깐만, 이렇게 순서가 틀어지면 얘기가 달라지잖아. 원래 강도가 죽인다고 하면 '목숨만은 살려주세요.' 이렇게 나오는 게 보통이지 않느냐? 그와 정반대로 이런 식으로 나오면 내가 도무지 갈피를 잡을 수가 없잖아. 내가 아직 이런 무대에 익숙하지 않아서 그런가?" 기운이 빠져 주먹을 풀었다.

도미노이치는 앞으로 기어 나오더니 "그럼 그냥 겁만 주려던 것입니까?" 하고 물었다.

괴한은 "뭐 꼭 그런 건 아니지만." 무심코 머리를 긁으며 대답했다.

"그렇다면 제발 부탁합니다."

"음. 목숨만은 살려주겠다."

"아닙니다. 목숨을 거두어주지 않으면 제 돈에는 손가락 하나도 대지 못하게 하겠습니다."

괴한은 너무도 난처했다.

"그러지 말고 이유를 말해봐. 딱 보기에는 완전히 풀이 죽은 게 저승사자가 들러붙은 꼴이구먼. 혹시 목이라도 매려는 순간에 운 나쁘게 나랑 맞닥뜨린 걸지도 모르겠군. 이봐, 장님. 도대체 그렇게 죽여달라고 통사정하는 이유가 뭔가?"

이 말에 도미노이치는 크게 한숨을 내쉬었다.

"정 그렇게 알고 싶으시다면… 참으로 부끄러운 일이지만 자초지종을 밝혀야 이해해주실 테니 이야기하겠습니다. 사실 저는 그, 어떤 집 아가씨에게 어찌어찌 연정을 품게 되었는데…"

끝까지 듣지도 않고 괴한은 "네가 말이냐?"라며 기가 막히다는 표정을 지었다.

도미노이치는 법정에 출두한 사람처럼 진지한 표정으로 "그렇습니다만, 어찌된 일인지 상대방 아가씨가 저를 몹시도 싫어하는 것입니다. 저는 목숨을 내걸 정도로 사모하는데 전혀 상대해 주지도 않아요."그리고는 또 맥 빠진 모습으로 고개를 푹 수그린다.

괴한은 쓴웃음을 지으며 "그렇군, 그렇게 된 얘기였군." 하고 대답은 하면서도 도대체 무엇이 그렇게 되었는지 알 수 없는 눈치다.

도미노이치는 열심히 이야기를 계속했다.

"살아있을 까닭이 없으니 죽고 싶습니다. 생각해보십시오. 설령 구더기 같은 벌레라도 살아있다면 목숨을 부지하고 싶게 마련이지요. 저도 처음부터 꼭 죽고 싶기만 한 건 아니었습니다. 하지만 저의 바람은 도저히 이루어질 수 없을 것 같더군요. 이젠 무얼 어떻게 해야 할지도 모르겠기에 그냥 단념하려고도 했습니다. 허나 무슨 인과응보인지… 날이 가면 갈수록 번뇌는 더욱 쌓여 가고 도무지 체념할 수가 없더군요. 단념하지 못하는 괴로움이 저를 죽고 싶게 만들었지요. 그럴 바에야 내 소원을 단 한 번도 이루지도 못하고 목을 맬 수도 몸을 던질 수도 없었기에. 단 하룻밤, 단 한순간이라도 좋으니… 예, 저는 짐승만도 못한 놈입니다. 그 아가씨를 딱 한 번만 품고 그것을 저승길 선물 삼아 깨끗이 죽으려고 했지요. 하지만 저와 같이 못난 인간은 힘으로도 어쩔 수 없고, 인정에 호소하는 것은 더더욱 불가능한 일입니다. 도저히 살면서는 이 고통을 참을 수가 없습니다."

주저하면서 이야기하는 사이에 점점 목소리를 떨기 시작하더니 가슴속의 헤아릴 수 없는 번민은 그의 표정만으로도 훤히 알 수 있을 만큼 확연하게 드러났다. 도미노이치는 계속 한숨을 내쉴 뿐이었다.

괴한에게도 그 심정이 그대로 전해졌는지 아무 말 없이 듣고만 있다.

때마침 머리를 감던 여인의 모습이 잡초 속에서 스윽 일어섰다. 흰 옷소매에서 이슬이 떨어졌고 사방의 벌레 소리가 일제히 멎었다.

9

잠시 후 도미노이치는 간신히 다시 혀를 놀려, "이런 연유로 저는 죽고 싶어서 못 견딜 지경입니다. 다만, 아무 것도 못해보고 죽는다는 것만이 미련으로 남습니다. 예, 하지만 더 이상 어쩔 방법도 없으니 누군가 저를 죽여 줄 사람만 있다면 지금 당장이라도 목숨이 아깝지는 않습니다. 정말이지 마음이 너무도 괴로운데, 죽을 날만 기다리고 있다가 병에 걸려 죽기는 더더욱 싫습니다. 그렇다고 누가 하찮은 저 같은 놈 때문에 살인죄를 뒤집어쓸 리도 없지요. 그런데 이렇게 죽여주겠다고 말씀하시니 그저 바라던 바라 고마울 따름입니다. 제발 이렇게 부탁드립니다." 말을 끝내고 도미노이치는 또 다시 몇 번인가 한숨을 지었다.

괴한은 그때까지 아무 말 없이 서 있다가 마침내 참지 못하고 낮게 내뱉었다.

"음, 잘 알았다. 그 마음 이해하고말고. 어느 집 아녀자인지 모르지만 남자가 이 지경이 되도록 사모하는데, 설령 앞을 못 본다고 싫어해서야 되겠는가. 고약한 여자 같으니. 얼굴이 예쁘다고 잘난 체하는 게 틀림없어. 건방지구먼. 아무리 생각해도 이건 예삿일이 아니야. 불쌍하게도. 당신 팔자가 그렇기는 하지만 상대방 여자도 괘씸한걸. 못된 여자 같으니. 그래도 제법 괜찮은 여자인가 보군. 어떤가? 장님."

"그야 더할 나위 없이 예쁘지요. 그 자태는 말로 표현할 수가 없답니다. 사람들 소문으로 다 알 수 있어요. 게다가 그 상냥한 마음씨하며… 아, 저는 고양이가 되고 싶답니다." 자기도 모르게 이런 말이 튀어나왔다.

괴한은 그 뜻을 알아듣지 못 하고 "뭐라고? 고양이가 어쨌다고?" 되묻는다.

"아, 예. 집에서 기르는 고양이를 귀여워해서 같은 그릇에 물을 마시고 게다가 안고 자기까지 한답니다. …제 마음을 아시겠습니까? 그리고 말을 할 때도 그 속에 타고난 상냥함이 담겨서 그 목소리를 들을 때마다 몸이 부르르 떨릴 정도랍니다. 아 참, 제 손을 잡고 끌어 준 적도 있었어요. 그 손이 보들보들 부드러운 것이 솜이라도 만지는 듯 느낌이…"

"그만! 마음 약해지는 소리만 하는군. 어울리지도 않는 상황 속에서 여자 자랑이나 늘어놓다니. 어쨌든 예쁜 여자인 건 틀림없구먼. 그래도 아무리 예쁘다고 해보았자 기껏해야 여자 아닌가. 그리고 내 입으로 말하기는 쑥스럽지만 나는 사내야. 내가 사내면 장님, 당신도 사내지. 당신도 나도 사내라는 점에서는 똑같다고. 무사들끼리는 서로를 알아본다는 말이지. 좋아. 내가 그럼 그 여자를 보쌈이라도 해와서 당신에게 던져주겠어. 그러면 당신은 그냥 그 여자를 안고 자버려. 어때? 장님. 나와 이렇게 거래를 하지 않겠어? 아무리 생각해도 못마땅하군. 여자가 예쁜들, 남자가 장님인들, 그리고 곰보인들, 또 낯짝이 좀 퍼런들 그게 무슨 대수겠어? 사내면 다 사내인 게지. 그런데 대책 없이 그저 거절당하고 말았다니 내가 그냥 넘어갈 수가 없군. 자, 장님. 그 여자가 도대체 어디 사는 누구인지 말해봐. 기생이야? 창부인가? 유녀야? 그렇지 않으면 어느 집 유부녀라도 돼나? 이렇게 된 바에야 끝까지 가보자고. 공주님이라도 개의치 않겠어. 좋아, 사는 곳을 말해봐. 집은 어디야? 여자 이름은 뭐냐고."

연거푸 불을 뿜어내듯 질문을 퍼부었다.

도미노이치는 뜻밖의 전개에 그저 넋이 나간 듯 있다가 겨우 말문을 떼었다.

"그건 말씀드리기 어렵습니다."

"에이, 사양하지 말라고. 신경 쓸 것 없어. 남에게 알려져서 곤란하다면 내 아무에게도 말하지 않도록 하지. 난 그렇게 못 미더운 사내는 아니야. 이래봬도 멧돼지 센키치千吉로 불리는 사람이라네. 겉으로야 이렇게 돈이나 밝히는 놈처럼 보이겠지. 하지만 가부키 배우 오토와야音羽屋[11])처럼 살고 싶었어. 사실은 난 이발사라네. 도쿄에서는 먹고 살기 힘들어서 얼마 전에 이리로 왔지. 장사를 새로 시작해 보려고 갈팡질팡하고 있을 뿐이야. 전혀 이상한 사람이 아니라고."

"어머, 센키치. 이상한 사람이 아니라고?" 갑자기 요염한 여인의 목소리가 들린다.

"엣?" 하며 뒤돌아본 괴한의 눈앞에 서 있는 것은 아까부터 머리를 감고 있던 여인이었다. 센키치의 어깨를 가볍게 누르며 말한다. "이것 봐. 도둑 노릇을 하고 있잖아."

"아, 그랬지."라며 센키치는 머쓱해한다.

여자는 호호 웃으며 "도미노이치. 나예요. 나라고요." 귀를 기울이던 도미노이치는 자기도 모르게 음성을 높여 "아, 당신은!" 이렇게 소리쳤다.

"쉿! 큰 소리 내지 말아요."라며 주위를 휘 둘러보는 여인의 눈초리에 일종의 서늘하고 오싹한 기운이 서려 있었다.

---

11) 가부키(歌舞伎) 배우 오노에 기쿠고로(尾上菊五郞)의 옥호(屋号).

10

"어? 누님. 이 장님하고 아는 사이야?" 괴한이 묻자 여인은 웃으며 대꾸한다. "알지도 못하는 사람을 붙들고 그런 연극을 벌이게끔 했다면 그야말로 진짜 도둑이게."

"그야 뭐, 듣고 보니 그렇긴 하네."라며 단도를 들고 있던 손을 어찌해야 좋을지 우물쭈물하고 있다.

여인은 그러고 있는 센키치의 가슴팍을 부채로 탁 치며 "이제 그만 하고 돌아가보셔. 이쯤에서 연극 제일막은 마무리하자고." 했다.

괴한은 불만스러운 얼굴로 "누님, 이러면 퇴장이 별로 멋지지가 않아. 전혀 결말이 깔끔하지 않으니."라고 한다.

"어차피 센키치는 단역이야. 그래도 아까 저 장님을 꿇어앉히고 단도로 위협하던 장면은 저기 숨어서 지켜보면서 박수갈채를 보냈지. 관객들이 있었다면 반응이 꽤 좋았을 거야."

"그런데 상대가 소경이니 전혀 돋보이지 않잖소. 몸짓을 잔뜩 넣어 으름장을 놓아도 상대가 소경이라 아무 반응이 없으니 이거야 참. 게다가, 장님. 당신이 '으악!' 하고 소리라도 지르고 기겁해서 벌벌 떨어줬으면 나도 흥이 나서 연기에 물이 올랐을 텐데. 제발 죽여달라니 오히려 내가 놀랐지. 그런 그렇고 누님에게 부탁받았을 때 처음부터 돈을 벌 수는 없을 거라 각오는 했소. 그래도 이제 와서 내가 내 배역에 불만을 품을 수야 없지만 이대로 물러나면 내 역할이 너무 별 볼일 없잖소. 도대체 누님은 왜 나를 앞세워서 이 장님을 협박하라고 한 거요? 무슨 꿍꿍이가 있는 거냐고. 맛있는 거라도 생기는 거면 입가심이라도 하게 한 입 끼워주시오, 누님."

"뭐야? 이번에는 또 누구 흉내야? 좀 거슬리는 걸. 맥 빠지는 연기는 그만두라니까."

이렇게 말하는 이 여인은 누구인가? 건장한 사내를 마음대로 다루다니. 이 괴한의—방금 복면을 벗고 맨얼굴이 드러난—젊은이는 그녀에게 완전히 복종하는 게 아닌가.

센키치는 거스른다기보다는 오히려 졸라대는 말투로 "그래도 이대로 물러나기에는 뭔가 쑥스러워서 그냥 물러나기 그래요, 누님." 한다.

"됐어. 가부키歌舞伎 배우가 무대에서 퇴장하듯이 센키치는 나한테 부탁받은 일을 마쳤으니 이제 끝났어. 박수쳐 줄 테니 어서 가봐. 센키치가 들으면 안 되는 얘기를 지금부터 이 장님에게 할 거라고. 자 자, 모두들 다음 장면으로 넘어갑시다."

괴한은 길게 한숨을 쉬고 "쳇, 재미도 못 보는 역할이었군. 잠깐 기다려봐요, 누님. 누님도 장님한테 볼일이 있다고 했지만 나도 할 얘기가 있다고. 이봐, 장님. 이미 올라탄 배야. 내가 보쌈이라도 해주겠다고 한 말은 지킬 테니 꼭 나한테 부탁하라고. 어디 사는 여자인지 말해줘."

이 말을 듣고 도미노이치가 뭔가 말을 하려고 했지만 여자가 옆에서 가로막았다.

"센키치, 쓸데없는 참견은 하지 말라니까. 가만히 듣고 있자니까 이 장님한테 어느 집 여자를 잡아다가 데려다준다고 했지? 정작 그런 일이 벌어지면 센키치가 가장 먼저 잡혀 들어갈걸."

센키치는 다시 죄도 없는 머리를 벅벅 긁는다. "허 참. 말씀하시는 게 다 재수가 없구먼. 나쁜 운수 털어내게 술이나 한 잔 사요. 누님."

"그래, 사고말고."

"그거 고맙소." 센키치는 삼 척짜리 띠를 흔들어 올리고 옷깃을 여미어 옷자락을 정돈한 다음 "그럼 이만." 하고 발길을 돌렸다.

그 모습을 좇는 것처럼 등 뒤에서 여자가 "또 골목길을 누비며 여자 꼬시러 가겠군." 하고 말했다.

"천만의 말씀. 여기 무릎에 히자마쓰膝松12)라는 녀석이 있어서." 손바닥으로 탁하고 무릎에 앉은 모기를 때리며 발걸음소리도 가볍게 휙 가버린다.

그 뒷모습이 보이지 않을 때까지 여자는 멀찍이 눈으로 전송하더니, 이쪽을 돌아보고는 맹인 앞으로 다가와 무릎을 모으고 쪼그려 앉았다.

"도미노이치, 아까는 많이 놀랐지요? 사실 당신 속내를 내가 좀 알고 싶어서 약간 장난을 친 거예요. 나쁜 뜻은 없었으니 용서해요. 그 대신 당신이 목숨을 걸고 한 부탁은 바로 지금 내가 분명히 들어준다고 약속하지요. 혼례의 삼헌三献 의식13)이라도 지금부터 연습해 두는 게 좋을 거예요."

---

12) 무릎(膝)이나 허리의 신경통을 사람 이름처럼 부른 것.
13) 주도(酒道)의 하나. 술상을 세 번 교체하고 그때마다 대, 중, 소 세 잔으로 술을 한 잔씩 권하여 모두 아홉 잔을 마시게 한다.

11

"예? 그럼 아까 그 도둑은 연기였다는 말입니까?" 도미노이치는 입을 일그러뜨리며 쓴웃음을 지었다.

여자는 끄덕이며 "도미노이치, 대체 어떤 진짜 도둑이 당신처럼 앞도 안 보이는 겁쟁이를 잡다가 칼부림에 열중하겠어요? 그런 상황파악 못하는 도둑이 있을 리 없지요. 게다가 연극처럼 멋을 부리려는 도둑이었으니 망정이지, 정말 강도짓을 하려고 했다면 한 대 후려치고 그걸로 끝이었겠지요." 거리끼는 기색도 없이 웃으며 말한다.

도미노이치는 미간을 찌푸리더니 "그게 뭡니까? 전혀 재미도 없네요. 난 또 정말인가 싶었는데." 자못 입맛이 쓰다는 투로 말하는 것을 듣고, 여자는 동정하는 마음이 일었다.

"그래서 내가 사과하잖아요. 도미노이치, 많이 놀랐어요?"

도미노이치는 고개를 흔든다.

"아닙니다. 제가 딱히 화를 내는 게 아니고 거짓말이라는 게 너무 실망스러워서요. 나는 누가 날 죽인다고 생각해서 좋아하고 있었는데…"

여자는 이 말을 듣고 혼자 끄덕였다. "그래요, 도미노이치. 사실은 당신의 그 마음을 알고 싶어서 아까 그 젊은이를 시켜 연기를 부탁한 거예요."

맹인은 의아하다는 얼굴을 들고 "그건 또 무슨 이야기입니까?" 하고 물었다.

"이렇게 당신이 묻지 않아도 다 말해주려던 참이에요. 다름이 아니라, 당신이 간곡히 나에게 부탁했던 그 이야기 말이에요. 이것저것 복잡한 사정은 생략하고 아주 간단히 말할게요.

당신은 무슨 인과응보인지 저 우에스기 댁 아가씨를 사랑하게 되어, 목숨을 걸 만큼 연모했지만 도저히 그 바람이 이루어질 수 없었지요. 그렇다고 포기도 못하니 애가 타서 참을 수가 없게 된 것이고. 목이라도 매어 죽고 싶었지만 이렇게 어이없게 세상을 떠나기는 싫었던 거예요. 또 천수를 다할 때까지 기다릴 수도 없는 노릇이었고요. 차라리 남의 손에 죽고 싶은데 죽여줄 사람도 없으니 더더욱 방법이 없었어요. 야비한 짓이지만 단 한 번이라도 아가씨를 품어 소원을 풀고, 그걸 이승의 추억으로 삼아 자살하여 그 죗값을 하려던 거지요.

그게 당신이 고민 끝에 내린 결론이에요. 그리고 이유는 모르겠지만 나에게 다리를 놓아달라고 부탁했어요. 하지만 이건 도저히 불가능한 얘기예요. 상대가 높은 신분의 아가씨니 돈을 써서 될 일은 아니에요. 별수 없이 내 손으로 사람을 죽이게 되는 게지요. 그런데 도미노이치, 그 아가씨 입장이라면 당신에게 그런 일을 당하고 어떻겠어요? 어떻게 될 것 같으냐고요. 어찌 될지 뻔하지 않겠어요?

나도 이런 부탁을 받은 이상 나 나름대로 어느 정도 각오는 했어요. 당신도 그 정도의 죽을 각오가 아니라면 나 혼자 너무 심한 헛고생을 하게 될 것 같더군요.

도미노이치, 당신 입으로 말한 대로 그 아가씨를 한 번 품에 안고는 그 자리를 뜨지 말아요. 그 자리가 강가라면 몸을 던지고, 산이라면 목을 매고, 집이라면 독충이라도 삼키겠노라고 굳게 마음먹어야 해요. 진정 그렇게 할 수 있을까 싶어 배우를 한 명 써서 한바탕 시험해 본 거예요. 그런데 내가 감탄하고 말았답니다. 당신은 아무 조건 없이 그저 죽는 걸 기뻐했지요.

그렇게까지 생각한다면 좋아요. 분명 확실하게 내가 당신 부탁을 들어주지요. 오래 기다리게 하지는 않겠어요. 당장 그 아가씨를 당신에게 넘길 테니 기대하고 있어요."

이렇게 하늘이 듣고 땅이 듣고 남이 듣는 것도 꺼리는 기색이 없는 이 여인의 말에 도미노이치의 얼굴에 화색이 돌았다.

실로 기쁘다는 웃음을 지으며 "예, 예, 고맙습니다. 뭐라고 할 말이 없습니다. 이거 참 고맙습니다."라며 손을 모으고 여인에게 절을 한다. "하지만 당신이 무슨 수로…" 하고 걱정한다.

"도미노이치, 세상이 이렇게 바뀌었잖아요. 위급한 순간에 구해주러 나타나는 무사가 있는 것도 아니니 걱정하지 않아도 괜찮아요. 하지만 워낙 위험한 일이니 당신도 각오는 하라는 말이에요."

"예, 물론입니다." 마치 맹세라도 하는 말투다.

"음. 그럼 좋아요. 참, 도미노이치." 하며 손에 든 부채로 그의 귀와 자기 입을 가리고 귓속말로 속닥거리기를 오 분 정도.

"그럼 그런 줄 알고. 알았지요?"

"알고말고요." 도미노이치는 서둘러 몸을 일으켰다.

반달은 이미 지고 별들이 빛났다. 그 일대의 안개 낀 들판 저 끝, 눈에 보이는 저 끝으로 어깨가 축 처진 맹인의 모습이 드디어 사라졌다.

"아, 사랑이란 참 애달프구나." 무슨 생각을 하는지, 여인은 창연히 하늘을 우러러보며 처량하기 짝이 없는 두 눈으로 또르륵 눈물을 한 방울 떨어뜨렸다.

사람 마음이란 도대체 어떤 것인가?

밤눈에도 두드러지는 흰 살결은 꼭 한 무더기의 눈처럼 어둠 속에 빛났다.

12

볼이 다소 여위었다. 외씨같이 희고 갸름한 얼굴에 머리카락이 돋아난 언저리는 가지런하고 이마와 목덜미도 아름답다. 감은 머리카락 사이로 불어오는 바람에 귀밑머리가 흐트러진 것도 분위기 있다.

빙기옥골氷肌玉骨14)의 보기에도 산뜻한 이십 대 후반. 깔깔한 비단 앞치마 아래로 주름 잡힌 흰 속옷이 아무렇게나 드러나 보인다. 모든 풍모가 다 이 여인의 호기롭고 활달한 성격을 드러내고 있다.

"오시마 님." 하고 불러 세운 하녀가 종종걸음으로 다가갔다.

"아이, 또 재촉이냐. 정말 귀찮구나." 거리낌 없이 말을 내뱉는다.

하녀는 앞으로 나와 "귀찮으셔도 꼭 와주시지 않으면 곤란합니다.

---

14) 얼음같이 투명한 피부와 옥 같은 뼈라는 의미로, 살결이 맑고 깨끗한 미인을 비유적으로 이르는 말.

저희 마님이 오늘 연극을 보러 가신다고 하는데요."

머리방[15] 오시마는 한쪽 얼굴로만 웃으며 "무슨 연극을 보러 갈 생각이실까? 자네 집 마님 머리는 말이야 머릿기름과 옻으로 마구 엉켜 있어서 아주 귀찮아. 그리고 그 못난 얼굴에 내 손으로 머리를 올려 묶으면 별로 어울리지 않을 게야. 역시 그 뭐라던가 아무개 머리방 말이야 한 번에 일 전錢인가 받는다는, 머리에 침을 발라서 틀어 올린다는 사람 말이야. 그 사람에게 묶게 하는 게 적당할 것 같은데? 자네 집으로 돌아가거든 마님에게 그렇게 전하게. 오시마라는 머리방은 묶어드리고 싶은 분은 이쪽에서 부탁해서라도 묶어드리지만, 싫은 사람 머리는 아무리 부탁하더라도 거절한다고 말이야. 알아들었어? 그럼 잘 가게." 이렇게 쌀쌀맞게 뒤도 안 돌아보고 가버렸다.

뒤에 남은 하녀는 멍하니 서 있었다.

이 머리방의 기개가 참으로 대단하다. 용모는 빼어나고 더구나 머리 묶는 재주도 아주 뛰어났다. 예전에 도쿄 화류계에서는 꽤나 입에 오르내리던 인물이었다.

신바시新橋[16]의 고슌小俊이라는 게이샤는 어떤 사람이 낙적落籍[17]해 주어 그 아내가 되면서 이쪽 지방으로 옮겨왔다. 그때 자기 머리를 묶어줄 사람은 오시마말고는 없다며 동행을 청했는데, 오시마로서도 고슌의 머리를 묶는 일만큼 보람 있고 좋아하는 일도 없었기에 함께

---

15) 일본어로 '가미유이(髮結)'라고 하여 머리를 손질하는 것이 직업인 사람.
16) 번화가이자 철도 교통의 중심지로 유명한 도쿄의 한 지명.
17) 돈을 갚아주고 게이샤를 기적(妓籍)에서 빼내는 것.

왔다. 사실 하루에 한 번씩 고슌의 탐스런 머리를 빗겨주지 않으면 잠이 안 올 정도였던 것이다.
　이렇게 이해할 수 없는 이유로 도쿄에서 이름을 날리던 머리방이 한 달에 수십 금金 정도 벌어들이던 수입을 헌신짝처럼 던져버리고, 낙적된 고슌을 따라 작년 봄에 함께 이 지방으로 내려온 것이었다. 자기 마음에 드는 머리방을 뒷바라지할 수 있을 정도로 인기 절정에 있던 게이샤였으니 돈 수십 금을 주는 것은 문제가 아니었다. 하지만 그보다는 이전에 누리지 못한 자유와 융숭한 대우를 머리방 오시마에게 맛보게 해주었던 것이다.
　오시마는 매일 아침 베개자국이 아직 얼굴에 남아 있을 만큼 이른 시각에 고슌의 자고 일어나 흐트러진 머리를 빗겨 올려주는 일 외에는 별다른 일과나 할 일이 없었다. 그리고 이렇게 호기롭기 짝이 없는 여인이었으니 그 안중에는 천지고 사람이고 들어오지 않았다. 그 지역에서는 최고라 손꼽히니 아무것도 두려울 것이 없었다.
　오시마라는 이름은 사방에 퍼져 일대의 돈깨나 있다는 부잣집 여인네들이 모두 두터운 돈다발을 챙겨와 오시마 손에 머리 한 번 맡기기를 소원했다. 하지만 아까 그 하녀에게 말한 것처럼, 자기 마음에 내키지 않는 사람에게는 빗질 한 번 하려 하지 않았고, 머리 손질을 해주고 싶은 마음이 들면 초라한 오두막집에 사는 비천한 계집애라도 자진하여 머리를 만져주었다.
　그도 그럴 것이 신바시에서 일각一刻에 천금을 벌어들인다고 이름난 게이샤의 머리를 빗겨주겠다고 이런 한적한 시골까지 내려온 여인이다. 돈을 가지고 마음대로 오시마를 주무를 수는 없는 노릇이었다. 그 지방 여인들은 모두 하나같이 오시마가 손수 시마다, 마루마게, 이초가에시銀杏返18) 등등으로 머리 모양을 틀어 올려주는 것을 여간 아닌 영광으로 여겼다.

이렇게 오시마는 얼이 빠진 하녀를 내버려두고 서둘러 삼 정町19) 정도 떨어진 골목의 오두막, 그것도 처마는 기울고 기둥이 썩어가는 작은 집 앞에 이르렀다.

삐걱삐걱 소리 나는 판자문을 열고 "저어, 들어가도 괜찮을까요?"라며 문 앞에 서서 주인을 부른다.

안에서 무뚝뚝한 목소리로 한 남자가 "누구냐!"라고 한다. 이곳은 후타가미 슈잔二上秋山이라는 청년 화가가 홀로 사는 집이었다.

13

"아이고, 또 이렇게 어질러져 있네요. 어머나, 종이며 붓에 도마까지… 집이 이게 뭐예요. 어딜 밟고 지나가야 할지 모르겠네요." 머리방 오시마는 문지방에 서서 들어가지도 못하고 어이가 없다는 표정

---

18) 여자 머리 모양의 하나로, 정수리에서 모은 머리를 좌우로 갈라 반원형으로 틀어 매는 방식.
19) 약 300m 정도 떨어진 거리.

이다.

세 평짜리 방 한 칸이 정말 너무도 어지럽다. 좁은 방 안에 화로와 단지, 도마와 간장통, 물통에 술병, 램프와 탁자와 책 상자, 수북히 쌓인 책과 난잡하게 흩어져 있는 종잇조각, 모든 문구류와 부엌에서 쓰는 도구, 거기에 옷가지까지 섞여 있다. 정말 방바닥도 보이지 않을 만큼 지저분했다. 그런데 주인은 병이 나서 이불을 둘둘 말고 방 한가운데에 누워있으니 정말로 발을 들일 만한 공간이 전혀 없었다.

자리를 깔고 누워있는 사람은 나이 스물서넛의 젊은이다. 수려한 눈썹에 오똑한 콧날, 흰 얼굴에 붉은 입술의 미남자 후타가미 슈잔이었다. 목욕도 하지 않아 때가 끼고 야윈 데다가 수염까지 텁수룩했지만, 범접할 수 없는 품위가 있고 또한 늠름한 인물이었다.

"그냥 넘어 들어와. 신경쓸 것 없어." 돌아보지도 않고 아주 퉁명스럽게 말한다.

"예, 그럼 실례하겠어요." 오시마는 허리를 약간 굽히고 손으로 주변을 정리하면서 화로 앞에 자리를 잡고 앉는다. 다타미는 찢어졌고 벽도 군데군데 떨어진 상태다.

자리에 앉아서 오시마는 허리에 맨 띠에서 수자繻子[20]에 두꺼운 비단 안감을 댄 여성용 담배쌈지를 꺼낸다.

"우선 담배부터 한 모금 피웠으면 하는데, 곰방대는 여전히 막혀있

---

20) 견직물의 하나로 새틴(satin)이라고도 한다. 광택이 곱고 촉감이 부드러워 여성용 장신구에 주로 사용한다.

나요?"

"아니, 지난 번 당신이 뚫어 놓고 간 그대로야. 난 입맛이 없어서 전혀 안 피웠으니 뚫려있을 거야."

"그렇군요. 그거 안 됐네요."라며 재미없다는 표정이다.

"막혀있지 않다는데 뭐가 안 됐다는 거야?"

"그야, 곰방대가 막히지 않은 건 좋지만요." 오시마는 천진한 눈빛으로 남자를 바라보았다. 작두콩 깍지 모양의 곰방대를 들고 화로 속을 들여다본다.

"어머, 이 화로에서 모깃불을 피우면 안 된다고 했잖아요."

"에잇, 뭐야! 오자마자 남은 이렇게 아픈데 병문안은커녕 잔소리만 하다니 정말 예의 없기는."

"그래도 이렇게 하지 말고, 손님이 있을 때만 사용하라고요."

"우리 집에 오는 손님은 당신뿐이야. 누가 이런 데 온다고 그래?"

"예, 알았어요. 당신 말대로 불기운이라고는 전혀 없군요." 하고 담배를 채워 넣고 담뱃대를 가져다 댄다.

"어라? 불씨고 뭐고 아무것도 없네요."

"성냥, 성냥이 있어."

"어디 있어요?"

"거기 그 근처에 있을 거야."

"정말 손님 대접이 너무 심하시네."

"집주인이 지금 아프다니까."

"아이고, 됐습니다그려." 오시마는 웃으면서 성냥을 그어서 한 모금 들이마신다.

"밖이라면 상관없는데 집안에서 피우려니 성냥불이라 맛이 없네요."

"그럼 불을 피우면 되잖아."

"그럼 불 피우는 김에 차라도 끓일까요? 자아, 제가 좀 둘러볼게요." 하고는 주위를 보더니 "불쏘시개는 없어요?" 하고 물었다.

"재에 석유를 들이부어봐."

"엉터리. 어머, 웬일이에요? 준비성도 좋게 여기 기름단지가 다 있고." 하며 손에 들고 보니 기름은 한 방울도 없다. 버들잎 같은 눈썹을 찌푸리며 말한다. "흐음, 한 방울도 없네요."

"저녁 때 기름장수가 오니까 괜찮아. 램프에서 좀 따라내면 돼. 어려울 거 없어." 슈잔은 태연자약하게 말한다.

어쨌든 불은 피웠다.

오시마는 다시 한 모금 담배를 들이마시고 또 한 모금 들이마신 다음 "슈잔, 이거 피워 봐요." 하고 내밀었다.

젊은 화가는 받으려고도 않고 "피우고 싶지 않아."라며 퉁명스럽게 거절한다.

오시마는 몸을 비스듬히 베개에 기대더니 "괜찮으니까 피워 봐요. 피우지 않으면 당신 말 안 들어줄 거예요." 하며 담뱃부리를 들이밀어 슈잔의 입술에 물렸다.

슈잔은 미간을 찌푸리며 "정말 난폭하구먼. 이게 무슨 짓이야."라며 어쩔 수 없이 한 모금 빨아들이더니, 생각보다 맛이 괜찮다 싶었는지 입에 문 채 곰방대를 떼어내지 않는다.

오시마는 그 얼굴을 이리 보고 저리 보며 "맛이 없어요?" 하고 물었다.

대답이 없다.

"아직 열이 나서 못 피우겠어요?"

슈잔은 여전히 대답이 없다.

오시마는 몸이 달아 "어떠냐니까요?" 다그친다.

슈잔은 빙긋 웃으며 말한다. "한 모금 더 피우고."

14

슈잔이 이렇게 멋대로 구는데 오시마는 그저 까닭도 없이 미소를 짓는다.

"얄미워라." 하고 상냥한 눈초리로 흘깃 보더니 곰방대를 한 번 더 내밀었다.

"그렇게 담배가 맛있는 모양이니 이제 병도 다 나았나 보군요. 면도라도 해서 산뜻하게 좀 해봐요. 수염투성이에요. 지저분하다고요."

슈잔은 손바닥으로 뺨 주변을 쓰다듬어보더니 "음, 때도 많고 털도 많아 무슨 이끼가 자라난 것 같구먼. 면도를 해주면 기분도 상쾌하고 좋을 것 같긴 한데, 우리 집에는 면도칼이 없어서 말이야."

"내가 그럴 줄 알고 면도날을 잘 갈아서 가지고 왔지요. 사실 면도라도 해드릴까 하고 잠깐 들른 거예요."라며 오시마는 품속에서 수건에 싼 한 벌의 면도칼을 꺼내고 미지근한 물을 그릇에 따라 부었다.

　오시마는 누워있는 슈잔의 머리를 살짝 들어 자기 무릎을 베도록 했다. 그리고는 옷이 더러워질까 저어하는 기색도 없이 가만히 면도날을 얼굴에 가져갔다.

　이렇게 격의 없는 두 사람은 대체 무슨 관계일까? 슈잔이 연하지만 그렇다고 오시마의 동생은 아니고, 오시마가 연상이지만 그렇다고 슈잔의 누나는 아니다. 남매가 아닌 데다가 또한 어떤 혈육 관계도 아닌 생판 남남인 남녀가 이다지도 친밀한 사이라니. 치정관계에 얽힌 한 쌍의 나비가 아니고 무엇이겠는가? 아니, 아니. 결코 이 두 사람은 육체관계를 가진 그런 사이가 아니었다.

　요즘 세상에 남녀지간이 내연과 부부 아니면 밀통관계, 어찌 이 셋으로만 한정되겠는가. 두 사람은 일종의 친밀한 친구사이였다.

　하지만 오시마는 슈잔을 내심 은밀하게 장래의 낭군감으로 사모하고 있었다. 오시마가 화가를 연모하게 된 경위를 여기에서 따로 늘어놓을 수는 없고, 그저 연정을 품게 되었기 때문에 연모했을 뿐이었다.

　오시마는 꽃봉오리가 피었다가 지고 잎이 돋아나는 벚나무라 할 수 있는 스물다섯의 나이였다. 이 나이가 되도록 남자라고는 전혀 안중에 없었다. '남자는 도쿄, 여자는 교토'라는 말도 있는데, 그렇게 괜찮은 남자가 많다는 도쿄에도 오시마와 교제한 남자는 없었다. 작년 봄 고슈과 함께 이쪽으로 내려온 이후 어느 날, 어느 때, 어느 순간, 슈잔을 마음에 품기 시작했고 그것이 오시마의 첫사랑이 된 것이다.

천분이 고귀한 자는 이 저속한 세상에서 대부분 하류 생활을 한다. 슈잔은 도쿄의 미술학교 졸업생으로 그림 방면에서 도가 튼 사람이었지만, 아직 스스로 만족하지 못하여 조용히 한지閑地에 살며 이상을 키워가는 인물이었다. 하지만 딱히 수입이 있는 것도 아니고 학비를 대주는 사람도 없으니, 목록이나 사방등 그림 따위에 재능을 팔아 근근이 그날그날의 생계를 지탱할 뿐이었다.

슈잔의 집은 장사하는 가문이라 재산이 있기는 했지만, 부모형제들은 모두 슈잔이 붓을 놀리거나 공부하기를 바라지 않았다. 장사꾼 차림으로 주판 튕기는 것을 평생의 업으로 삼으라고 강요했는데 슈잔이 완고하게 말을 듣지 않았기에 화가 나서 학비를 대주지 않았.

슈잔이 애당초 만족스러운 의식주를 바란 것은 아니었지만 너무 가난해서 빵과 물조차 넉넉지 못했다. 오시마는 그의 이러한 약점을 잘 알고 있었다. 그래서 교제하기 쉽지 않은 성격의 슈잔과 자유로이 오가며 지낼 수 있는 방법을 찾아내기에 이르렀고, 오시마가 그 목적을 달성한 것이 바로 대여섯 달 전의 일이었다.

이후로 여차할 때마다 온갖 진심과 정성을 쏟았기에 슈잔도 마음을 열었다. 그래서 다른 사내들보다 이 여인과 마주하는 것이 훨씬 친근감 있고 또한 격의를 품지 않을 정도가 되었다.

세상 남자들은 대부분 친구에게는 편안하게 대하지만, 아내나 누이가 아닌 여자에 대해서는 소극적인 태도를 취하기 마련이다. 그러나 유독 슈잔만큼은 부모나 형제, 그리고 집에 드나드는 생선장수보다도 오시마를 대하는 것이 오히려 거리낄 것도 없고 신경도 쓰이지 않아 편했다. 슈잔에게 오시마는 마치 누이나 어머니, 혹은 마누라 같은 존재처럼 되어버렸다.

15

우에스기 댁 아가씨 오사요는 남들이 보기에는 단정한 숙녀임에도 불구하고 어머니와 자신이 아끼는 검은 고양이에 대해서는 어떤 겉치레도 없는 그저 천진한 아기에 불과하다.

그와 마찬가지로 후타가미 슈잔 역시 세상물정에 어둡고 타인을 대할 때에는 까닭도 없이 얼굴을 붉힐 정도로 내성적인 사람이었지만, 유일하게 오시마를 만날 때는 마치 단골 유객遊客이 자주 찾는 게이샤를 마주하듯 무심하고 아무렇지 않게 대한다. 이성에 대한 관심이나 겉치레도 전부 내던진 친구 사이로 대여섯 달이라는 긴 시간을 보냈다.

오시마 쪽에서야 내심 바라고 있었지만, 장래를 약속하는 식의 남녀간의 애정은 일단 두 사람 사이에는 전혀 성립하지 않았다. 그저 누이로서 남동생 대하듯, 남동생으로서 누이 대하듯 이들의 애정은 이어졌다.

그러나 이날 오시마가 찾아오기 열흘 전에 사건이 있었다. 슈잔은 정중한 말씨와 새삼스러운 태도로, 무슨 이유로 그렇게 나의 부족한 것을 채워주고, 힘겨울 때에는 도와주며, 물건에 돈이며 옷까지… 왜 그리 나에게 정성과 친절을 다하는 것이냐고 오시마에게 물었던 것이다.

물론 슈잔이 그런 질문을 헤아릴 수 없을 만큼 여러 번 했지만 오시마는 그럴 때마다 샐그러지게 "왜 그래요? 갑자기 정색을 하고. 아무것도 모르는 어린아이 주제에 건방지게." 이 정도로 냉정한 척 넘어갔다. 하지만 그날 슈잔의 말투와 표정은 심상치가 않아서 이유를 묻는다기보다는 거의 따진다고 해야 할 정도의 기세였다.

오시마는 때가 왔는가 싶어서 마음을 굳히고 겨우, 간신히, 큰맘 먹고 마침내 슈잔에게 장래 당신의 아내가 되고 싶다는 평생의 유일한 소원을 담백하게 털어놓았던 것이었다.

그러나 아아, 오시마는 얼마나 실망했던지. 슈잔은 딱 잘라 거절한 것이었다.

슈잔의 거절은 매우 힘이 들어간 말투였고 그 뜻은 요지부동이었다. 오시마는 더 이상 강요할 수 없어서 그대로 입을 다물고 말았다. 그리고는 평소와 같이 담소를 나누었고 그 다음날, 또 그 다음날도 여느 때와 다름없이 집을 찾아왔다. 아무렇지도 않은 기색이었고 슈잔 역시 개의치 않는 모양이어서 두 사람 사이는 여전히 예전처럼 이어졌다.

그리고는 오늘에 이른 것이었다. 오시마는 그저 면도라도 해주러 왔다며 입으로는 말했지만 마음속으로 따로 생각한 바가 있었다. 무륜에 슈잔을 누이고 이야기를 나누면서 조용히 수염을 깎는 동안 아무것도 모르는 슈잔은 오시마의 무릎에 드러누운 채 색색 잠들어버렸다.

자는 얼굴을 보니 한층 더 번뇌가 쌓여 오시마는 손바닥으로 면도날이 잘 드는지를 시험해보고 다시 사내의 얼굴을 바라보았다. 저려오는 무릎의 감각도 잊고, 자기 신세도 잊고, 세상도 잊고, 한참을 넋을 놓고 있다가 무슨 생각을 했는지 수심에 잠긴 채 그 백옥처럼 흰 가슴에 가느다란 손끝을 댔다.

조용한 방에 살랑 불어든 바람에 마구 갈겨쓴 종잇조각들이 이리저리 굴러다니던 바로 그 때, 바깥문이 휙 열리며 커다란 목소리가 울려 퍼졌다.

"생선 사려!"

슈잔이 그 목소리에 놀라 눈을 뜨고 올려다보니 무릎을 베개로 내어준 오시마가 자신을 응시하고 있다. 그 한 많고 정 많은 눈에 그렁하게 눈물을 담고 있다.

슈잔은 자기도 모르게 "어? 이런." 하고 내뱉었다.

오시마는 황급히 뒤를 돌아보며 묻는다.

"아저씨, 오늘 생선은 뭐요?"

생선장수는 박자를 넣어 읊어댄다. "예, 다랑어에 가자미, 도미에 숭어, 전갱이나 고등어, 보리멸에 성대, 한펜[21])이나 어묵은 어떠십

---

[21]) 생선 살에 마나 녹말 등을 섞어서 갈아 으깬 다음 네모나 반달 모양으로 만들어 찌거나 삶은 식품.

니까?"

"홍, 또 꽤나 비싸게 받을 거죠, 잠깐만요, 아저씨."라며 슈잔의 머리를 내려놓고 오시마는 수건을 한 손에 든 채 일어섰다. 그리고는 격자문으로부터 몸을 반쯤 내밀고 "잠깐만요. 그 다랑어를 좀 썰어주고, 도미도 조려줘요. 그리고 아저씨. 좀 미안한데, 요 앞 술집에 가서 괜찮은 술을 다섯 홉 정도 서둘러 가져다줄 수 있겠소?"

생선장수는 심술궂게 웃으며 말했다. "히히, 내가 다 들여다보고 있었소이다."

"뭐예요? 무례하게."오시마에게 한 대 얻어맞고 "그럼 기다리십시오!"라는 말을 던지고 생선장수는 뛰어나갔다.

오시마는 머리맡으로 되돌아왔다.

"대체, 무슨 일이야? 무슨 축하할 일이라도 있는 거야?" 하며 멍한 얼굴로 슈잔이 물었다. 그 얼굴을 물끄러미 쳐다보며 오시마가 샐쭉 웃었다. "우리 이별주를 나누자고요."

16

가재도구는 아주 형편없었지만 잠시나마 살림꾼 마누라 역할에 푹 빠져 지내던 오시마가 손수 두세 가지 요리에 간을 맞추었다. 그 술안주를 사이에 두고 마주 앉아서 술잔을 들려다 슈잔은 조금 주저했다.

"오시마, 이별주라고 했어? 그게 뭐야? 어떻게 된 거냐고."걱정하는 말투다.

"뭘요, 남녀간에 이별의 술잔을 나누자는 건데. 내가 요전에 이상한 말을 꺼내는 바람에 슈잔도 신경이 쓰였을 테고, 나도 괜히 찝찝하니 이걸 이별주로 삼자는 거예요. 부부가 되자고 한 말을 이걸로 취소하는 거지요."낯빛도 변하지 않고 말한다.

슈잔도 역시 아무렇지 않게 "아, 그런 거야? 그럼 됐지 뭐. 자, 마시자. 술 따라달라고."아무렇게나 술잔을 내밀었다.

오시마는 데워진 술병을 들어 올리며 약간 머뭇거리다가 "저기, 슈잔."하고 부른다.

"어, 왜 그래?"

"이런 말을 하면 미련이 남은 것 같아서 슈잔 보기가 부끄럽지만, 내가 아직 단념을 못 하겠어요."라며 우물거리며 얼굴을 붉힌다.

슈잔이 상대를 향한 시선에 의아하다는 기색을 담아 물었다.

"왜지?"

"왜긴요. 그러니까 슈잔 당신이 한 번만 더 그 이야기에 대해 답해주면 좋겠어요. 제발. 확인 삼아 한 번만 더 듣고 싶다고요."이렇게 말하는 목소리가 약간 떨렸다.

슈잔은 그 뜻을 이해할 수 없어 "그 이야기라니, 뭐 말이야?"

"아이 참, 나를 슈잔이 아내로 삼지 않겠다는 이유 말이에요."겸연쩍은 듯 고개를 들지 못한다.

슈잔은 이마를 문지르며 "으음. 뭘 또 말하라는 거야. 다 알고 있으면서."

"그래도, 그래도요."

"내가 뭐 오시마 당신을 싫어한다거나… 뭘 또 말해, 다 알잖아."

오시마는 여전히 "그래도요."

슈잔은 머리를 긁으며 "참, 난처하구먼. 새삼 또 말하기가 민망한데."

"괜찮아요. 누구 듣는 사람도 없으니."

"당신이 듣잖아."

오시마는 쓸쓸히 웃으며 "그런 말 말아요. 무슨 남자가 이렇담."

"음, 그럼 말하지. 오시마 당신을 싫어하는 건 아니지만, 내가 그게 좀 따로 …뭘 또 말하라는 거야. 다 알면서."

"그래도."

"이것 참 난감하군. 그러니까 내가 달리 좀 따로 사모하는 여인이 있어서 …뭘 또 말하라고. 다 알면서."

그 곤란해 하는 얼굴을 오시마는 흐려진 눈으로 힐끗 쳐다보고는 "정말이에요?"

슈잔도 정색하며 마주보고는 "그래, 정말이야."

이렇게 두 사람은 말을 끊었다.

조금 후 슈잔은 "정혼자라거나 그런 사이는 아니야. 약속을 한 것도 아니고. 그 여인이 나라는 사람을 아는지 모르는지 그것마저도 모르는 상태라고. 뭐라고 해야 할까. 아마도 인연이라는 거겠지. 오시마 당신의 그 친절한 마음은 내가 다 알아. 내가 이렇게 형편없는 놈이긴 하지만 언젠가 은혜를 갚을 시기가 올 거야. 그러니 긴 안목으로 지켜봐줘." 하고 슈잔은 장탄식했다.

오시마는 얼굴을 들고 "무슨 쓸데없는 말을 하는 거예요? 은혜고 뭐고 그런 거 없어요. 됐어요. 잘 알았으니. 앞으로 한동안 여기 오지 않을 생각이에요. 오늘도 이 집을 나서면서 멋지게 웃어주려고 생각했는데, 당신 얼굴을 보니 또 미련이 생기네요. 앞으로도 오래도록 같이 이렇게 지내고 싶지만, 부부의 연을 맺고 싶은 내 마음이 사라질 때까지 도를 닦는 심정으로 이제 여기 오지 않을래요. 지난번 얘기한 무늬가 있는 유카타浴衣 말이에요. 당신이 터진 곳도 못 꿰매지 싶어서 걸레조각에 연습을 좀 한 다음에 처음으로 꿰매 봤어요. 그런데 잘 꿰매진 것 같지는 않네요. 다 되면 하녀 오산에게 시켜서 보내 줄께요. 실밥을 풀고 입으세요. 그리고 슈잔, 공부도 좋지만 밤늦게까지 하는 건 몸에 독이 된다고 하니 그러지 마세요. 몸이 상해요." 이렇게 말하며 오시마는 고개를 수그린 남자의 얼굴을 들여다본다.

17

슈잔은 팔짱을 끼고 "그러면 한동안 오지 않을 생각이라고? 나도 적적하겠지만 어쩔 수 없지."

"예, 나도 여기 안 오고 배길 수 있을지 모르겠지만, 당신 얼굴을 보면 자꾸 미련이 생겨서 어찌되든 참아보려고 해요."

"음, 그것도 괜찮겠지."라며 슈잔은 자연스레 그 말을 받는다.

오시마도 또한 담담하게 "하지만 오고 싶어서 못 견디겠으면 언제라도 또 이야기하러 올 거예요."

"그래도 괜찮고."

그리고 나서 오시마는 새삼스런 태도로 "그럼 이제 단념할 테니까. 자, 드세요. 한 잔 따르겠어요." 약간 떨면서 술을 따랐다.

슈잔은 쭉 들이키며 "그래, 단념해줘. 내가 한 잔 주지."

"네." 술잔을 받아들고 한 잔 가득 채워 손바닥에 얹어 입으로 가져간다. 이것이 평생 바라던 혼례의 삼헌 의식 술잔이 아니라, 내가 연모하는 슈잔을 다시는 연정을 품고 바라보지 않겠다는 맹세의 술이라니.

오시마는 이전부터 각오하던 일이지만 자신도 세상도 전부 꺼져버리는 듯한 슬픔에 이 술이 차라리 한 방울의 짐독鴆毒[22])이기를 바랐다. 이대로 죽어버리고 싶을 만큼 격정이 치밀고 가슴이 막혀왔다. 기개 있는 여인이었지만 자기도 모르게 눈물이 뚝뚝 떨어졌다.

"웃어달라고는 하지 말아요."라며 고개를 옆으로 돌리고 살짝 눈물을 훔친다. 이윽고 들어올린 그 얼굴을 보니 취한 것도 아닌데 눈언저리가 붉고, 약간 창백한 얼굴에 애처로운 미소를 띠고 있다.

아무리 호기로운 여인이라도 그 정도로 깊이 생각하여 결심하기까

---

[22]) 중국의 짐(鴆)이라는 새의 날개에 있다는 강한 독. 이 날개를 술에 담가 독살에 썼다고 한다. 맹독.

지의 심정이 어떠했을까? 또한 슈잔도 슈잔 나름대로 애절하다. 요염하고 매력 있는 여인의 목숨을 내건 연정을 냉정하게 거절한 그 마음을 헤아리니, 연모하는 여인에 대한 정이 어느 정도일까 추측이 간다.

자리 분위기가 조금 어색해졌다. 때마침 문 밖에서 한 여자의 목소리가 들려왔다.

"여보세요, 잠깐 실례합니다."

오시마가 안에서 "네, 누구신가요?"

"저는 저기 우에스기 집에서 온 사람입니다만." 도미노이치의 흉내를 잘 내던 하녀 오산은 격자문을 열고 불그레한 얼굴을 쑥 내밀더니 오시마를 보았다.

"어머, 오시마 님. 지금 댁으로 갔더니 이리로 오셨다기에 듣고 찾아왔습니다. 바쁘시겠지만 제발 오늘 중으로 우리 아가씨 머리를 아주 조금만이라도 매만져 주십사 부탁드리러 왔습니다." 아주 빠르게 말도 잘한다.

오시마는 기분 좋게 승낙하며 "좋아요. 금방 가지요."

"그럼 부탁드립니다."

"천만에요."

"안녕히 계세요." 하고 오산은 돌아갔다.

"그럼 이제 갈 건가?" 슈잔은 쓸쓸한 모양이다.

오시마는 수자繻子 띠를 꾹꾹 매만지더니 "다른 집이라면 거절하겠지만 우에스기 댁 아가씨라니 정성껏 묶어드려야지요. 슈잔, 시마다島田로 하면 좋을 것같지 않아요?"

"뭐!"

"잘 있어요. 잘난 사람." 오시마는 이렇게 말하며 자작으로 술을 크게 한 잔 들이키고 기세 좋게 자리에서 일어섰다. 그 순간 스르르 흘러내리는 귀밑머리 두세 가닥을 하얀 이에 물고 오시마는 "아아, 참으로 재미없는 세상이로다."라며 쓸쓸하게 무너져 내리듯 말한다.

"오시마!"

슈잔의 날카로운 일성을 뒤로 하고 오시마는 표정을 확 바꾸어 웃는 얼굴로 "슈잔, 잘 지내요."라며 문밖으로 나갔다.

"혹시 아니라면 용서하십시오. 오시마 씨 아니십니까?"

탁한 목소리로 누가 부르기에 정신없이 길을 가던 오시마가 퍼뜩 정신을 차렸다. 눈앞에 그림자처럼 한 사람의 맹인이 시퍼런 낯빛으로 서있다.

"어머, 도미노이치. 나라는 걸 어떻게 알았어요?"

도미노이치는 히죽 웃으며 "히히, 향기와 발소리로 알 수 있지요."

"어머나, 싫어라. 무슨 고양이 같잖아."

도미노이치는 한숨을 쉬며 "아아, 고양이가 되고 싶습니다. 저는 언제 축생으로 태어날 수 있을까요?"

"백주대낮에 그게 무슨… 아직 해가 길게 남았으니 서두를 것 없어요."

그리고 삼십 분 후. 벌써 오시마는 우에스기 저택에서 오사요의 머리를 풀고 있었다.

18

"머리를 푸는 데 쓸 더운물 좀 갖다 줘. 오산."

무릎에 검은 고양이를 안고 한 손으로 신문을 펼치며 오시마에게 머리를 맡긴 우에스기 아가씨가 고개를 돌려 하녀를 불렀다. 오사요가 시키는 대로 오산은 머리를 빗는 데 쓸 물을 가지고 왔는데, 원래 지껄이기를 좋아하는 성미라 그냥 물러가지 않고 주춤주춤 앉아서 무언가 말을 걸어주기만 기다리고 있다.

때마침 오시마가 거울에 비친 오사요의 얼굴을 보고 미간에 한 점의 구름이 낀 듯 마뜩잖은 표정임을 알아차렸다.

오시마는 빗을 든 손으로 입 주변의 땀을 닦으며 "아가씨, 혹시 감기 기운이라도 있으신가요? 왠지 얼굴색이 좋지 않군요."

오사요는 "아뇨, 별로." 기운 없이 답한다.

하녀는 이때다 싶어 무릎걸음으로 다가왔다. "오시마 님, 제 얘기 좀 들어보세요."

"그래."

"아씨가 말씀은 저리 하시지만, 예삿일이 아니랍니다. 저건 이미 사람의 짓이라 할 수 없어요. 아씨는 뱀에게 혼을 빼앗긴 거나 마찬가지예요."

"뭐? 그거 큰일이군." 머리방은 귀를 기울였다.

아가씨는 이야기를 듣기도 거북한 듯 불쾌한 표정이다. "오산, 또 시작이구나. 이제 그런 말 하지 말라니까. 기분 나쁘고 무섭다고."

하녀는 손을 들어 아가씨의 말을 막으며 "아이고, 아씨. 이런 일은 누구에게든 이야기를 해서 기분을 푸는 게 나아요. 입 다물고 고민하고만 있으면 우울하고 기분만 가라앉아요. 오시마 님, 제 말이 맞지요? 들어보세요. 듣지 않으신다고 해도 제가 말 할랍니다."

"듣고말고. 호호호."

"다른 게 아니고 저 도미노이치 말이에요. 그 인간이 우리 아씨에게 완전히 반해가지고 말이지요."

"이봐, 오산. 무슨 말을 하려는 거야."

"아니에요. 괜찮아요. 아씨. 그 인간이 반한 게 아씨가 부끄러워할 일은 아니지요. 그래서요, 처음에는 차를 마시고 아씨 얼굴을 바라보면서 원망스러운 듯한 말투로 고양이가 되고 싶다는 거예요. 그냥 그런 정도로 끝나나 싶더니 점점 심해져서 요즘에는 매일 찾아온답니다. 그리고는 아무도 맞아주는 사람이 없는데도 인사도 없이 어슬렁어슬렁 안으로 들어와서 객실에 앉아 있기도 하고, 복도에 우두커니 서있기도 하고, 마당 소나무 아래 맥없이 서있기도 해요. 제정신이 아닌 것 같아요. 부끄러움을 알 만한 사람 같으면 소문이 날까 신경도 쓰고, 배려도 하고, 가여운 마음도 들고, 남의 이목도 신경을 쓰겠지요. 하지만 저 장님처럼 귀신이 들린 사람 같으면 이제 자기 멋대로라고요. 저러다 더 심해지면 지붕으로 드나들지도 몰라요. 그게 다 우리 아씨 때문이니, 가여운 우리 아씨는 거미줄에 걸려든 심정이시랍니다. 마님을 비롯해 우리도 마음 편히 밥도 먹지 못할 정도랍니다. 그게 말이죠, 난동이라도 부리면 순사님께 신고라도 하고, 구걸이라도 하면 내쫓아 버릴 구실이라도 있을 텐데… 그저 아는 사람 집에 허물없이 드나드는 것뿐이니 어떻게 손을 쓸 도리가 없답니다. 세상에 이보다 더 불쾌한 일은 없을 거예요. 오시마 님, 뭔가 방법이 없을까요?"

오사요는 이야기를 듣는 동안에도 도미노이치가 눈앞에 있는 듯한 기분이 들어 얼굴색이 싹 변했다.

오시마는 무슨 생각인지 대수롭지 않다는 듯 웃으며 "그거 뭐 별일도 아니군요. 하지만 사람의 집착심은 무서운 법이라 무슨 짓을 할지 알 수가 없지요. 좋은 방법이 있어요. 저기 댁 뒷산 말이에요. 거기 사당이 있지요? 그 작은 도리이鳥居[23]가 있는 사당 말이에요. 누구든 붙잡고 물어보세요. 그 사당의 신이 인연을 끊어주는 것으로 유명하거든요. 아무리 깊은 집념이라도 간단한 주술로 금방 인연이 끊어지지요. 귀찮을 건 별로 없는데 조금 어려운 게 밤중에 남의 눈을 피해서 가야 한다는 겁니다. 짝사랑을 받는 여자가 자기 머리카락 열 가닥 정도를 이어서 작은 도리이 기둥과 기둥 사이에 묶어 두고 한 가운데를 끊은 다음, 뒤도 돌아보지 않고 돌아오면 그걸로 간단히

---

23) 신사(神社) 입구에 세우는 두 기둥의 문.

해결된답니다."

아주 그럴싸하게 이야기하니 그 솔깃한 말에 아가씨는 마음이 움직인 양이다.

"정말인가요?"

머리방은 마음속으로 중얼거렸다. '걸려들었군.'

19

"오시마 씨인가요?"

"아, 도미노이치. 벌써 왔군요. 오늘 밤에는 헛걸음하게 하지 않을 테니 먼저 가서 기다리고 있어요."

"그럼 산에 있는 사당 앞에서."

"곧 신부를 보내주지요."

나무숲을 뚫고 비치는 달빛에, 어슴푸레한 남녀의 그림자는 이렇게 좌우로 헤어졌다. 여자는 머리방 오시마. 적막하고 모두 잠들어 조용한 우에스기 저택 뒷문 주변에서 발소리를 죽여 이리저리 서성거리다가 잠깐 웅크리고 앉았다가, 또 우두커니 서 있기도 하면서 뭔가를 기다리는 것처럼 보였다. 울타리에 몸을 기대고 부서진 틈 사이로 들여다보고 또 들여다보며 집안 상태를 살핀다.

때는 정확히 축시丑時. 오사요는 조용히 몸을 돌려 묵직해 보이는 머리를 들고 모기장 밖의 어두운 등불 그림자를 의지하여 살펴보니, 동생 히데마쓰는 자신과 베개를 나란히 하고 귀여운 얼굴을 위로 향한 채 아무 것도 모르고 깊이 잠들어 있다.

오사요는 그 얼굴을 바라보며 새하얗고 가느다란 손을 뻗어 살며시 잠든 숨소리를 살피고는 마음속으로 고개를 끄덕였다. 베개를 옆으로 치우고 이불을 젖힌 다음 옷자락을 여미고 미끄러지듯 일어나 동생이 자는 얼굴을 돌아보면서 모기장을 들어 올리고 살짝 빠져나왔다.

방 한 칸을 사이에 두고 안채에는 어머니와 할머니가 같은 모기장 안에서 벌써 꿈나라로 가셨을 것이다. 저쪽 방에서는 하녀가 낮에 쌓인 피로에 곯아떨어졌는지 이를 갈며 자는 소리가 들린다.

오사요는 재빨리 허리끈을 조여 묶었다. 도코노마床の間 기둥[24]에 걸려 한밤중의 위험을 막아준다는 가죽 부적을 떼어 손에 쥐니 요동치던 가슴이 잠잠해졌다. 등불의 심을 한층 더 약하게 하고 다시 살짝 모기장 안을 들여다보았다. 여전히 히데마쓰는 아무 생각 없이 자고 있었기에 마음이 가라앉고 고동치던 심장도 잠잠해져, 구석의 장지문에 손을 가져갔다.

"지금쯤 아가씨가 나와야 할 텐데." 오시마는 자기도 모르게 중얼거렸다.

---

[24] 도코노마(床の間)는 일본 전통 가옥에서 다타미 방 정면에 바닥을 한 층 높여 만들어 놓은 곳으로 족자를 걸거나 도자기 및 꽃병을 장식하는 공간. 이 기둥은 도코노마와 그 옆에 두 장의 판자를 어긋나게 댄 선반 사이에 있는 것을 말한다.

"낮에도 내 말을 철석같이 믿는 말투던데 영리한 듯 보여도 아직 어린애지. 저런 장님에게 휘둘려 식사도 하지 못할 정도라니. 내가 알려준 주술이 마지막 수단이라고 생각해서 틀림없이 걸려들 거야. 그 낌새를 내가 두 눈으로 똑똑히 확인했는데, 훼방꾼이 끼어들었나? 아니면 잠귀가 밝은 할머니를 조심하느라 늦나?"

나지막한 울타리에 딱 들러붙어 몸을 기대고 섰는데 눈앞에 인기척이 나서 오시마는 깜짝 놀랐다.

어디선가 놀다 집으로 돌아가던 젊은이 하나가 자못 수상하다는 듯이 오시마의 얼굴을 물끄러미 쳐다보기에 가슴이 뜨끔했으나, 아무렇지 않은 척 물었다.

"혹시 지금 몇 시쯤 되었나요?"

"벌써 한 시라오."라고 대답하며 지나간다.

한 시를 알리는 종소리에 귀를 기울이던 오사요도 마음이 급해졌다. 툇마루로 한 발짝 내디뎠는데 뒤에서 휙 몸을 뒤집는 소리가 들렸다. 깜짝 놀라 뒤로 물러서서 보니 모기장 안에서 히데마쓰가 이불을 발로 걷어찬 것이었다.

"히데마쓰, 감기 걸릴라. 히데마쓰, 더워서 그러니?"

대답이 없다.

"잘 자고 있구나." 이렇게 말하며 오사요는 히데마쓰의 드러난 배 위에 이불을 덮어주고 옷자락을 여며주고는 어깨를 토닥이고 다시 모기장을 빠져나갔다.

오사요는 오늘밤 이 잠행潛行에서 미리 준비해두었어야 했는데 마음이 급한 바람에 가장 필요한 것을 잊고 있었다. 지금 갑자기 생각이 나서 손이 떨리고 다리가 후들거렸지만, 흐트러진 머리카락을 어두운 등불에 비추어 한 가닥, 두 가닥 헤아리며 뽑았다. 열 가닥이 다 되자 빛에 비춰보고는 묶고 또 비춰보고는 묶어서 아주 길게 이었다. 그리고 주위를 연신 둘러보면서 흰 종이 안에 잘 접어 넣고 허리띠 안에 단단히 끼워 넣었다.

분명 정상적인 사람이 할 행동은 아니다. 오사요도 어느 정도는 제정신이 아닌 상태였으리라.

오사요는 준비를 마치고 결연히 몸을 일으킨 다음, 이번에는 주저하지 않고 툇마루로 나갔다. 미리 생각해두었던 대로 살짝 열린 덧문 사이로 비스듬히 몸을 빼내려 했다. 온 세상이 조용하고 그저 모기가 날아다니는 가느다란 소리만 들린다.

'아아, 할머니, 어머니, 히데마쓰여, 어서 꿈에서 깨지 못할까. 이 집의 딸이 지금 그야말로 사탄의 희생물이 되려 하고 있지 않느냐!'

운명의 신은 이렇게 속삭이는 것이었다.

20

그때 들려온 할머니의 기침 소리는 예상치 못한 것이라 일순 아가씨를 주저하게 만들었다. 하지만 더 이상 아무 기척이 없었기에 오사요는 마당을 몰래 빠져나왔다.

　집 뒤의 쪽문으로 뒤도 돌아보지 않고 나왔다. 집으로부터 약 팔정 남짓 떨어진 산속 사당에 이르는 길은 좁고 들판은 넓었다. 여름풀이 아주 무성하게 자라 땅에 그물을 펼친 것 같아서, 도보에 익숙지 않은 아가씨는 자꾸 발이 걸려 비틀거렸다.

　쫓아오는 사람도 없고 뒤가 켕길 것도 없음에도 남의 눈에 띄어서는 안 된다는 그 말이 내내 마음이 쓰였다. 달빛에 흔들리는 잡초와 가지 끝에 부는 바람 소리에도 너무 신경을 쓰다 보니 차분히 땅에 발을 대지도 못하고 허둥지둥 가는 그 모습. 마치 어둠 속에서 무언가에 조종당하여 그에 끌려가는 모습을 방불케 한다.

　점점 마을로부터 멀어지니 개 짖는 소리도 끊어지고 사람 비슷한 모습은 나타날 것 같지도 않았다. 사방이 적막하고 달빛만 고요한데, 가끔 자다가 놀라 날갯짓을 하는 새소리가 숲속을 뒤흔들 뿐이었다.

　한밤중에 펼쳐질 이런 광경을 떠올리는 것만으로도 겁을 먹을 아가씨였으니 아주 공포스러운 심정일 것이 당연하다. 그럼에도 홀로 남의 눈을 피해 지금 이러고 있는 것을 보면 오사요가 얼마나 도미노이치를 꺼리고 무서워하는지 추측하고도 남음이 있으리라.

　적어도 오사요는 고등교육을 거친 아가씨이거늘, 교양 있는 아가씨에게 "밤 한 시를 넘긴 아무도 없는 시각에 인연을 끊어주는 신을 모신 사당을 찾아가세요. 도리이 기둥에 머리카락 열 가닥을 이어서 묶어두고 그 가운데를 끊어버리세요. 이것이 인연을 끊어주는 주술이

랍니다."라고 말한 오시마의 거짓말도 어지간하다.

하지만 지식도 있고 생각도 있는 아가씨가 그리 간단히 미신에 이끌린 것은 필경 도미노이치의 짐승과도 같은 욕정을 뿌리칠 수단이 달리 없었기 때문이리라.

이 맹인은 세상을 살아갈 인간의 도리를 버렸다. 인형이 움직이듯, 환영이 둥둥 떠다니듯 우에스기 집을 드나들었다. 이는 더도 아니고 덜도 아니고 이미 사람이 할 짓을 벗어난 것이었다.

들짐승인가. 음탕한 뱀인가. 완력으로 여인을 제압하려 하다니. 사람으로서 들짐승이나 음탕한 뱀과도 다름없는 행동으로 사람을 정신적으로 살해하려 하다니. 어떻게 손을 쓸 도리가 없다. 이를 어찌하면 좋은가.

어머니가 오사요를 위해 신명에게 기도를 드리고 악마를 물리쳐달라고 기원했으나 이루어지지 않았다. 오사요는 고민과 불쾌함, 혐오의 마음을 견딜 수 없었다. 마치 병에 걸린 사람이 약이라는 말만 들으면 단맛 쓴맛을 가리지 않는 것처럼, 맹목적으로 오시마의 권유에 따른 것이다. 아무리 미신이라고 해도 그 마음은 실로 가련히 여길 수밖에 없다.

오사요는 거의 일직선으로 막막한 광야를 가로질러 약 반 시간 후에는 산속의 그 사당에 도착했다. 아가씨는 심호흡을 하고 앞뒤를 둘러보았다. 달은 점점 더 밝아지고 숲은 점점 어두워졌다. 걸어온 길도 알아보지 못할 만큼 들풀이 황량하게 우거진 한밤중의 적막한 산속에 오로지 자기만이 있음을 알자 무심코 온몸에 소름이 돋았다.

한밤의 서늘한 바람에 어깨를 감싸고 떨면서 서있다가 왼편의 조릿대가 흔들리는 소리에 놀라 "어머나!" 하고 돌아보았다. 그 눈앞에는 퍼렇게 여윈 맹인이 지팡이 하나에 의지하여 서 있는 것이었다. 오사요는 그를 보자마자 창백해졌다.

자기가 왔던 길로 몇 걸음 미끄러지듯, 기어가듯, 구르듯 물러났다. 오사요는 제정신이 아닌 상태로 땅바닥에 엎드려져 움직이지 않는 몸을 일으키려 풀을 움켜쥐고는 버둥댔다. 그러다 두 손을 꽉 잡히고는 "아악!" 하고 비명을 지르더니 뿌리치고 정신없이 달음질친다.

누군가 허리띠를 붙잡고 바싹 뒤를 쫓는 듯하더니, 스르륵 풀려 펄럭이는 치맛자락. 눈처럼 흰 종아리에, 치렁치렁한 검은 머리가 땅에 펼쳐졌다.

무언가에 걸려 넘어진 오사요를 붙들어 입에 재갈을 물리고 팔을 꺾으며 주위를 둘러보는 머리방 오시마. 처연한 얼굴로 오사요의 귀에 대고 조용하지만 힘있는 목소리로 이렇게 말했다. "아가씨, 용서하세요."

21

소리를 지르려니 입은 천으로 꽉 막혔고, 일어서려 해도 팔이 끈으로 단단히 묶여 옴짝달싹도 할 수 없었다. 마음속 한없는 번민을 파도

치는 가슴으로 드러내며 버둥거리는 오사요의 모습.

오시마는 간신히 숨만 붙어있는 모습으로 발치에 쓰러진 오사요를 냉랭한 눈으로 내려다보았다.

"도미노이치, 이봐요. 이제 됐으니 나와요."

"아, 예." 하고 대답하며 도미노이치는 비척비척 걸어와서 오시마의 곁에 섰다.

"후우, 잘 처리해 두었어요. 자, 봐요."라며 도미노이치를 앞으로 밀었다.

본래 장님은 의심이 많은 터라 이렇게 그 희생물이 다른 사람이 아닌지를 살펴본 뒤 분명 오사요가 맞다고 고개를 끄덕인다.

"오오, 오시마 씨."

"어때요? 틀림없지요?"

"네, 분명 아가씨입니다. 이제 저는…" 땅에 넙죽 엎드려서 오시마에게 절을 하며 "고맙습니다. 고맙습니다." 숨 가쁘게 헐떡이는 것이었다.

그때 오시마는 말투를 바꾸어 "그럼 도미노이치, 약속은요? 그 이야기는 잊지 않았겠지요?" 오시마의 말은 엄숙했다.

도미노이치는 그 말이 끝나기가 무섭게 눈썹 언저리에 냉랭한 웃음을 띠며 말했다.

"예, 걱정일랑 마십시오. 저걸 보시지요." 그가 손가락으로 가리킨 쪽에 소나무가 한 그루 서 있고 서쪽으로 삐죽이 뻗은 가지에 한 가닥의 밧줄이 고리 모양으로 매달린 것이 꼭 뱀이 걸려있는 것 같았다.

오시마는 그것을 보고 살짝 웃었다. "각오가 되어 있군요."

도미노이치는 자랑스러운 표정이다. "어찌 소홀할 수 있겠습니까? 산이라 목을 매기로 했습니다." 말하는 음성도 평상심을 잃은 느낌이었다.

오시마는 몸을 일으키며 "그럼 이제 당신에게 넘겨주리다."라 말하고 두세 발짝 뒤로 물러났다.

장님은 아름다운 오사요에게 무릎걸음으로 다가가 말한다. "이봐요, 아가씨. 용서해주세요. 아가씨는 틀림없이 내가 너무도 싫으시겠지요. 뱀보다 살모사보다 송충이보다도 더더욱 싫으시겠지요. 앞은 안 보여도 그 정도는 잘 알고 있습니다. 불쌍하고 가엽고 애처롭기 짝이 없지만, 도저히 단념할 수가 없었습니다. 그저 무서운 꿈을 꾸는 거라고 생각해주세요. 이제 곧 내가 이 자리에서 사죄의 의미로 죽겠습니다. 아무런 집념도 남기지 않겠습니다. 보란 듯이 성불하겠습니다. 하지만 틀림없이 천벌을 받을 테니 축생도에 떨어지겠지요. 어떤 고통을 겪게 될지 뻔히 보입니다. 나중 일이야 어찌되든, 이 세상에서의 나도 이미 인간이 아닙니다. 야비한 축생입니다. 그래요. 축생이든 지옥의 고통이든 저의 이, 이, 이 마음 속 괴로움과는 비할 바가 아닙니다."

도미노이치는 두 손으로 늑골이 툭 튀어나온 검푸르죽죽한 가슴을 헤치며 오사요의 얼굴에 들이밀었다. 오사요의 몸이 꿈틀하자 풍성한 검은 머리칼이 일제히 출렁였다.

오사요는 아직 숨이 끊기지 않은 모양이구나. 누군가 나타나서 이

들을 처치해주어라. 짐승들은 나와서 이들을 물어뜯어라.

하지만 오시마는 이미 세상이 용납하지 않을 죄를 범하기에 가장 편리하고 안전한 시간과 유리한 공간을 계획하여 선택한 것이었다.

오사요는 결국 구출되지 못할 것인가. 멀리 구름처럼 보이는 일단의 나무숲이 우거진 곳, 오사요의 집 근처에서 까마귀들이 계속 울어댄다.

필경 이때는 악마가 활개를 치는 시간이었다.

22

독사가 달 아래의 풀숲에서 옥구슬을 휘감고 빨간 혀를 날름거린다. 반짝하는 빛과 함께 이슬이 막 떨어지려던 그때, 오시마가 갑자기 큰소리로 그를 불렀다.

"잠깐!"

"뭐요?" 도미노이치가 돌아보는데 그 낯빛에는 대담한 오시마도 한기를 느꼈다.

오시마는 가슴을 졸이며 한 발짝 앞으로 나아가, "잠깐만 기다려요. 너무 심하니 입에 물린 재갈만이라도 풀어주지 않겠어요?" 하고 말한다.

도미노이치는 당황한 모습으로 "그렇게 하면…" 불안해하는 모습이다.

"다른 뜻은 없어요. 필경 아가씨도 도저히 살아남을 생각이 없을 테니 지금 유언이라도 들어주자 싶어서요."

말을 하면서 오시마는 망설임 없이 오사요의 입에 묶인 수건을 풀어주려 했다.

도미노이치는 그 손을 막는다. "사람을 부를 거요, 소리를 지를 거라고요."

오시마는 코웃음 치며 "도미노이치, 뭘 겁내는 거예요? 소리를 질러봤자 목소리가 얼마나 클까. 누가 들을 수 있다는 말이에요? 사방으로 팔 정이나 떨어진 곳인데. 게다가 곧 이제 첫닭이 울 시간이에요. 그런 걱정일랑 말아요."

"그래도 그건…." 여전히 망설인다.

오시마는 음성을 한층 높였다. "나 오시마가 뒷일은 책임진다니까요."

도미노이치는 입을 다물었다.

오시마는 재빨리 손수건을 풀어버렸다. 달빛에 비추어보니 오사요의 눈은 감겨 있었다.

원통한 눈물이 눈꺼풀에 흘러넘쳐 눈썹에 이슬처럼 맺혀있고, 처연하게 창백한 뺨을 스치는 귀밑머리는 하늘하늘 풀 위에 흩어졌다. 초승달 모양의 눈썹을 약간 일그러뜨리고 입은 굳게 다물었는데 입술에는 핏기가 없다.

"어머나!" 오시마는 엉겁결에 놀라서 가슴에 손을 대어보니 숨이 끊어진 것은 아니었다. 식은땀이 살갗을 적셔, 옷은 물을 뒤집어쓴 듯하고 가슴은 밤이슬을 맞아 싸늘하다.

"아가씨, 아가씨." 오시마가 이렇게 불러보았지만, 오사요는 아무 반응이 없다.

다시 귀에 입을 대고 "이봐요, 오사요 아가씨, 아가씨." 불러보니 희미하게 끄덕인다.

"용서하세요. 제가 엄청난 일을 저질렀어요. 이런 짓을 저지른 이상 그만한 각오는 하고 있으니 따로 변명하지는 않겠어요. 하실 말씀이 있다면 무엇이든 들어드리지요. 도미노이치도 곧 뒤따라 죽어서 사죄하겠다고 하니 부디 이해해주세요. 나 또한 분명히 사죄를 하겠어요. 아가씨, 알았어요? 이봐요, 오사요 아가씨. 이런 또 정신을 잃었네."

혼곤히 또다시 긴 잠으로 빠져들려고 하는 오사요의 어깨를 마구 흔들며 "이봐요, 아가씨, 정신 차려요. 네?" 심장도 꿰뚫을 듯한 목소리로 부른다.

아가씨는 다시 한 번 천천히 고개를 끄덕였다.

"괜찮아요? 자, 무엇이든 하실 말씀이 있으면 이 오시마가 반드시 들어드릴게요."라고 말하며 오사요의 얼굴을 빤히 바라보았다. 바람에도 부러질 듯 가냘픈 손과 발까지 묶인 데다가 감정이 너무나 격해진 상태였다. 무언가 말하고픈 모습에 입술만 달싹거릴 뿐 소리는 나오지 않는다.

오시마가 난감해하다가 옆에서 헐떡이는 장님에게 말했다. "도미노이치, 잠깐 기다려요. 내가 괜찮다고 허락할 때까지는 아가씨에게 손가락 하나라도 대지 못할 줄 알아요."

장님은 탁한 목소리를 쥐어짜며 대답한다. "예."

"알았지요? 꼭이에요." 다짐을 두고 오시마는 한달음에 달려간다.

조금 있다 돌아온 오시마는 손수건에 찬물을 적셔와서 오사요의 입에 짜 넣고 어깨를 팔로 끌어안아 두세 번 위아래로 흔들었다.

꼴깍 하는 소리가 들리며 목으로 물을 넘긴 것을 보고, 이름을 불렀다.

"아아." 하며 가느다랗게 대답하는 오사요가 의식을 회복했다.

오시마는 힘을 얻어 "아가씨, 정신이 들어요?"

오사요는 가늘게 눈을 뜨고 나무 밑둥에 자신을 묶은 채 상반신을 무릎에 안아 일으킨 오시마의 얼굴을 바라보았다. 또한 개처럼 엎드려 있는 도미노이치의 비루한 얼굴을 보았다.

다시 눈초리를 오시마에게 돌리며 "줄을 풀어줘요."

그 어조가 심상치 않음에 오시마는 자기도 모르게 위축되어 "네."

"빨리 줄을 풀어줘요."

"하지만, 아가씨."

"아니, 저 장님 말대로 할 테니 어서요." 오사요의 얼굴은 파리했고, 달도 창백했다.

23

보기만 해도 공포의 빛을 감추기 못하고 늘 기절할 듯 싫어하며 꺼리던 도미노이치에게 몸을 맡기겠다는 말이 나오자 오시마는 두드려맞은 듯 놀랐다. 오시마는 그저 망연히 한동안 오사요를 쳐다보았다.

조금 후에 다시 입을 연 아가씨의 목소리는 의연했다.

"빨리 줄을 풀라니까요. 도망칠 수 없다는 건 잘 아니까 애를 먹이지는 않겠어요."

오시마는 깨끗이 단념한 그 모습을 보고 끄덕였다.

"예. 그럼 이런 혐오스러운 물건은 이제 내버리겠습니다." 하고 곧바로 결박을 풀어주었다.

옆에서 듣고 있던 도미노이치는 내심 적잖이 불안했다. "이봐요. 그렇게 풀어주면 어떻게 하려고 그래요? 난 앞이 안 보이는데, 이렇게 힘이고 뭐고 아무것도 없잖아요. 아무리 아가씨라도 있는 힘을 다해 저항하면 난 감당할 수 없다고요. 나가떨어지면 끝이잖아요. 앞뒤 생각도 않고 무슨 짓이냐고요." 초조한 마음으로 황급히 오시마의 옷자락을 잡아끌며 말한다.

오시마는 그 손을 뿌리치고 "뭐예요. 겁쟁이 같으니. 나에게 맡겼으면 잠자코 있어요. 내가 책임을 진다니까."라며 선뜻 오사요의 포박을 풀었다.

아가씨는 살갗에 패인 밧줄 자국이 욱신거리는 것을 참으며 "도미노이치 씨." 하고 불렀다.

맹인은 앞으로 기어나와 "예." 하고 땅에 엎드렸다.

오사요는 옷깃을 바르게 하고 "난 말이에요, 어찌된 셈인지 처음부터 당신 얼굴을 볼 때마다 오싹하고 소름이 돋았어요. 항상 꿈을 꾸면 가위에 눌리고 떠올리기만 해도 몸이 벌벌 떨릴 정도였지요."

도미노이치는 어깨를 움츠리며 몸을 굽혀 "예, 예. 말씀하신 것처럼 저도 필경 그러실 거라 알고는 있습니다."

"그래서 당신 마음을 모르는 것은 아니었지만 도저히 선뜻 마주하고 이야기를 나누기도 싫었어요. 그야 나 같은 사람을 그렇게까지 생각해주다니, 그 마음을 밉다고는 할 수 없지요. 기왕이면 나도 당신을 좋게 생각하려고 얼마나 노력했는지 몰라요. 하지만 사람 마음이 생각대로는 되지 않는 것이지요. 결국 이렇게 되어 당신뿐만 아니라 오시마까지 엄청난 죄인이 되어야 하는군요. 듣자하니 당신도 나중에 죽겠다고요? 아아, 내가 정말 처량해요."

한마디 한마디에 도미노이치는 고개를 끄덕였으나, 결국 참지 못하고 눈물을 흘린다.

"예, 정말 죄송합니다. 아가씨의 그런 마음만으로 만족하고 싶지만 도저히 견딜 수가 없습니다. 고양이라 생각하시든 개라고 생각하시든 상관없습니다. 용서해주세요. 이렇게 되기까지 나도 얼마나 단념하려고 했는지 모릅니다. 그래도 도저히 포기할 수가 없었어요."

흐느껴 울며 몸을 떨더니 "나도, 나 스스로 정나미가 다 떨어졌습니다. 나도 불쌍한 놈입니다. 불쌍하다고요."

오사요는 마치 이를 위로하듯 말했다.

"됐어요. 내 몸만은 당신에게 주겠어요. 저항하지 않을 테니 당신 마음대로 해도 돼요. 하지만 나도 분하고 부끄러워 두 번 다시 다른 사람과 얼굴을 마주할 수 없을 테지요. 나도 죽기로 각오했어요." 하고 슬프게 위를 올려다본다.

오사요의 마음을 짐작건대 그 고통이 얼마나 클 것인가. 달아나면 쫓아올 테고 내달리면 붙잡힐 터이니 지금 이렇게 자기 몸을 내놓고 스스로 올라 희생물이 되겠다고 자처한다. 뜻밖의 태도에 오시마는 후회하지 않을 수 없었다. 그래서 옆에서 끼어들었다.

"아가씨 이제 더 이상 말씀하지 마세요. 도미노이치, 나는 여기에 있을 수 없으니 한 발 먼저 죽으러 가겠어요. 아가씨도 저렇게 말씀하시니 달아나지도 도망가지도 않으실 거예요. 주례사도 필요 없을 테니 혼례는 이걸로 마칩니다." 이렇게 말하고는 두세 걸음 뒤로 물러나더니 벌떡 몸을 일으켜 달려가려는 것을 오사요가 돌아보고 부른다.

"기다려요."

"예." 오시마는 멈춰 섰다.

아가씨는 조용히 "오시마, 당신이 가버리면 안 돼요. 이제 묶여 있지 않으니 당신이 없으면 나는 죽을 때까지 저항할 거예요. 그렇지 않고 도망칠 길이 있는데도 도미노이치에게 몸을 맡긴다면 그건 우리 어머니에게 죄송한 일이라 생각해요."

24

오시마는 어쩔 수 없이 걸음을 돌려 오사요의 뒤쪽으로 다가왔다.
"그럼 아무 데도 가지 않겠습니다. 지금 아가씨가 저항을 해서 도미노이치의 소원이 이루어지지 않으면 약속은 휴지조각이 되니 별수 없지요. 여기 붙어 있다가 도미노이치가 소망을 이루게 하겠어요. 나도 아가씨가 그런 생각이라는 것을 알았으면 이렇게까지 하지는 않았을 거예요. 지금 말해봤자 소용없지만… 자, 도미노이치."
"예." 하고 도미노이치가 일어서려는 것을 오사요가 밀어낸다.
"기다려요. 말해두고 싶은 게 있어요. 오시마." 하고 돌아보았다.
오시마는 그 등을 쓰다듬으며 "예, 무슨 말씀이든 들어드리지요. 그리고 제가 할 수 있는 일이라면 그걸 해내기 전까지는 죽지 않겠어요."
"그럼 말하지요. 들어주세요." 이렇게 말하면서 창백한 두 뺨에 약간 홍조를 띤다. "지금까지 아무에게도 말한 적이 없는데, 부끄럽지만 제가 마음속으로 사모하는 분이 있어요."
오시마는 바짝 다가왔다.
장님은 얼굴색이 싹 변했다.
아가씨는 마음을 굳힌 죄인이 부처님에게 참회를 하듯 전혀 주저하는 기색이 없다. "나도 곧 여기서 목숨을 끊을 테니 지금 말하지 않으면 영원히 그 분은 모르실 거예요. 내 평생에 이런 애처로운 일도 다 있었노라고 오시마, 당신 입으로 전해주세요." 이렇게 말하더니 잠시 숨을 삼켰다.

오시마는 이에 깊이 마음이 움직이는 바 있었다. "어머나, 그렇다면 당연히 들어드려야 하고 말고요. 사실 저도 누군가를 목숨을 걸만큼 연정을 품었답니다. 그런데 그 사람이 딱 잘라 거부했지요. 맞아요. 그래서 저도 이 세상이 싫어지고 살아갈 이유도 없어 낙담하던 차에 도미노이치가 아가씨의 일을 나에게 부탁한 거랍니다.

아아, 역시 나와 같은 처지로구나. 누군가를 사랑하는데 그 마음이 이루어질 수 없는 안타까움이 어떠한가. 동병상련이라고 어차피 나도 죽고 싶은 몸이고, 이 넓은 세상에 도미노이치가 아가씨를 연모하는 마음과 내가 그 사람을 연모하는 마음만큼 커다란 것이 또 있을까 싶었답니다. 내 사랑을 이루지 못하는 대신 최소한 같은 처지에 놓인 사람이라도 그 바람을 이루었으면 하고 생각했던 거예요.

도미노이치, 알았어요? 당신에게 은혜를 입은 것도 아니었고 돈이 얽힌 것도 아니었는데 이런 악당 같은 짓을 자처한 이유를 밝히자면 이래요.

그런데 아가씨도… 똑같은 신세였군요. 지금 이야기를 들으니 아가씨도 우리와 똑같이 누군가를 연모하고 계셨군요. 그 심정 짐작합니다.

알게 된 이상 양심에 걸려 아가씨를 구해드리고 싶지만, 그렇게 되면 도미노이치에게 면목이 없게 됩니다. 도미노이치가 아가씨를 단념하지 않는 한 아무도 풀어드릴 수는 없네요. 아가씨도 알고 계신 것처럼 그게 사랑에 대한 집착이니 어지간해서는 단념할 수 있는 것이 아닙니다. 하늘과 땅이 뒤집히기 전에는 어차피 무리일 테니 아가씨도 각오는 하세요.

그런데 아가씨가 연모하고 계신 분은 어디 사는 누구인가요? 아가씨 같은 분이 사모하는데 여태껏 내버려두고 그렇게 마음고생을 시키다니… 그 사람도 죄를 지은 셈이군요. 원망스럽네요. 말씀하세요. 내가 잘 들어두었다가 그 남자의 멱살을 잡고 실컷 괴롭힌 다음에 평생 홀아비로 살게 하면서 아가씨 무덤에 꽃을 바치도록 하겠어요.

만약 내 말을 듣지 않으면 나도 어차피 죽을 테니 그 남자를 죽여서 저승에 끌고 가 아가씨 앞에 대령할게요. 자, 아가씨, 누구인지 말씀해보세요."

남의 일처럼 여겨지지 않았기에 오시마는 열을 올리며 주먹까지 쥐었다.

오시마의 기세에 오사요는 생사의 기로에서도 처량한 미소를 띠었다.

"말도 안 되는 이야기를 하는군요. 그런 짓을 하려고 해도 불가능하겠지만, 그렇게 자기 일처럼 생각해주니 나도 기뻐요. 당신은 모르겠지만 그 분은 바로 후타가미라는 분이에요."

"예?"

"후타가미 슈잔이라는 화가라고요."

오시마는 이 말을 듣자마자 비틀거렸다. 어찌된 영문인지 점점 창백해졌다. 산 사람으로는 보이지 않을 만큼.

25

오사요가 마지막으로 털어놓은 연인의 이름이 후타가미 슈잔임을 들은 후, 오시마는 아연실색하여 아무 말이 없었다. 옴짝달싹도 않고 가슴에 손끝을 댄 채 한동안 어지럽게 만감이 교차하는 아픔을 억누르고 있다.

그러다 무슨 생각을 했는지 결연히 아가씨를 향해 말했다. "아가씨의 지금 말씀을 듣고 생각한 바가 있으니 진정하시고 잠시만 더 여기서 참고 계세요. 무슨 일이 일어나도 놀라시면 안 됩니다. 소란을 피우셔도 안 됩니다. 아시겠지요?" 무언가 사정이 있어 보인다.

아가씨는 주눅 들지 않고, "알았어요. 어차피 나도 살 수 없으리라고 각오한 거니까. 아무데도 가거나 하지 않겠어요."

오시마의 허리띠 아래에 매는 끈을 손으로 더듬어 단단히 조이고 오사요의 앞에 서서 도미노이치를 가로막았다.

"도미노이치, 당돌한 부탁인 줄은 알지만 제발 아가씨를 단념해주지 않겠어요?"

너무도 뜻밖의 말에 도미노이치는 자기 귀를 의심했다.

"예? 뭐라고요? 오시마 씨."

"아가씨를, 오사요 아가씨를 제발 단념해 달라는 말이에요."

분명 잘못 들은 것이 아님을 스스로 확인한 도미노이치는 기가 차다는 표정이다.

"오시마 씨, 이제 와서 그게 무슨, 무슨 말을 하는 겁니까?"

"그래요. 이제 와서 하는 말이니 내가 이렇게 부탁하잖아요. 제발 내가 이렇게 부탁할게요. 남에게 부탁은 많이 받았어도 내가 이렇게 부탁한 적은 처음이에요. 이렇게 엎드려서 부탁해요. 제발 내가 하는 말을 들어줘요. 제발 이렇게 빌어요."

도미노이치는 단호히 고개를 흔든다. "싫소이다."

"아이 참, 그야 싫을 것이라는 건 알고 있어요. 실은 아까 당신에게 말한 대로, 애당초 내가 당신의 가당찮은 부탁을 수락한 까닭 말이에요. 후우, 이제 이렇게 된 바에 다 털어놓도록 하지요.

내가 슈잔이라는 화가를 사모했답니다. 알겠어요? 그래서 마음고생도 많이 했지요. 그런데 그 화가가 말하기를 '난 따로 연모하는 여인이 있는데, 그 여인을 단념할 수 없어서 당신을 아내로 맞을 수가 없다'는 이유로 나를 거절했다고요. 그런데 그 여인이 누구인가 하면, 바로 다름 아닌 오사요 아가씨였던 거예요.

나도 너무 분했지요. 이렇게 말하면 에도江戶[25] 토박이의 명예에 흠이 나겠지만 사랑의 길에 푸념은 따르기 마련이니… '아, 질투가 나는구나!' 이렇게 생각하던 차에 마침 도미노이치가 그런 부탁을 한 거예요. 차라리 일을 저질러버리고 나도 죽으려고 될 대로 되라는 심정으로 여기까지 온 거지요. 그런데 지금 아가씨의 유언을 들으니 역시 나와 마찬가지로 그 화가에게 연정을 품고 있었던 거예요.

특별히 다른 사람들처럼 갑자기 선한 마음이 일었다거나 한 건

---

25) 지금의 도쿄(東京)를 가리키는 옛 지명.

아니지만 왠지 아가씨가 너무 불쌍해졌어요. 도미노이치, 당신도 생각해 봐요.

나처럼 드센 성격이면 이쪽에서 밀어붙여, 반한 남자에게 말도 걸고, 남에게 이야기해서 자랑도 늘어놓고, 뭐 시시한 일에도 마구 기뻐하기도 하지요.

당신도 아가씨가 싫어하는 줄 알면서도 뻔뻔하게 아가씨를 붙들고 고양이가 되고 싶다고 말한 적도 있잖아요. 나만 해도 당신이 아가씨에 대해 이야기하는 것을 그러냐고 맞장구를 치며 들어주었지요.

그에 비하면 아가씨는 너무 가여워요. 가슴이 터질 듯 연모해도 신분도 신분인데다 내성적이고 얌전하니 남에게 말도 못했겠지요. 아마 남자에게 말을 걸어본 적도 없을 거예요. 그런 고통도 모자라 아침부터 밤까지 그리고 꿈에서까지 도미노이치 당신에게 계속 시달렸지요. 그러니 이렇게 야윌 수밖에요.

도미노이치, 벼룩에게 물린 적도 없는 이 가련한 몸으로 오늘 같은 이런 일을 당하면 목숨도 끊어지지 않겠어요?

내 마음과 아가씨 마음을 빗대어 생각하니 견디기 어려운 심정이군요. 만약 아가씨가 다른 남자를 연모했다면 나도 전혀 상관하지 않겠지만 나와 같은 남자를 사모하다니. 그게 얼마나 애절한 마음인지 내가 다 알 수 있거든요.

도미노이치, 당신도 조금은 이해해보라고요." 점점 울먹이는 목소리로 변한다.

26

오시마는 간절한 심정이었다.

"이봐요, 도미노이치. 이렇게 다 털어놓았으니 아가씨는 더 이상 여기 있을 입장이 아니에요. 게다가 당신이 욕을 보이려 하니 하느님도 너무 심하다고 여기신 것인지 자비심으로 나에게 이런 말을 하게끔 시킨 거라고요.

도미노이치, 당신도 내가 약속을 어겼다고 생각한다면 용서하기 어렵겠지만 부처님과 신들의 명령이라 생각하고 참아 줘요. 도미노이치, 부탁이에요. 제발, 제발."

눈물이 그렁그렁한 눈을 닦으며 쳐다보니 도미노이치는 저쪽을 향한 채 말을 들으려고도 하지 않고 딴전을 부리고 있다.

오시마는 그의 어깨에 손을 올리고 "이봐요. 그럴 일이 아니에요. 당신은 눈이 멀었고 힘도 없으니 이대로 내가 아가씨 손을 잡고 도망쳐 버리면 그걸로 끝이잖아요. 아주 손쉬운 일이긴 하지만 일단 약속했던 일이니 그렇게 할 면목이 없어서 자세히 다 설명하고 부탁하는 거예요. 제발 용서해요. 부탁이라니까요. 절이라도 할게요. 이렇게 빌잖아요." 진심을 담은 그 목소리는 떨렸다.

도미노이치는 냉랭하게 저쪽 가지에 걸린 밧줄을 손가락으로 가리키며 머리를 좌우로 흔든다.

오시마는 자기 가슴을 치며 "아아, 당연히 그런 마음이겠지요. 하지만 더 이상 얄궂게 굴지 말아요."

도미노이치는 여전히 냉랭히 "그런 말 들을 생각 없습니다."라며 도저히 말을 붙일 여지를 주지 않는다.

오시마는 정색을 하고 곰곰 생각을 하더니 "무리도 아니겠지요. 당신 마음은 잘 아니까 무리라고는 생각하지는 않아요. 하지만 아가씨가 너무 가여워서 당신에게 내어줄 수가 없어요. 이봐요, 도미노이치. 나중에 천천히 이야기를 들어줄 테니 오늘밤 일은 이걸로 그냥 접어줘요."

도미노이치는 펄펄 뛰며 "무슨 말을 해도 안 됩니다."

어떻게 해도 마음을 바꿀 방법이 없어 오시마는 이를 악물고 몸을 부르르 떤다.

"아아, 이를 어쩌면 좋지? 어쩌면 좋아. 말도 안 되는 일을 저질렀네그려. 음, 그럼 도미노이치 내가 이렇게 두 손, 손을 모아 빌게요. 부족하겠지만 나를 아내로 삼아줘요. 내가 당신 아내가 되어 평생 성심을 다할게요. 남편으로 모시고 잘 대할 테니 부족하겠지만 그걸로 참아줘요." 도미노이치의 손을 꽉 잡고 맹세하듯 말했다.

자신을 대신 내놓겠다는 의지를 밝히는 오시마는 피를 토하는 심정이었다.

도미노이치는 그 말에도 코웃음 치며 "싫소."라고만 차갑게 내뱉는다.

오시마는 그 실망감에 몸이 달았다. "당신, 정말 너무하는군요. 너무도 몰인정해."

도미노이치는 낮은 목소리로 "그래, 난 몰인정하지."라며 다시 오만하게 냉소했다.

오시마의 얼굴은 창백해졌다.

"그렇다면 내가 이 자리에서 죽어서 당신에게 한 약속을 취소하겠어요. 죽음으로 사죄를 하겠다고요."

여전히 도미노이치는 콧방귀를 끼며 "오시마 씨, 당신이 뭐라고 해도 안 된다고. 난 도저히 단념할 수 없어. 설령 죽더라도 포기하지 않겠어. 이제 아무 말도 하지 마. 듣지 않겠어!"라며 두 손으로 귀를 막았다.

오시마가 할 수 있는 일은 여기에서 끝났다. 온몸의 힘을 목소리에 담아 "도미노이치, 그렇다면 어떻게 해도 내 말을 듣지 않겠다는 거군." 그의 어깨를 꽉 움켜잡았다.

오른손에 든 것은 품속에 있던 면도칼. 도미노이치는 사력을 다해 오시마의 손을 뿌리치고 "에잇! 왜 이래."라며 벌떡 일어서 오사요에게 덤벼들려던 그 순간, 마른 나무처럼 쓰러져 버렸다.

"어머나!" 하며 벌벌 떠는 아가씨를 오시마가 달려와 왼손으로 안는다.

"이제 걱정하지 마세요. 자 이제 빨리 돌아갑시다." 하며 부축하여 일으켰다. 한 발짝, 두 발짝 걸어가는데 그 뒤에서 "너!" 처참하게 울부짖는 목소리에 두 사람은 자기도 모르게 돌아보았다. 그 때 비틀비틀 몸을 일으킨 도미노이치의 가슴팍에서 피가 철철 흘러나오는 것이었다. 서늘한 웃음을 지으며 시뻘건 피에 젖은 면도칼을 종이에 닦고는 품속에 넣고 있는 오시마. 오시마가 그를 찌른 것이었다.

도미노이치는 피 섞인 목소리를 짜내며 "고양이가 될 테니 그런 줄 알아라." 하고 신음하듯 외치더니 땅 위에 털썩 쓰러졌다.

그 때 산 아래쪽에 덜컹덜컹하며 지나가는 인력거가 한 대 있었다. 인력거 채를 툭 내려놓으며 남자가 부른다. "고슌 님."
"그래, 데쓰. 수고했다."며 한 줄기 향내가 퍼지며 옷매무새를 바로잡고 가볍게 땅에 내려서는 여인이 있었다.
"남긴 글을 보고 달려 왔는데 너무 늦은 건 아니겠지?"라며 산쪽을 올려다보았다.
새벽달은 아직 높이 떠 있고 두견새가 한 번 울었다.

27

"누구냐, 누구."
"나에요. 슈잔. 잠깐 열어줘요. 나라고요." 슈잔은 귀에 익은 목소리라 머리맡에 있는 성냥을 그어 둘로 나뉜 램프 심지에 불을 붙였다.
"그냥 열어. 자물쇠를 걸어 두지는 않았으니까."
"아, 그래요?" 두세 번 덜컹덜컹하며 밀어보니 열리기에 오시마는 "도둑을 너무 우습게 보는군요."라며 문지방을 넘어 들어온다. 그리고 뒤를 돌아보더니 "아가씨, 이쪽으로 들어오세요." 한다.

"아니에요, 나는…" 말을 우물거리며 머뭇거리는 여인의 모습이 보였다.

슈잔이 그걸 알아차렸다. "누구 데려온 사람이 있는 거야?"

"네, 잠깐만요." 하고 아무렇지 않은 듯 대답을 하며 "괜찮아요. 들어오세요. 아이 참." 하고 밖으로 나가 끌어당기듯 손을 잡고 데리고 들어온 여인의 얼굴.

오사요는 화공과 얼굴이 딱 마주쳤다. 마음에 품었던 사람과 역시 마음에 품었던 사람. 오사요는 꺼져들고 싶은 모습이었고 화공은 고개를 숙인 채 말이 없다.

오시마는 방안으로 거침없이 들어왔다.

"저기, 슈잔. 자고 있는데 들어와서 미안한데 집을 좀 잠깐 빌릴게요. 별나다고 욕하지 말아요. 아가씨를 억지로 불러내서 나팔꽃을 보러 가자고 이렇게 아침 일찍 나왔어요. 그런데 그러지 말걸 그랬어요. 그만 길에서 나쁜 놈들에게 희롱당하는 바람에 나와 아가씨가 이런 꼴이 되었네요. 간신히 뿌리치고 도망치긴 했지만, 나야 괜찮은데 좋은 집안 아가씨 머리가 이렇게 헝클어졌으니 아무 데도 갈 수가 없잖아요. 이제 점점 동이 터올 테고, 남이 보면 여우한테 홀린 꼴이라 부끄러울 테니 여기에서 머리를 묶어드리려고 데려 온 거랍니다."

슈잔에게 거짓을 말하고 오시마는 거의 멍하니 얼이 빠져 자기가 하는 대로 몸을 맡기고 있는 오사요의 머리를 묶기 시작했다. 머리를 손질하는 태연한 모습이 마치 사람을 죽인 일 따위는 잊은 듯하다.

이렇게 정성과 기술을 다하여 스스로 만족스러울 때까지 많은 시간이 흐른 뒤 마침내 올린 머리를 만들어냈다.

완성된 오사요의 머리 모습을 넋을 잃고 보다가 옆에 있는 슈잔을 훔쳐보고 오시마는 무슨 생각이 들었는지 눈물을 뚝 흘렸다. 그리고는 마음을 고쳐먹으며 안타까운 억지 미소를 지어보였다. 아까 산에서 벗겨져 흐트러진 속치마 바람의 오사요에게 치마를 풀어서 입혀주고, 뒤로 갔다 앞으로 왔다 하면서 옷매무새를 바로잡아 주었다.

그런 다음 슈잔에게 도미노이치에 관한 일, 산에서 있었던 일, 오사요에게 일어난 일, 자기가 한 일, 아까 산에서 벌인 활극 전체를 들려주었다. 슈잔이 입이 떡 벌어질 정도로 아연해하고 또 기막혀하는 동안 빠른 말로 중요한 내용을 짚어가며 순서도 틀리지 않고 이야기했다. 슈잔은 이 기막힌 일에 할 말을 잃고 심란한 표정으로 오시마의 얼굴만 쳐다보고 있을 뿐이었다.

오시마는 전혀 동요하는 기색도 없이 "그래도 나중에 아무에게도 문제가 생기지 않게 해두었으니 전혀 걱정하지 말아요. 아가씨, 잠깐 이것 좀." 하며 한쪽 옆에 있던 거울을 들고 아가씨 손에 건네주었다.

오사요가 별 생각 없이 들어서 보니 머리는 훌륭한 마루마게 모양이 되어 있었다.

"어머나." 하고 오사요가 얼굴을 가리자, 오시마는 흐뭇하게 바라본다.

"시집보내기 아깝네요. 슈잔, 아가씨를 소홀히 대하면 천벌을 받을 거에요. 아가씨, 이걸로 제발 저를 용서해주세요. 슈잔, 아가씨를 많이 아껴주세요. 마음고생으로 저렇게 야위었답니다. 알았지요? 꼭 잘 해주세요."그리고는 대답도 기다리지 않고 품속의 면도칼을 손에 들고 푹 하고 순식간에 목을 찔렀다.

"앗!"하고 놀라는 슈잔과 오사요. 앞뒤 생각지 않고 양옆에서 단단히 끌어안으며 매달리는 두 사람의 손과 손을 오시마가 꼭 잡았다. 두 사람이 손을 꼭 잡게 하고는 양쪽 얼굴을 물끄러미 바라보며 큰 상처에도 불구하고 낭랑한 목소리로 말했다.

"바람을 피우거나 하면 내가 용서치 않겠어요!"이렇게 오시마가 선고한 신혼부부는 중상을 입은 오시마의 옆에서 그 죽어가는 얼굴을 서로 쳐다보며 어찌해야 좋을지 몰라 멍하니 있었다.

그 때 문밖에서 우아한 여인의 목소리가 들렸다. "계십니까?"

28

"처음 뵙겠습니다. 갑자기 찾아와 실례를 범하게 되었습니다. 저는 고슌이라고 하며 오시마의 언니뻘 되는 사람입니다. 신경 쓰실 것은 없습니다. 나중에 천천히 다 말씀드리지요."라며 예의바르게 인사한다.

피를 보고도 놀라지 않는 에도 토박이의 기개, 당황하지 않고 동요하는 기색도 전혀 없이 오시마의 등을 끌어안는다. "오시마, 내가 왔다. 앞이 안 보이니? 나라고."하며 진심이 담긴 고슈의 목소리를 알아듣고 오시마는 희미하게 두 눈을 뜨고 꺼져 들어가듯 고개를 끄덕였다.

고슈은 오시마 귀에 입을 대고 "네가 써놓은 내용을 봤단다. 계획에 미진한 부분이 있는 것 같아서 가능하면 내가 좀 타이르려고 달려갔더니 이미 늦었구나. 산에는 도미노이치 시체만 있었다. 그래서 단번에 여기일 줄 알고는 이리로 와서는 입구에 서서 네가 한 이야기를 빠짐없이 다 들었다. 장소가 바뀌기는 했지만 어쨌든 오시마 네가 아가씨를 잘 구해냈다. 오시마답구나. 좋아, 나머지는 내가 책임지고 두 사람의 인연을 이어주고 행복하게 잘 살도록 만들어 줄 테니 아무 걱정도 하지 말거라. 됐지? 알겠지?"

오시마는 눈도 깜박이지 않고 위를 향한 채 고슈의 팔에 기대어 그 얼굴을 응시한 채로 꽉 쥔 면도칼을 툭 떨어뜨리고 가슴 앞에 손바닥을 모았다. 선혈이 확 뿜어져 나왔다.

고슈은 재빨리 허리 밑의 끈을 꺼내어 오시마의 상처를 매주었다. 그리고 돌아보며 슈잔 무릎에 엎드려 울고 있는 오사요의 등을 한 손을 조용히 어루만졌다.

"아, 참 잘 올려졌군요. 아주 예쁜 마루마게에요. 오시마, 네 인생 최고의 머리다. 정말 기막히게 잘 올렸어. 잘 묶어 올렸다. 홀딱 반할 정도야. 정말 잘 묶었어. 아주 잘했다."

그리고는 슈잔을 향해 말했다. "당신도 오시마의 마음을 잘 헤아려 주세요. 오시마 평생의 성의를 다 담아 묶어 올린 머리랍니다. 앞으로 어떤 일이 있더라도 아가씨가 마루마게를 다시 묶는 일은 생기지 않도록 하셔야 해요. 아시겠지요?"

의젓하게 똑바로 쳐다보는 고슌의 한 마디 한 마디가 가슴에 깊이 와 닿아 슈잔은 오사요의 어깨에 손을 얹으며 아무 말 없이 고개를 숙였다.

고슌은 그 모습을 보고 끄덕이며 "오시마, 이제 여한은 없겠지? 안 그러냐? 여한은 없을 거야." 하고 눈을 감으며 하늘을 올려다보았다. 이를 악물고 눈물을 참으며 의연한 양미간에 힘을 주었다.

그 때 입술을 떨던 오시마는 거의 벌레가 숨을 쉬는 듯한 목소리로 "언니." 하고 불렀는데 실보다도 더 가늘게 들리는 말이었다.

고슌은 마음을 다잡으며 웃는 얼굴을 오시마에게 향하며 "그래, 왜 그러니? 응, 응? 여한이 있다고? 뭐? 슈잔에게 임종을 지켜달라고 하고 싶은 거니? 왜 그리 미련이 남아…"라며 이를 앙 다물었다.

오시마는 아주 힘없이 고개를 저었다.

고슌은 예리한 눈으로 그 마음을 간파하고 "그럼 뭐가 마음에 남아있는 거지? 자, 나에게 말해 봐. 오시마." 자기 여동생에게 애련의 정을 참지 못하는 듯한 모습이다.

오시마의 차가운 왼뺨에 따스한 자기 **뺨**을 대니 귀밑머리가 찰랑찰랑 오시마의 이마를 간질였다. 오시마는 창백해진 입술로 그 머리칼을 힘없이 물고 마지막 희미한 목소리로 "언니, 언니." 부른다.

"그래."

"언니 머리가 망가졌네요. 다시 한 번 묶어 올려드리고 싶지만 아,

답답해요!"

합장한 손은 굳어져 더 이상 움직여지지 않자 기개를 자랑하던 오시마가 마지막 안타까움을 토로한다. 피가 또 다시 확 뿜어져 흘러 이제 맥이 다 빠져 축 처진 모습이었다.

고슌은 더 이상 견디지 못하고 오시마를 와락 끌어안았다. "남, 남 앞이라 간신히 참고 있는데 그, 그런 말을 해서 나를 울리는구나. 오시마, 나는 이제 평생 머리를 올리지 않으련다. 질끈 묶고 살 테니 걱정하지 말려무나."

이렇게 말한 순간 이미 오시마의 몸은 차갑게 식어있었다. 고슌은 마음을 다잡고 "그럼, 이제 일단 집으로 돌아가자꾸나. 오시마, 자 일어서렴." 하고 마치 산 사람에게 말하듯 시체를 끌어안고 일어섰다.

고슌은 "작별인사를 해야 해요. 인사하게 해 주세요."라며 매달리는 오사요와 슈잔을 일부러 밀어내며 "마음만은 잘 받겠습니다. 이제 집으로 돌아가야 하니 다음에 그렇게 하세요. 이제 나에게 맡겨주세요."라고 말하며 문밖의 인력거꾼을 부른다.

"데쓰, 오시마를 태우고 가거라. 그리고 아픈 사람이니 인력거 포장은 내리고 가도록 하거라."

29

 이렇게 온몸이 야윌 정도로 집념을 보이며 오사요를 맴돌며 한없이 오뇌와 불쾌감을 안겨주던 도미노이치는 의협심 강한 오시마 손에 살해되었다. 오시마 또한 모든 갈등과 분규를 양 어깨에 짊어지고 저세상으로 가버렸다.
 고슌도 역시 기개는 대단하나 눈물에 약한 여인이었다. 그러나 이른바 산전수전 다 겪은 데다가 배려 또한 깊은 사람이라 만사를 다 책임지고 두루 손을 썼다. 그래서 오사요와 슈잔이 사랑으로 부부의 연을 맺을 수 있도록 노력해주었다. 어머니와 할머니도 잘 설득하여 이의가 없도록 해 두었으니 이제는 그저 길일을 기다릴 뿐이었다.
 이제 오사요는 마음속 고통에서 벗어나 산뜻한 햇살만을 보면 될 터였다.
 그러나 마음에 걸리는 단 한 가지는 바로 검은 고양이였다.
 행여 홀리기라도 할까 어머니가 걱정할 만큼 총애하던 검은 고양이였는데, 오사요가 갑자기 이를 기피하게 된 것은 산에서 도미노이치가 죽기 직전에 내뱉은 "고양이가 될 테니 그런 줄 알아라." 한없이 원망과 독기 서린 괴상한 이 말을 들은 이후였다.
 도미노이치가 입버릇처럼 고양이가 되고 싶다고 말했던 것은 항상 오사요 무릎에 있는 이 검은 고양이 때문이었다. 집념이 저렇게 깊은 도미노이치가 죽어서 고양이가 되겠다고 예언을 했다. 맹인의 말을 머릿속과 가슴에 각인될 만큼 무섭게 여기며 들은 터라 오사요는 그 말을 끝내 잊을 수 없었다. 그러니 어찌 무릎의 검은 고양이를 볼 때마다 불안하지 않겠는가.

용의주도한 고슌은 아무 말 없이 집을 나선 다음 여염집 아가씨가 하룻밤을 밖에서 보내게 되었으니, 오사요가 힘들어할 것을 생각하여 직접 어머니 집으로 데려다주었다. 그리고 그 자리에서 일의 경위를 다 털어놓고 만사 지장 없이 해결 짓고 돌아갔다.

그 직후에 오사요는 좋다며 옷자락과 소매에 매달리는 검은 고양이를 뿌리쳐 밀어내고 저쪽으로 휙 가버렸다. 아가씨가 이렇게 고양이에 대한 악감정을 노골적으로 보인 것은 이때가 처음이었다.

그 후로 날이 가면 갈수록 검은 고양이와 아가씨 사이는 점점 멀어졌다. 어머니도 아주 의아하게 생각했다. 히데마쓰도 의아해했다.

식사를 하거나 이야기를 나누며 온 가족이 한 방에서 담소를 나누거나 할 때도 고양이가 어슬렁어슬렁 들어올 때가 있었다. 오사요는 "어머나!" 하고는 자리에서 일어서 사람이 없는 곳으로 피해버리는 것이었다. 고양이는 자못 원망스러운 듯이 아가씨가 일어서서 가버린 뒷모습을 보며 커다란 몸을 주체하지 못하듯 꾸물꾸물 쫓아가는 것이었다.

지금까지 같은 그릇에 음식까지 나눠먹던 사이였는데 갑자기 자신을 기피하고 한자리에도 있으려 하지 않는 오사요의 냉담한 태도를 원망한 것일까? 검은 고양이는 어머니나 혹은 오산의 손으로 주는 먹이를 먹지 않고 우유도 마시지 않았다.

결국 고양이는 먹이 한 점, 물 한 방울도 입에 대지 않더니 배가

고프면 산으로 사냥을 하러 가거나 밭에서 먹이를 찾았다. 개구리며 지렁이 같은 보기에도 징그러운 것들을 물고 와서는 도코노마, 객실, 이불 위 할 것 없이 마구 흩뜨리거나 먹다가 헤쳐 놓고는 전혀 거리끼는 기색도 보이지 않았다.

그 행동은 마치 아가씨가 손수 먹이를 주지 않는다는 것에 대한 고의적인 화풀이 같아 보였다. 아무리 축생이라고는 하나 미움을 살 만큼 반항적인 행동을 하니 마침내 우에스기 일가 어느 누구도 이 검은 고양이를 돌봐주지 않게 되었다.

검은 고양이는 점점 혐오스러운 존재가 되었고 누구 하나 말을 걸어주는 사람도 없자 그저 어슬렁어슬렁 집안을 배회하였으며, 사람을 볼 때마다 일종의 음험한 눈빛을 빛내며 마치 경멸이라도 하듯 노려보았다. 쫓아내면 빨리 도망가지도 않고 그 무시무시한 눈초리로 쏘아보며 험악한 눈빛을 하고는 어슬렁어슬렁 걸어 나갔다.

죽이려야 죽일 수도 없고 쫓아내려야 도망치지도 않으니 처치곤란이었다.

어느 날인가 해질녘이 되어 집 안쪽에서 이상한 소리가 나기에 어머니가 달려가서 보았다. 이 검은 고양이가 옷장에서 두세 벌의 옷을 꺼내 물어뜯고, 발톱으로 찢고, 마구 짓밟으며 마음껏 망가뜨리고 있는 것이었다.

30

　검은 고양이가 찢고 있는 옷은 붉은 색 치마와 흰 고소데小袖, 오사요의 결혼식 준비로 최근에 특별히 새로 마련한 산마이가사네三枚重26) 예복이었다. 툇마루에는 때 아닌 단풍이 진 듯 물어뜯은 옷 조각은 마당에까지 떨어져 향기를 퍼뜨렸다. 방 안에는 흰 옷의 소매가 떨어지고 옷자락이 뜯어진 데다가 솜도 길게 다 잡아 뺀 바람에 어질러졌다. 일대가 꽃이 떨어져 어지럽게 흩어진 듯, 눈이 흩날린 듯하다.

　옷에 스며들게 한 난향蘭香이 방 한가득 차서 그윽했다. 상상도 못한 일이라 어머니는 "에구머니나." 하고 놀라 다타미 바닥을 세게 쿵쿵 구르며 쉿! 쉿! 쫓아내려 했다. 하지만 연약한 여자라고 얕본 것일까? 검은 고양이는 그저 머리를 돌려 빤히 노려보기만 할 뿐 딱히 놀란 기색도 없이 자못 나른한 소리로 깔보듯 한 번 울고는 유유히 꼬리를 끌고 조용히 툇마루로 걸어 나갔다.

　사람이 없는 듯 구는 태도에 어머니는 마침 옆에 있던 긴 자를 손에 들고 "이놈!" 하며 두세 걸음 쫓아갔다. 하지만 또 다시 옆얼굴만 슬쩍 보이며 눈을 번쩍 빛내는 검은 고양이의 서슬이 퍼랬다. 게다가 황혼이 지며 사방이 어둑어둑해지니 어머니는 자기도 모르게 소름이 끼쳐 그대로 자리에 못 박은 듯 서 있었다.

　이런 일이 있었음을 듣게 된 오사요는 오금이 저리고 덜덜 떨려서

---
26) 옷을 세 장 겹쳐 입도록 만든 한 벌의 고소데(小袖).

이제는 검은 고양이를 기피한다기보다는 오히려 무서워하는 꼴이 되었다.

특히 가장 조심해야 할 것이 오사요가 측간에 갈 때 마다 꼭 검은 고양이가 따라와서 볼일을 다 볼 때까지 기다리는 일이었다.

요즘에 들어서는 집에서 기르는 고양이 같지도 않아서 먹이를 줘도 먹지 않았다. 그리고 앞에서 이미 말한 것처럼 지렁이며 개구리, 메뚜기에 바퀴벌레까지 여기저기에서 잡아와 허기를 달래는 식이었다. 아침에 집을 나가 낮에 돌아오고 저녁 때 또 나가서는 한밤중에 들어오는 등 시간을 꼭 정한 것도 아니어서 언제 출몰할지 예측불허였다.

하지만 아가씨가 벌벌 떨면서 측간에 갈 때마다 어디선가 꼭 나타나 측간 주변을 기웃거렸다.

그래서 오사요가 용변을 보러 갈 때마다 어머니든 하녀든 동생이든 누군가를 꼭 데리고 다녔다.

그러던 어느 날 밤 소나기가 내린 후였다. 시간은 축시 정도 되었을까? 서늘하기가 마치 가을 날씨 같아 손발이 자꾸 차가워져서 오사요는 평소와 달리 소변이 급해져 참기 어려운 지경이 되었다. 옆을 보니 동생은 깊이 잠들었고 낮에 일하느라 피곤할 것을 생각하니 하녀를 부르기에도 가여운 생각이 들어 억지로 혼자 손촛대를 들고 뒷마루 가장자리에 마당과 면한 측간에 이르렀다.

별이 하나 보이더니 곧 두 개가 보였다. 휘하고 부는 바람소리도 무서워 손으로 측간의 작은 창문을 닫고 몸을 웅크리고 있던 그 때.

검은 고양이黑猫 227

측간 바깥쪽 덤불을 바스락 하고 밟는 소리가 들렸다. 우수수 나뭇잎이 흔들려 잎 끝에 달린 물방울들이 비처럼 떨어졌다.

오사요는 누가 목덜미에 얼음을 집어넣은 듯 소름끼치는 느낌이 들어 이를 딱딱 마주 떨고 있다가 빨리 문을 열려고 손을 갖다 댔다. 그 순간 퍽 하고 뭔가가 문에 부딪치는 굉장한 소리가 났다. "어머!" 하고 몸을 뒤로 빼며 귀를 기울이니 벅벅 발톱을 가는 소리가 들린다.

죽을 것처럼 무서운 마음이 들었지만 경망스럽게 소리를 질러 사람을 부를 수도 없는 노릇이라 가슴을 졸이고 무릎을 모은 채로 돌처럼 몸을 웅크렸다. "사라질 거면 제발 사라져 다오." 하며 빌고 있었는데, 어느 틈에 움직인 걸까? 발소리가 처음 들린 덤불 근처에서 다시 들리는가 싶더니 툭 하고 창문에 바른 장지를 뚫고 전광석화처럼 뛰어드는 검은 물체가 있었다.

그와 동시에 오사요는 이성을 잃고 측간 문을 밀어 열고 엎어질 듯이 도망쳐 나왔다. 그러면서 치맛바람이 일어 불이 꺼지고 말았고, 어둠 속에는 그저 별이 두 개 보일 뿐이었다.

31

어둠에 발이 묶여 오사요는 몇 걸음 가지도 못하고 마치 끝을 알 수 없는 구멍 속으로 빨려 드는 심정이 들어 정신이 아득해졌다. 갑자기 뭔가가 마치 압박을 하듯 어깨에 천근만근의 무게를 느끼며 마룻바닥에 한쪽 무릎을 턱하고 꿇자, 엄청난 기세로 가슴께에 고양이가 달려드는 것을 느끼고는 한동안 혼비백산했다.

조금 있다가 정신을 차리니 손촛대가 희끗희끗하게 복도를 비추며 다가왔다. 어머니는 뒤에서 끌어안고 앞에는 동생 히데마쓰가 구 촌 길이의 금색 호신도를 쑥 빼어든 채 서 있다.

마루 여기저기에 핏자국이 점점이 붉게 떨어져 있었고 덧문이 한 장 마당으로 쓰러졌다. 그리고 가산假山[27]의 나무숲에서 조용히 추운 밤바람이 불어와 몸은 떨리고 등불은 계속 깜박거렸다.

자기 모습을 문득 내려다보니 허리의 띠는 풀어져 있고, 끔찍한 악몽 같은 상황 속에서 옷이 다 흘러내려 가슴께와 젖무덤도 다 드러나 있어 오사요는 부끄러움에 고개도 들지 못했다. 그대로 잠자리에 들어가 하룻밤을 꼬박 보살핌을 받았다.

다행히 아침이 밝아오니 어느 정도 공포스러운 마음은 엷어졌다. 생각해보니 고양이가 어젯밤처럼 행동한 것도 내가 잘못한 게 있었나 싶어 무서우면서도 한편으로는 의문스러웠다. 검은 고양이를 내가 총애하던 때에는 어떠했던가. 만일 어젯밤 같은 일이 있었다면 오히려 둘도 없는 친구인 나를 지켜주었을 것이다. 고양이를 믿었더라면 한밤중에 나를 보고 반가워 달려든 것이라고 아무렇지 않게 생각하면 될 일이었다.

---

27) 정원에 돌이나 흙 등을 쌓아서 산처럼 만든 곳을 말하며 일본어로는 쓰키야마(築山) 라 한다.

'반항하고 화풀이를 하는 듯한 축생의 거동이 밉기야 하지만, 갑자기 손바닥 뒤집듯 다르게 대한 나의 태도도 잘못이리라. 그런 대접을 받으면 사람인들 어찌 좋은 마음을 가질 수 있겠는가. 하물며 딱한 축생이 아닌가. 옷을 찢고 망가뜨린 것을 탓했지만 그도 생각해 보면 가엾다. 미자하彌子瑕[28])가 총애를 받지 못하게 된 것은 왕이 박정해진 것에 기인하지 않던가. 결국 내 잘못이로구나.' 고양이에 대한 아가씨의 애정은 다시 솟아나는 듯했다.

검은 고양이는 그 이후 어떻게 되었냐고 어머니에게 물었다. 히데마쓰가 누이의 절규를 듣고 평소 용맹한 천성 때문에 손에서 놓지 않던 칼을 그날 밤에도 품에 안고 자고 있다가 손에 들고 달려와 한칼 내리쳤던 것이다. 그리고는 복도에 점점이 핏자국을 남기고 그대로 행방을 감추었다고 한다.

'아, 가여워라. 지금에라도 돌아오너라. 다시 총애해주리라.' 새삼 애써서 감정을 추스르는 오사요의 마음은 안타까웠다.

한편 어머니는 이렇게 검은 고양이가 상처를 입은 이후 전혀 모습을 보이지 않으니 아주 불안한 마음에 고양이가 복수는 하지 않을까 두려워하고 있었다.

히데마쓰 역시 히데마쓰대로 가증스러운 이 검은 고양이를 깨끗이 죽여야 한다고 조바심을 내고 있었다. 어쩌면 구로가 있는 곳을 알지

---

28) 중국 춘추시대에 위(衛)나라 군주의 총애를 받던 소년. 미자하는 임금의 총애를 받을 때에는 자기가 먹던 복숭아를 바쳐 신임을 얻었으나, 총애를 잃은 후에는 그 행동 때문에 처벌되었다.

도 모른다며 근처 동네 사람들에게 사정을 이야기하고 그 소재지를 묻고 다녔다.

하루 이틀은 소식이 없었지만 사흘째 밤이 되어 아무개라는 사람이 전할 소식이 있다며 이야기해 주었다. 고양이는 뒷산 사당 앞의 도미노이치가 살해당한 자리, 시체를 묻은 봉분 위의 밧줄을 걸었던 그 소나무 아래서 어둠 속에 눈을 빛내며 개처럼 웅크리고 앉아있다고 한다. 그러다 지나는 사람을 보면 발톱을 드러내고 등을 곧추세우며 소처럼 으릉거려서 옆에 다가갈 수도 없다는 것이다.

이 무서운 소식은 곧 그날 밤 하녀 오산을 도망가게 만들었다. 오산은 공포를 참지 못하고 한 순간도 더 있을 수가 없었다.

고양이가 도미노이치의 무덤에 있다는 말을 듣고 오사요는 기절할 것 같았다. 살아 있는 검은 고양이와 도미노이치의 원혼 사이에는 뭔가 관계가 있음은 이제 가릴 수 없는 진실이 되었다.

그리고 검은 고양이가 모기장 안에 있는 아가씨를 덮쳐서 도미노이치를 위해 전력을 다한 것은 그로부터 사흘도 지나지 않아서였다.

32

바람도 없고 비도 없고 별도 없었다. 더운 기운이 가슴을 무겁게 내리 눌러 잠들기 어려운 밤이었다.

오사요는 그날 밤에도 평소처럼 히데마쓰와 베개를 나란히 하고 같은 모기장 안에 누워서 사랑스러운 눈과 꽃봉오리 같은 입술로 사이좋게 서로 이야기를 나누었다. 잠시 후에 동생이 먼저 잠들었다. 오사요는 이런저런 생각에 잠들지 못하고 그렇다고 잠이 완전히 깬 것도 아닌 상태로 깜박깜박하고 있었다. 부채질하던 손도 지쳐 잠깐 졸다가 문득 정신을 차리니 땀도 흐르고 더워서 참기가 어려웠는지 어느새 상반신을 내밀어 옷깃을 풀고 흰 어깨와 가슴도 다 드러낸 상태였다. 볼 사람이야 없었지만 스스로 부끄러운 마음에 자기도 모르게 사방을 둘러보았다.

그런데 모기장 밖에 검은 물체가 있었다. 등불이 깜박이는 사이에 웅크리고 앉아 물끄러미 이쪽을 보고 있는 것은 의심할 여지도 없이 검은 고양이었다.

그 순간 검은 고양이는 공처럼 튀어 올라 모기장 끝자락에 바람을 일으키고 그 몸에 모기장을 감은 채로 오사요에게 달려들었다. 이때 재빨리 아가씨가 "앗!" 하며 몸을 피하자 고양이는 다시 제자리로 돌아갈 수밖에 없었다. 빙글빙글 모기장 주위를 돌며 뛰기를 일고여덟 바퀴.

그러는 사이에 등불이 쓰러져 금세 꺼지고 어둠 속에 그저 한 줄기 살벌한 기운만이 고양이의 위치를 알려줄 뿐이었다.

오사요는 악몽인지 현실인지도 모를 심정으로 베개 위에 엎드렸고, 온통 공포에 사로잡혔다. 도움을 청할 기운도 내지 못하고 그저 정해진 운명을 기다릴 뿐이었다. 그 때 히데마쓰가 어깨를 잡으며 이쪽으로 바짝 다가와 오사요의 옷자락에 얼굴을 묻고 힘을 주며 찰싹 붙었다.

'히데마쓰가 아까부터 잠이 깨어 고양이가 덮친 것을 알고 나에게 도와달라는 것이로구나.' 오사요는 마음속으로 이렇게 생각만 할 뿐이었다. 동생 위로 자기 몸을 덮어주며 꽉 끌어 안은 채 숨을 죽였다.

'도미노이치의 집착이나 고양이의 원한이 나에게만 향한 것이 아닐 것이다. 예전에 낚싯대로 도미노이치의 이마에 상처를 낸 것도 히데마쓰이고, 일전에 단도로 검은 고양이를 찌른 것도 히데마쓰였다. 모두 누이를 위하는 동생의 상냥한 마음에서 나온 것이니 나를 죽이려거든 죽여라. 동생만은 살리고 싶구나.' 마음속으로 부처의 이름을 외며 빌었다.

고양이는 점점 사납게 날뛰며 한 번, 또 한 번. 점점 더 격하게 모기장을 겨냥하고 달려든다. 적을 막아주는 것은 한 겹의 모기장. 날카로운 발톱, 독이 묻은 이빨은 점점 다가와 모기장을 사이에 두고 아가씨의 검은 머리를 마구 쥐어뜯기에 이르렀다. 얼이 빠진 상태로 히데마쓰를 있는 힘껏 꼭 끌어안고 가느다란 목소리로 불렀다.

"히데마쓰."

"누나."

이렇게 한 마디만을 나눈 채 모기장 안은 조용해졌다. 고양이는 마지막으로 한 번 뛰어오르며 무시무시한 소리로 으릉거렸다. 그와 동시에 모기장 매단 끈이 하나 끊어지며 머리 위로 덮이고 두 사람은 그물에 잡힌 생선 꼴이 되었다. 도망칠 길 없는 희생물을 향해 전광석

화가 휙 지나는 그 순간.

별처럼 빛나는 눈동자를 알아보고 "앗!" 하는 오사요의 절규에 이어 우렁찬 고함이 날카롭게 일었다. "이놈! 받아라!" 히데마쓰가 모기장 안에서 뛰쳐나왔고 무엇인지는 모르지만 방안에 내팽개쳐지는 굉장한 소리가 났다.

히데마쓰는 "어머니, 어머니, 어머니!" 아주 큰 목소리로 어머니를 불렀다.

그리고 등불이 보이며 어머니, 할머니가 와서 칼에 찔린 검은 고양이와 칼로 찌른 히데마쓰를 발견했다. 용맹한 소년은 고양이를 무서워했던 것이 아니라 사실 누이의 소매 밑에서 기회가 오기를 기다리고 있었던 것이었다.

악마의 사자는 죽고 말았다.

이제는 그 무엇도 슈잔과 오사요 두 사람의 사랑을 훼방할 것은 없으리라.

하지만 그래도 모르는 일이다.

세상의 보통 사람들이 하듯 한 이불을 덮는 결혼을 그들은 했을지, 아니면 못 했을지.

1895년 7월

해설

교카가 빚어낸 정념情念의 세계

1. 문호文豪 이즈미 교카泉鏡花

-교카의 성장과 환경

이즈미 교카의 특별한 문학적 개성을 낳은 요인으로는 우선 가나자와金沢라는 출신지의 환경 및 부모로부터 물려받은 예술가적 기질과 분위기가 거론된다. 깊은 숲과 강으로 둘러싸인 자연은 교카 문학의 미와 환상의 배경이 되었다. 또한 근대 일본의 많은 작가들이 지식인적 환경 속에서 성장했음에 비해 교카의 유년 시절을 둘러싼 환경은 오히려 비지식적이고 전근대적이었다 할 수 있다. 우수한 금속 세공가였던 아버지, 유명한 노能 가계 출신이었던 어머니를 둔 교카는 특별한 예술의식을 형성할 수 있었던 것으로 보인다.

어릴 적부터 그의 어머니가 에도江戸 시대의 구사조시草双紙, 즉 그림책 등을 보며 많은 이야기를 들려주었으며, 전설이나 구승되는 이야기도 많이 들었다는 교카 자신의 기록이 있다. 이 경험으로 에도 문학에 친숙해질 수 있었고 동시에 어머니에 대한 유년 시절의 애틋

〈교카 서른 즈음의 사진〉

한 기억을 간직하게 된다. 누구와도 바꿀 수 없었던 어머니가 스물아홉의 젊은 나이에 여동생을 출산한 후 사망한 사건은 섬세하고 예민한 감수성을 지닌 9세의 교카에게 깊은 상처를 주었다. 이후 어머니를 그리는 감정은 교카 작품의 주요한 테마 중 하나가 된다.

-천재작가의 출발

교카가 작가로서 출발하게 된 것은 메이지明治 초기의 문학 결사인 겐유샤硯友社의 일원으로서였다. 겐유샤는 1885년 발족하여 이후 문단에 큰 영향력을 미치던 일파였는데, 정치적 색채를 배제하고 오락소설을 목표했던 오자키 고요尾崎紅葉를 수장으로 문단의 중심이 되어 갔다.

개량주의에 대한 반발로 복고적인 측면, 즉 고전회귀의 방향성을 취하였으며, 공리주의에 대한 반발로 문학은 오락이라는 통속성을 추구했다. 문학의 순수성을 중시하는 지식인들의 등장으로 인하여 문학의 가치는 자연히 향상되었다.

교카는 그 영향 하에서 고요가 이끄는 겐유샤의 문학적 혈맥을 이으면서도, 한편으로는 현실 모순에 대한 강한 비판을 내포하는 관념소설観念小説, 즉 ≪야행순사夜行巡査≫와 ≪외과실外科室≫로 두각을 나타내게 되었다. 의무와 직무, 그리고 윤리와 같은 관념 때문에 죽음과 파멸에 이르는 주인공을 묘사한 문제작으로, 당시 일본은 이 새로운 천재 작가의 등장을 주목하게 된다.

〈교카가 작품 집필하던 방〉

−천변만화하는 문학세계

교카의 관심은 초기의 관념소설에 머물지 않고 아름다운 여인, 어머니를 여읜 소년, 마계, 요괴 등이 등장하는 환상소설로 옮겨 갔다. ≪둔갑 은행化銀杏≫, ≪데리하 교겐照葉狂言≫ 등이 그러한 예로, 이 작품들을 통하여 교카 특유의 낭만적 작풍이 나타나게 된다. 인간 내부의 몽상과 동경을 신비하게 그려낸 ≪고야 히지리高野聖≫, 일상에서 괴이한 꿈을 보게 되는 ≪봄 낮春晝≫과 같은 걸작을 집필하며 그의 몽환적이고 유미적인 세계를 창출해 냈다. 자연주의 문학이 일파만파 확대되어 가는 와중에 교카의 존재는 화려한 방류로서 이채로운 빛을 발했다. 또한 ≪다쓰미 항담辰巳巷談≫, ≪여인계도婦系図≫와 같이 항간의 관습과 인정을 다룬 풍속소설 느낌의 가작들을 발표하기도 했다.

교카는 에도 문예의 흐름을 잇는 양식적 언어와 미의식을 흡수하면서도 그에 매몰되거나 속박되지 않으려는 긴장감을 유지했다. 동시에 작가 내부의 갈망과 몽상을 표현하고자 노력했는데, 그 결과 탄생한 ≪우타안돈歌行燈≫과 같은 원숙한 명작은 교카만의 고유한 미적 공간을 제시하게 되었다.

이 외에도 스케일이 큰 장편소설과 이계의 존재들을 그린 ≪야차연못夜叉ヶ池≫, ≪덴슈 이야기天守物語≫와 같은 희곡에 이르기까지 300여 편의 읽을거리를 세상에 내놓았다. 일본 고전문학으로부터의 전통을 충분히 받아들이고 소화한 교카였기에 오히려 일본 근대문학에서도 독자적인 미와 환상을 훌륭히 연출해낼 수 있었으며, 그의 독특하면서도 다양한 문학세계가 형성될 수 있었던 것이다.

2. 작품해설

이 책에 실린 세 편의 소설은 신인으로서의 교카가 문단의 주목을 끌기 시작할 무렵에 쓰였다. 천재로 일컬어진 작가의 초기작으로, 그만큼 창작의 방법을 모색하고자 하는 노력과 의욕이 엿보이는 작품들이다.

―살아 있는 인형活人形 1893년 작

청일전쟁 당시의 신문 잡지는 소설을 운운할 상황이 아니라 상당한 대가에 이르기까지 발표의 장을 잃고 이른바 생계가 어려운 지경이었다. 당시의 대표적 문예출판사였던 슌요도春陽堂는 탐정소설을 주로 발표하여, 생활에 곤궁한 작가들을 구하고 한편으로는 목마른 독자의 갈증을 해소하는 역할을 수행했다. 교카의 탐정소설 ≪살아 있는 인형≫은 이러한 맥락에서 성립되었으며, 초기의 교카가 탐정소설적 취향의 작품을 난발한 것이 이러한 시대적 요청이기도 했음을 알 수 있다. 이 작품은 슌요도의「탐정문고」에 실린 작품이다. 아직 탐정 소설의 기법이 발달하지 않았던 탓인지 교카의 조금은 친절하고, 조금은 구구한 장면 설명이 곳곳에 배치되어 있다.

여기에서 눈여겨 볼 특징은 탐정이라는 매력 있는 외국 직업의 수입輸入, 나이프나 램프와 같은 외래어의 사용에도 불구하고, 에도 시대의 가부키歌舞伎를 보는 듯한 장치가 곳곳에 마련되어 있다는 점이다. 유명한 가부키의 등장인물이 나오는 것은 물론이고, 가부키의 무대연출 기법이 등장인물의 행동묘사에 그대로 사용되기도 한다. 또한 등장인물의 피부색에 대한 묘사를 보면, 탐정 다이스케는 얼굴이 희고 잘생긴 젊은 남성이라 묘사되며, 악당 도쿠조는 중년이 지난 나이에 낯빛이 거무스름하다고 그려지고 있다. 피부색만으로 선악의 역할을 시각적으로 알 수 있는 가부키의 인물구도를 그대로 도입하고 있음을 알 수 있다. 탐정물이라고는 하지만 사랑하는 남자와 도망치고 싶다는 인정人情과 어머니로부터 물려받은 집을 악인의 손으로부터 지켜야 한다는 의리義理에서 결국 의리를 택한 시즈에가 겪는 고통의 과정을 가부키 무대에서 벌어지는 활극처럼 눈으로 그리며 읽어가도록 의도하고 있다.

그리고 근대화와 더불어 관광지로 변모한 가마쿠라鎌倉를 배경으로 하여 요괴가 사는 집이라든가, 여관 주인장 도쿠에몬과 그를 따르는 골계적인 인물을 등장시켜, 일본의 전통적 요괴 퇴치의 화형話型을 계승하여 더욱 입체감 있게 살아 움직이도록 한다.

또한 시즈에 자매가 인형을 붙들고 죽은 어머니에게 살려달라고 하소연하는 장면에서, 교카 문학의 원천이라고도 볼 수 있는 어머니에 대해 무한한 애정과 그리움을 투영시킬 수 있다. 그리고 그녀를 지켜보던 탐정 다이스케가 눈물을 흘리는 장면에서는 스무 살 교카의 애절한 감정이입이 엿보이기도 한다.

-야행순사夜行巡査 1895년 작

작가가 시대상, 사회 속에서 촉발된 관념을 그 작품 속에서 명백히 드러내는 소설을 관념소설이라 한다. 일본 근대문학사상에서는 주로 청일전쟁 후인 1895년경 유행한 일군의 소설을 가리킨다. 그리고 그 중 단연 주목을 끄는 것이 바로 교카의 ≪야행순사≫다. 주로 당시의 모순을 드러내기 시작한 메이지 자본주의 사회의 현실을 바라본 작가가 그 문제점을 지적하고, 독자에게 강하게 호소하고자 의도한 것이었다. 관념소설에서는 주로 관념이나 집착에 사로잡혀 파멸해가는 인간을 묘사하는데, 이 작품에서는 현실에서 움직이는 국가기구 속의 인간, 즉 순사 핫타가 당돌한 죽음을 선택한다.

그가 선하냐 악하냐의 판단은 어렵다. 인력거꾼과 길거리에 아이를 안고 누운 여인을 대하는 피도 눈물도 없는 태도는 비난받아 마땅하지만, 한 치의 오차도 허용하지 않는 직무에 대한 태도, 그리고 죽이고 싶은 사람을 구하고자 순직해야 하는 그 모순 앞에 결국 일초의 미련도 없이 몸을 던지는 인물이기 때문이다.

그것은 ≪살아 있는 인형≫에서 시즈에가 고통을 당할 것을 뻔히 알면서도 집을 떠나지 못하는 의리, 눈앞의 시즈에가 학살당하려는 장면을 지켜보면서 공무公務를 위해 눈물을 머금는 다이스케의 의리와도 통하는 것이다. 사회적으로 지켜야 하는, 혹은 기대되는 의리를 위해 인정을 희생하고 나아가 목숨도 초개같이 버리는 핫타의 모습에서 메이지의 관념의 허상을 엿볼 수 있다.

인물이 그림처럼 선명한 윤곽을 획득하기 위해서는 움직이는 시간에 따라 전개되는 이야기가 죽음이라는 사건에 의해 중단되어야 한다. 그런 죽음의 선택이 교카의 이른바 관념소설에 독특한 경질의 윤곽과 현실이 아닌 듯한 색채감을 주고 있다.

-검은 고양이黑猫 1895년 작

교카의 소설에는 초자연의 괴이怪異가 묘사되는 경우가 많은데 그런 면에서 검은 고양이는 고양이의 괴이를 그려낸 교카의 초기작이라 할 수 있다.

공포스러운 분위기, 괴기스러움, 시신을 지키는 검은 고양이라는 공통된 설정이 일부 있는 것으로 보아 이즈미 교카도 반세기 정도 이전에 쓰인 에드거 앨런 포(Edgar Allan Poe, 1809~1849년)의 ≪검은 고양이The Black Cat≫(1843년) 영향을 받았을 가능성이 있다. 그런데도 교카의 ≪검은 고양이≫는 지극히 전통적인 분위기로 연출되어 일본의 냄새가 짙게 묻어나고 있다. 교카의 ≪검은 고양이≫는 일종의 정념으로 인한 복수극인데, 아가씨의 애정을 받지 못하게 된 원한의 상징으로 고양이가 등장한다.

원래 일본에는 중세 때부터 네코마타猫又 등 고양이 요괴 전설이 있었는데, 이러한 정념과 원한의 고양이(잡티 하나 없는 검은 털색으로 더욱 강렬해지는)를 교카의 취향으로 창작해낸 이야기라 할 수 있다. 이 소설에는 짝사랑하는 오사요가 고양이를 아끼고 사랑하기 때문에 고양이가 되고 싶다는 강한 열망을 품은 맹인 도미노이치가 등장한다. 맹인이라 모습을 볼 수 없음에도 불구하고 도미노이치는 오사요의 미모에 엄청난 동경을 느끼며 심각한 집착을 품게 되고, 결국 문제를 일으킨다. 고양이라는 매개에 의해 금단禁斷의 사랑에 빠지게 되는 도미노이치의 모습은 사실 천 년 전에 지어진 일본의 고전 ≪겐지 이야기源氏物語≫로 거슬러 올라간다. 주인공 겐지에게는 천황의 딸이 정실부인으로 시집을 오는데, 그 여인에게 가시와기라는 남자가 허락되지 못할 사랑을 품게 된다. 그 때 가시와기가 주체할 수 없는 사랑을 가탁하는 대상이 바로 그녀의 고양이다.

한편 민속학적으로도 중요한 의미를 지니는 다리와 산속이라는 경계의 영역이 설정되어 있다. 집 앞의 다리를 건넌 오사요에게 도미노이치의 마수가 뻗치고, 악마가 활개 치는 시간, 오사요는 산중에서 절체절명의 위기를 맞는다.

그리고 단단히 둘러쳐진 숙명에서 어색하게 살아남아 평생 검은 고양이의 원한에 얽매일 것 같은 화가 후타가미 슈잔 같은 인간도 있다. 이야기의 마무리에서 보이듯 그들을 사랑했던 사람들의 피비린내 나는 죽음을 함께 하고 오사요와 결혼해서 행복하게 살 수 있었을지는 알 수 없는 노릇이다.

≪검은 고양이≫는 1895년 5월부터 7월까지 「북국신문北國新聞」에 게재되었던 작품인데, 내용 일부의 원문이 남아 있지 않아서, 도미노이치가 오시마에게 자신의 사랑을 하소연하는 장면을 볼 수 없다는 점이 아쉽다.

장르와 구도와 문체가 모두 다른 세 작품이지만, 세 작품 속 인물들의 어긋난 사랑과 빗나간 운명의 화살은 읽는 이의 마음을 자극한다. ≪살아 있는 인형≫의 시즈에와 ≪야행순사≫의 오코, ≪검은 고양이≫의 오사요에게는 아름답고 연약하지만 일촉즉발의 상황에서는 굽히지 않는 고집과 절개를 내세우는 공통된 패턴이 나타난다. 또한 ≪살아 있는 인형≫의 도쿠조, ≪야행순사≫의 큰아버지, ≪검은 고양이≫의 도미노이치는 이루지 못할 사랑에 대해 정도의 차이는 있을지언정 비뚤어진 욕망과 집념을 보이며 결국은 이야기 내부의 세계를 파괴하고 스스로도 파멸해간다.

그러한 정념과 기괴함, 메이지 시대의 교카가 펼치는 판타지는 에도 시대의 인정과 의리로 점철된 문학과 과거로부터 내려오던 괴기담의 전승, 극의 세계로 통하는 토포스로 읽어내야 한층 그 깊이와 넓이가 확대될 수 있을 것이다. 또한 문학평론가 이토 세이伊藤整가 이미 이야기했듯, 교카의 소설은 설정이나 맥락을 확인하며 읽기 보다는 가부키나 분라쿠文楽(인형극)처럼 그 장면 하나하나를 즐겨야 더욱 생생해진다.

    천재작가, 문호라 일컬어지던 이즈미 교카가 이십 대 초기에 쓴 이 작품들에 다양한 소재와 구도를 시도한 도전정신, 그리고 백 년도 훨씬 넘는 시간이 더해지니 새삼 놀랍다. 고난의 시기를 어떻게든 극복하고 작가로서 살아가고자 전전긍긍한 청년 문학자가 구축한 정념의 세계에서, 끝을 알 수 없는 가능성을 엿볼 수 있다.

이즈미 교카泉鏡花 연보

1873년(明治 6)

이시카와 현石川県 가나자와 시金沢市 시타신마치下新町에서 이즈미泉 가문의 2남 2녀 중 장남으로 출생. 본명은 교타로鏡太郎.

1880년 — 7세(明治 13)

소학교 입학. 학교 성적은 우수하였으나 근시가 심하여 칠판의 글씨를 읽기 어려웠다고 함. 어머니로부터 그림책의 이야기를 듣거나 이웃 여인들에게서 구비, 전설 이야기를 많이 접함.

1882년 — 9세(明治 15)

막내 여동생 출산 후 어머니가 산욕열로 사망. 어린 나이에 29세의 젊은 어머니와 사별한 기억은 교카 문학의 원천이 됨.

1884년 — 11세(明治 17)

가나자와 고등소학교 입학. 후에 교회 소속의 미국인 교장이 운영하는 호쿠리쿠에이와北陸英和 소학교로 전학. 학교 도서실에서 번역 작품들을 애독함.

1889년 — 16세(明治 22)

오자키 고요尾崎紅葉의 작품을 읽고 감격. 대여점에서 많은 소설을 빌려 탐독.

1890년 — 17세(明治 23)

작가 지망의 뜻을 굳히고 소설 등을 시작試作. 고요를 동경하여 상경하나 문하생이 될 기회는 얻지 못함.

1891년 — 18세(明治 24)

어려운 생활로 전전하다 겨우 기회를 얻어 고요의 집을 방문하게 됨. 소설에 대한 창작열을 인정받아 고요의 문간방으로 들어가게 됨.

1892년 — 19세(明治 25)

활자화된 처녀작 《간무리야자에몬冠彌左衞門》 발표. 처음으로 교카라는 필명을 사용. 가나자와 시의 대화재로 집이 소실되어 귀향. 다시 상경.

1893년 — 20세(明治 26)

《살아 있는 인형活人形》,《금시계金時計》 등 발표. 각기병을 앓아 요양을 위해 귀향. 고요의 도움으로 다시 상경.

1894년 — 21세(明治 27)

부친의 사망으로 귀향. 생활이 궁핍하여 자살까지 생각. 《예비병予備兵》,《의혈협혈義血俠血》 등을 발표. 다시 상경.

1895년 — 22세(明治 28)

《귀머거리의 일심聾の一心》,《야행순사夜行巡査》,《검은 고양이黑猫》,《외과실外科室》 등 발표. 문단에서 인정받는 신진작가가 됨.

1896년 — 23세(明治 29)

《비파전琵琶伝》,《둔갑 은행化銀杏》 발표.《데리하 교겐照葉狂言》을 「요미우리 신문読売新聞」에 게재.

1897년 — 24세(明治 30)

최초의 구어체소설 《괴물새化鳥》,《거미さゝ蟹》,《청심암清心庵》,《일곱 그루 벚나무七本桜》 등 발표.

1898년 — 25세(明治 31)

게이샤인 시즈카静를 모델로 한 《다쓰미 항담辰巳巷談》과 《앵화경鶯花徑》,《쓰야 이야기通夜物語》 등 발표.

1899년 — 26세(明治 32)

「겐유샤硯友社」의 신년회에서 후에 아내가 될 게이샤 모모타로桃太郎(본명은 이토 스즈伊藤すず)와 알게 됨.《흑백합黒百合》을 연재하고 《유시마 참배湯島詣》 출판.

1900년 — 27세(明治 33)

출판사 슌요도春陽堂의 정사원이 되어 이후 슌요도의 「신소설新小説」에 기고를 많이 하게 됨.《고야 히지리高野聖》 발표.

1903년 — 30세(明治 36)

스즈와 동거를 시작했으나 고요의 강한 반대로 헤어짐. 고요 사망. 고요의 장례식에서 제자 대표로 조문을 낭독. 이후 스즈와 결혼.

1904년 — 31세(明治 37)

《홍설록紅雪録》,《속홍설록続紅雪録》, 첫 희곡 《진자 대왕深沙大王》 등 발표.

1906년 ─ 33세(明治 39)
　　조모 사망. 《봄 낮春昼》 등 발표.

1907년 ─ 34세(明治 40)
　　《결연縁結び》, 《여인계도婦系図》 등 발표.

1908년 ─ 35세(明治 41)
　　《풀 미궁草迷宮》간행. 평론 〈로맨틱과 자연주의ロマンチックと自然主義〉 발표. 애독자 중심의 환담회인 「교카회鏡花会」를 처음 개최.

1910년 ─ 37세(明治 43)
　　《우타안돈歌行燈》 발표. 슌요도에서 《교카집鏡花集》 전 5권의 간행 시작.

1913년 ─ 40세(大正 2)
　　희곡 《야차 연못夜叉ヶ池》 발표

1914년 ─ 41세(大正 3)
　　《니혼바시日本橋》 간행.

1917년 ─ 44세(大正 6)
　　희곡 《덴슈 이야기天守物語》 발표

1919년 ─ 46세(大正 8)
　　《연고 있는 여인由縁の女》 발표.

1920년 ─ 47세(大正 9)
　　《가쓰시카 스나고葛飾砂子》의 영화화 관련으로 감독을 맡은 다니자키 준이치로谷崎潤一郎와 만남. 아쿠타가와 류노스케芥川龍之介와도 알게 됨.

1924년 — 51세(大正 13)

《눈썹 없는 혼령眉かくしの靈》 발표.

1925년 — 52세(大正 14)

슌요도에서 《교카 전집鏡花全集》 전 15권 간행 시작.

1928년 — 55세(昭和 3)

9엔 99전의 회비에서 유래한 교카 중심의 환담회 「구구구회九九九会」가 처음 이루어짐.

1937년 — 64세(昭和 12)

예술원 회원이 됨. 《엷은 홍매薄紅梅》연재. 《유키야나기雪柳》 발표.

1938년 — 65세(昭和 13)

이 해에 처음으로 발표작이 없음. 건강이 악화됨.

1939년 — 66세(昭和 14)

《루코신소縷紅新草》 발표. 폐종양으로 9월 7일 타계.

▮지은이 - 이즈미 교카(泉鏡花)

1873~1939년. 소설가. 본명은 이즈미 교타로(泉鏡太郞). 이시카와 현(石川縣) 가나자와 시(金沢市) 출생. 호쿠리쿠에이와 학교(北陸英和学校) 중퇴. 상경하여 오자키 고요(尾崎紅葉)의 문하생이 됨. 출세작 《의혈협혈(義血俠血)》(1894년)을 비롯하여 관념소설(観念小説)이라 일컬어지는 《야행순사(夜行巡査)》, 《외과실(外科室)》(1895년)로 신진작가로서 인정받음. 이후 《데리하 교겐(照葉狂言)》(1986년), 《고야히지리(高野聖)》(1900년) 등을 발표하며 낭만주의 문학의 리더가 됨. 《여인계도(婦系図)》(1907년), 《우타안돈(歌行燈)》(1910년) 등의 풍속적 작품들, 《야차 연못(夜叉ヶ池)》(1913년), 《덴슈 이야기(天守物語)》(1917년) 등의 환상적인 희곡을 비롯하여 300여 편의 작품을 남김.

▮옮긴이 - 엄인경(嚴仁卿)

1974년 서울 출생. 고려대학교 일어일문학과 입학. 고려대학교 대학원 박사과정에서 2006년 학위 취득(문학박사). 현재 고려대학교 일본연구센터 연구교수. 일본 고전문학 전공. 주요 논문에 《쓰레즈레구사(徒然草)》의 허구성에 관한 고찰〉(2007년), 〈창조된 고전으로서의 《쓰레즈레구사》〉(2008년), 공역서에 《쓰레즈레구사》(2010년) 등이 있음.

일본명작총서13

이즈미 교카의 검은 고양이

초판 1쇄 발행 2010년 3월 30일
초판 2쇄 발행 2014년 5월 12일

지은이 이즈미 교카(泉鏡花)
역 자 엄인경
발행자 김흥국
펴낸곳 도서출판 | 문

주 소 서울 성북구 보문동7가 11번지 2층(편집부)
전 화 929-0804(편집부), 922-2246(영업부)
팩 스 922-6990
ISBN 978-89-94427-00-3 93830
정 가 13,000원

ⓒ 엄인경, 2010

* 이 책의 판권은 지은이에게 있습니다.
  지은이의 서면 동의가 없는 무단 전재 및 복제를 금합니다.
* 잘못된 책은 바꾸어 드립니다.